H@ck

HET INSTITUUT

Van Mirjam Mous verschenen ook:

Nee!

Doorgeschoten

Fluisterwater

Moordmeiden

Boy 7

Vals Spel

Password

Test

Virus

2C

Het Eos-project

MIRJAM MOUS

H@CK

HET INSTITUUT

Best of YA | Van Goor

ISBN 978 90 00 36629 3
ISBN 978 90 00 36630 9 (e-book)
NUR 285

www.bestofyabooks.nl
www.mirjammous.nl

tekst Mirjam Mous
omslagontwerp Nanja Toebak
zetwerk binnenwerk ZetSpiegel, Best

Deel 1

HAPPY DAY

Zij wilde de wereld zien. Hij installeerde Google Earth.

– Leukespreuken.nl

HOLDEN

De tracker op mijn camphone heb ik thuis al uitgezet en ik zie nergens bewakingscamera's of brave verklikkers die me kunnen betrappen. Alleen een simpel bord met strenge letters: VERBODEN TE BETREDEN. NATUURGEBIED.
Voor de lol maak ik er een camfie van.
De ijzeren staven onder mijn voeten resoneren. Drie stappen. Dan ben ik over het wildrooster heen. Het terrein is ruig, precies zoals ik hoopte. Hoog gras, dicht struikgewas en hier en daar een groepje bomen. Alles gonst en zoemt van de insecten.
Als dit zo'n stompzinnige game was, zou er nu een helikopter aan de hemel verschijnen. Paramilitairen zouden aan touwen naar de grond zakken en hun wapens op me richten.
Maar dit is geen game. Dit is echt. Het geritsel van de bladeren, de kruidige geur die opstijgt uit de...
Tussen de stammen beweegt iets!
Met een bonkend hart wurm ik me tussen de bosjes door. Takjes prikken door mijn broek heen en een venijnig doorntje maakt een kras op mijn hand. Ik merk het amper en ploeter verder tot ik bij een open plek kom.
Pas op. Zachtjes nu.

Ik verschuil me achter een reusachtige esdoorn en gluur langs de stam.
Zie je wel. Ik heb me niet vergist. Een eindje verderop graast een hert!
Met mijn camphone op het imposante dier gericht, sluip ik dichterbij. De omstandigheden zijn volmaakt. De ochtendzon werpt een zachte gloed over de bruine vacht, en de wind waait uit de juiste hoek. Zolang ik die op mijn gezicht voel, zal meneer wapiti me niet ruiken. Mijn armen beven licht van de opwinding. Ik weet het zeker: dit wordt mijn beste camfie ooit.
Nog één stap...
Een zacht gekraak onder mijn voeten.
Ik bevries – nee! – maar het is al te laat. De kop met het gigantische gewei komt omhoog en twee ogen staren me aan.
Roef!
Nog voor ik de opnametoets kan aanraken, slaat het hert op de vlucht.
Stommeling, mompel ik in mezelf. Zo'n kans krijg je nooit meer.
En dan gebeurt het.
Uit frustratie stamp ik met de hak van mijn schoen op de grond, maar ik trap blijkbaar ergens doorheen, want plotseling is alle vaste bodem onder mijn voeten verdwenen. Ik hoor mezelf schreeuwen en mijn hand zoekt naar een struik of een tak, maar er is niets om me aan vast te klampen, dus glijd ik pijlsnel verder, recht naar beneden, de diepte in.
De landing komt eerder dan ik dacht. Mijn enkels zijn niet bestand tegen de klap en knakken om, en hoewel ik nog een onhandige poging doe om me met mijn armen overeind te houden, knal ik keihard met mijn heup op de vloer.

Het doet zeer. Zo gruwelijk zeer dat ik even moet blijven liggen tot de ergste pijngolven zijn weggeëbd. Intussen probeer ik mezelf gerust te stellen. Eigenlijk heb ik nog mazzel gehad. Als dat zachte ding op de grond mijn hoofd en schouders niet had gered...

Ik stuur mijn vingers op verkenningstocht.

Een matras, gok ik. Met een viezige slaapzak erop.

Toen pa in de hens vloog, was er niets om hem te beschermen.

Ik wil overeind krabbelen, maar mijn spieren zijn nog te trillerig van de schrik en de klap. Het is al een hele opgave om me op de matras te hijsen en rechtop te gaan zitten. Ik huiver en kan niet stoppen met klappertanden. Om me heen is het koud en donker, als in een kelder. Alleen liggen daar meestal geen matrassen.

Ik sla de slaapzak om me heen. Stofdeeltjes kriebelen in mijn neus en ik moet niezen.

Zou het soms een oude, illegale stortplaats zijn? Heeft iemand een hoop rotzooi in deze onderaardse grot gedumpt en planken over de ingang gelegd om ontdekking te voorkomen? Dezelfde planken waarop ik daarnet met mijn stomme kop heb staan stampen, zodat...

Ik leg mijn hoofd in mijn nek en kijk omhoog – naar het gat waar ik doorheen ben gevallen. Een vierkantje blauwe lucht, waar ik van zijn lang zal ze leven niet bij kan.

De ernst van de situatie dringt nu pas werkelijk tot me door.

In verboden natuurgebieden komt bijna nooit iemand.

En geen hond weet dat ik hiernaartoe ben gegaan.

PRISSY

'Echt zwemmen?' vraagt Flow. 'Met water en alles, bedoel je?' Ze kijkt erbij alsof ik iets verschrikkelijks heb voorgesteld. Om in ons blootje naar de cinema te gaan of zo.
Ik knik naar mijn vriendinnen in de venstertjes op het scherm van mijn camphone. 'Park Pool is anders. Als je er eenmaal geweest bent...'
'Chloor is slecht voor je huid,' zegt Anna met haar lage, hese stem.
Brooklyn haalt haar sproetige wipneus op. 'En je stinkt de hele dag naar zwembad.'
Zucht.
Ik houd mijn hoofd scheef, alsof ik luister.
'Mama roept me,' lieg ik, en ik tik met mijn blauwgelakte nagel op het scherm.
Camchat beëindigd.

Het oude zwembad had doffe tegels en er stond schimmel in de doucheruimtes. Echt superirritant. Maar na een tijdje worden zelfs de meest irritante dingen vanzelfsprekend. Ik stopte gewoon met kijken en toen zag ik het niet meer.
Park Pool is sinds twee maanden open en nog lang niet van-

zelfsprekend. Alles aan het gebouw fonkelt en bruist. De voorgevel ziet eruit als een levensecht zeeaquarium, met bewegende vissen en wuivende anemonen. De opengesperde bek van een reuzenhaai vormt de entree.

Zodra ik naar binnen ga, licht de ID-brace aan mijn pols even op.

Prissy Winters, vijftien jaar en abonnementhoudster.

Ik ben herkend. Er klinkt een piepje als akkoord.

Een lange gang voert mij en de andere bezoekers automatisch naar het Poolplein. Uit de speakertjes in de muren komen walvisgeluiden. Helemaal zen, zou mama zeggen. Ik had liever het nieuwe nummer van Janx gehoord dan dit eenzame gejammer en loop vlug door.

Het Poolplein bestaat uit een cirkel van blauwe mozaïeksteentjes met in het midden een zuil die non-stop filmpjes vertoont. Flikkerende pijlen wijzen de weg naar het zwembad, de kleedruimtes en de lockers, en naar Finding Nemo – een restaurant waar je onwijs lekkere algenshakes en yummy's met sushismaak kunt kopen. Ik kijk naar hun nieuwste reclamespotje op het scherm. De aanbieding van vandaag is tonijn, zegt een meisje met schelpjes in haar haren in zo'n praatwolkje als bij een stripverhaal.

Ik heb mijn badpak thuis al aangetrokken en ga meteen naar de lockers.

Sandalen uit. Rits los.

Ik wil net uit mijn broek stappen als mijn camphone roept.

Heeft Flow zich bedacht? Ik kan het me niet voorstellen.

Nieuwsgierig kijk ik op het schermpje.

Prissy Winters, toch?

Ik frons mijn wenkbrauwen. Het bericht komt van iemand

die zich Mo noemt. De profielpic is geen herkenbaar portret maar een griezelige doodskop met onschuldige mangaogen.
Hoe kom jij aan mijn nummer? Ik ken geen Mo. Ik tik op verzenden.
Hij antwoordt meteen: Eigenlijk heet ik Mateo, maar niemand noemt me zo.
Op school zit een Matt en ik heb een achterneef die Morrison heet. Maar een Mateo...
Het is vast een of andere vieze oude vent, die mijn camfies op Supershoot heeft gezien. Laatst kwam er een meisje bij ons op school om ons voor dat soort griezels te waarschuwen. Mannen die zich als tieners voordoen om andere tieners te lokken. Ze was zelf ook misbruikt door zo'n smeerlap nadat ze op zijn berichtjes was ingegaan.
Ik ken ook geen Mateo en ik click niet met vreemden.
Ik verstuur het bericht, mik mijn camphone in een van mijn sandalen, zet ze in de locker en leg mijn broek en bloesje erbovenop.
Ping.
Niet kijken! Ik knoop mijn handdoek om mijn middel, knal het deurtje dicht en houd mijn brace voor de scanner.
Een brommend geluid. Op slot.
Hoe dom. Mijn zwembril zit nog in mijn broekzak.
Ik maak de locker weer open en dan kijk ik natuurlijk toch.
Ik ken jou wel staat er op het schermpje.

HOLDEN

Ik voel aan mijn brace. Een paar maanden geleden leek het nog een slim idee om de tracker eruit te laten slopen. Een enorm precies werkje volgens Willy, die er zonder een spier te vertrekken driehonderd dash voor vroeg. Ik had het er graag voor over, want zonder tracker kan ik overal ongemerkt rondstruinen. Willy waarschuwde me nog dat de noodknop op mijn brace dan ook niet meer zou werken, maar dat kon me totaal niet boeien. Geen tracker betekende vrijheid.

En daardoor zit je nu gevangen, sukkel. Misschien wel voor altijd.

Ik probeer de opkomende paniek weg te duwen. Niet in problemen maar in oplossingen te denken, zoals pa altijd deed. Die had vast wel geweten hoe hij hieruit...

Mijn camphone! Als het toestel de val heeft overleefd, kan ik die tracker aanzetten en iemand waarschuwen.

Ik kijk om me heen, maar ik lijk wel nachtblind. Iets met staafjes en kegeltjes, herinner ik me vaag. Waarschijnlijk heb ik te lang door dat stomme gat naar het licht zitten turen en moeten mijn ogen nu eerst weer aan de duisternis wennen.

Geduld is niet mijn sterkste kant. Ik gooi de slaapzak van me af, ga op mijn knieën zitten en speur met mijn vingertoppen de omgeving af. Matras, matras, vloer...

Daar ligt iets!

Zodra ik de omtrekken van mijn camphone herken, slaak ik een juichkreet. Mijn stem weerkaatst door de ruimte. Ik tik met mijn duim en dan is er licht!

Gebroken licht, want er zit een enorme barst in het display. Ik wrijf eroverheen tot het glas warm genoeg is om zichzelf te kunnen herstellen. De barst krimpt tot een haarscheurtje en verdwijnt dan helemaal. Ik kan het display weer aflezen.

De ellendige streepjes in de linkerbovenhoek voorspellen niet veel goeds. Of eigenlijk moet ik zeggen: het gebrék aan streepjes. Ik strek mijn arm, maar het helpt niet. Dat ik overeind kom, maakt ook geen verschil. Als ik precies onder de opening in het plafond ga staan en me zo lang mogelijk maak, zie ik nog altijd hetzelfde.

Nul streepjes.

Deze grot is waarschijnlijk de laatste plek op aarde zonder bereik.

De hobbelige matras doet me wankelen. Mijn enkels zijn nog steeds niet helemaal bekomen van de klap en ik kreun van de pijn. Misschien ligt er nog meer, bedenk ik dan. Zijn hier niet alleen matrassen maar ook andere spullen gedumpt. Spullen waarmee ik een steiger kan bouwen, helemaal tot aan het gat in het plafond.

Voor de zaklampfunctie heb je geen bereik nodig. Ik zet hem in de felste stand en schijn met mijn camphone om me heen. Dit is niet de illegale stortplaats die ik had verwacht. Het lijkt nog het meest op een ondergrondse winkel. Overal staan stellingen met volgeladen schappen. Ik zie honderden literfles-

sen water, in groepjes van zes op kartonnetjes samengepakt. Stapels dekens en handdoeken, rollen wc-papier – genoeg voor een jaar – zeep, witte trommels met rode kruisen erop, een paar fluitjes, pennen en papier, zakken vol theelichtjes en kaarsen, doosjes lucifers en wat aanstekers.
In de volgende kast liggen een hamer, een zaag, allerlei tangen, een primitief uitziende boor en gereedschappen waarvan ik niet eens weet wat je ermee zou kunnen doen. Maar ook touw in verschillende diktes, en tape.
Daarna komen de bogen en kokers met pijlen, een net, en dan een stel geweren met tientallen dozen patronen ernaast. Ik herken ze uit oude oorlogsfilms en van schietgames. Toch is het vreemd om ze hier in het echt te zien. Nogal angstaanjagend zelfs. Ik dacht dat alle wapens vernietigd waren – op de gummiknuppels en tasers van de handhavers na.
Ernaast vind ik een doorzichtige zak met stapeltjes papier, bedrukt met zwarte en groene inkt. Als ik de lichtstraal vlakbij houd, kan ik zien wat erop staat. Letters – steeds dezelfde S met een verticale streep erdoor – en portretten van diverse mensen. Ik herken een president van lang geleden en krijg zo langzamerhand het gevoel dat ik in een soort van *time hole* ben gevallen. Dit zijn betaalmiddelen uit de tijd dat er nog banken en pasjes bestonden!
Maar het indrukwekkendst zijn de eindeloos lijkende rijen blikken, gesorteerd op formaat en vorm. Verf, denk ik eerst nog, maar als ik beter kijk, zie ik dat het een ander soort blikken zijn. Deze hebben geen deksel dat je met een schroevendraaier kunt openwippen, maar ringetjes om ze aan open te trekken. Op de viezige buitenkant staan bleke plaatjes en letters, die vertellen wat erin zit. Erwtjes, sardines, kidney-

bonen, knakworst, perzik, ansjovisfilets, ananas, leverpastei en tomatensoep...

Dit is voedsel. Geen yummy's, shakes of vita maar ongemanipuleerd voedsel, zoals mensen vroeger aten.

De adrenaline raast door mijn lijf en ik vergeet dat ik zwaar in de shit zit. Ik sta in een schuilkelder uit de oude tijd! Geen virtuele schuilkelder, maar een echte! Ooit heeft iemand deze spullen verzameld en hier opgeslagen om in geval van nood te kunnen overleven. Alles wat hier staat, komt uit de jaren voor de Grote Ommekeer, toen de mensen nog bang waren dat er een derde wereldoorlog zou uitbreken. Onze nieuwe leiders vertellen er elk jaar over, tijdens Happy Day.

Happy Day.

Mijn maag voelt ineens hol. Dat stomme feest is morgen al. En waarschijnlijk zal ik er voor het eerst van mijn leven niet bij zijn.

PRISSY

Ik ken jou wel.

Wat denkt hij nou? Als ik maar lang genoeg volhoud, reageert ze wel?

Mooi niet.

Ik stop mijn camphone weg, sluit de locker voor de tweede keer en loop naar het Poolplein. De mozaïeksteentjes voelen aangenaam warm onder mijn blote voeten. Ik trek het elastiek van mijn zwembril over mijn hoofd, leg mijn handdoek op de lopende band in de waterdichte koker en ga de douchetunnel in. Lauwe stralen kletteren uit het plafond op me neer. Ze ruiken naar eucalyptus.

Drijfnat en van alle bacteriën ontdaan kom ik in de immense hal, waar mensen op kabouters lijken. De glazen wanden bestaan uit draaibare panelen en geven uitzicht op de glooiende grashellingen van het park. Zodra het weer het toelaat, staan ze open – net als vandaag.

Ik pik mijn handdoek op en leg hem op een van de bankjes naast het diepe bad. Dan duik ik van het dichtstbijzijnde startblok en begin aan mijn eerste baantje.

De galmende stemmen van de andere bezoekers verdwijnen naar de achtergrond. Ik vergeet Mo en zijn berichtjes en ge-

niet van de souplesse van mijn spieren, het gevoel van gewichtloos zijn.
De zwarte T op de bodem kondigt het keerpunt aan. Ik maak een koprol en beweeg mijn voeten naar de wand. Terwijl ik de tegeltjes raak en me afduw, zet ik de draai al in. Dan drijf ik weer op mijn buik en crawl verder. Moeiteloos, zoals altijd.
Coach Guppy vraagt me regelmatig of ik bij zijn team wil komen trainen. Hij zegt dat ik daarmee mijn kans op een sportbeurs vergroot. Maar ik wil niet dat zwemmen een verplichting wordt, zoals alles van school. En wie zegt dat ik straks ga studeren? Dat duurt nog honderd jaar of zo.
Ik duw me opnieuw van de wand af en zwem voor de derde keer het bad over. Het ritme van mijn slagen brengt me in trance. De rest van de wereld bestaat niet meer. Er is alleen nog de stilte van het water, met mijn ademhaling en hartslag als enig geluid.
Tot er iemand bijna boven op me springt.
'Doe normaal!' roep ik.
Een grijnzend jongensgezicht staart me aan. Donkere ogen met spottende lichtjes erin. In zijn hals een voetbal van inkt.
Ik verwacht dat hij sorry zal zeggen, maar dat doet hij niet. In plaats daarvan hapt hij water, tuit zijn lippen en spuit als een walvis. De harde straal raakt me vol in mijn gezicht. Het is dat ik een zwembril draag...
'Niet grappig,' zeg ik.
Een oudere vrouw met een roze badmuts vol rubberen bloemen kijkt naar ons. Als de jongen vriendelijk naar haar zwaait, wendt ze vlug haar blik af.
'Meiden.' Hij zucht overdreven. 'Jullie hebben geen gevoel voor humor.'

‘En jij bent verdwaald.’ Ik knik naar de kleinere bassins aan de andere kant van de hal. ‘Het badje voor peuters is daar.’
‘Bedankt voor de tip.’ Hij salueert, verdwijnt onder water en zwemt weg.
Ik kijk hem hoofdschuddend na en ga weer verder met mijn baantje.

Een halfuur later haal ik mijn locker leeg en verdwijn in een van de kleedhokjes. Zodra ik het deurtje op slot heb gedaan, check ik mijn camphone.
De gebruikelijke clicks en camfies van mijn vriendinnen.
En ja, ook weer een berichtje van Mo.
Wat een sukkel zeg, om boven op je te springen.
Dit is creepy. Hoe weet hij dat? Heeft hij me daarnet in het zwembad staan bespioneren?
Met een onbehaaglijk gevoel leg ik mijn toestel op het bankje, trek mijn badpak uit en begin me driftig af te drogen. Intussen probeer ik me de gezichten van de andere bezoekers te herinneren. Het enige beeld dat komt bovendrijven is dat van de vrouw met de badmuts. Ze lijkt me niet het type dat onder een valse naam geheimzinnige berichtjes verstuurt. Maar wie dan wel? Iemand die vanaf de kant stond toe te kijken? Of...
Natuurlijk!
Ik heb je wel door click ik. *Die sukkel ben je zelf.*
Terwijl ik me aankleed, let ik op het schermpje. Mo’s antwoord komt binnen op het moment dat ik het magnetische bandje van mijn sandaal vastklik.
Hoe kun je zoiets denken? Ik voel me zwaar beledigd.
Goed zo. Ik prop mijn natte spullen in mijn tas, hang hem om mijn schouder en slenter naar de uitgang. Ik ben het Poolplein

amper voorbij of er verschijnt een nieuwe boodschap op mijn schermpje.
Hij loopt trouwens pal achter je.
Ik kan het niet laten om even om te kijken.
Hij is het! De jongen met de voetbaltatoeage!
Vlug kijk ik weer voor me. En dan naar mijn camphone, want Mo clickt me weer.
Pas maar op dat hij je niet nog een keer bespringt.
Bedreigt hij me nou?
De walvismuziek krijgt ook iets dreigends. Ik ga harder lopen. Waar ben ik eigenlijk bang voor? In een gang vol mensen zal hij me heus niets aandoen.
Ik draai me met een ruk om en versper hem de weg.
'Jij weer?' vraagt hij zogenaamd verbaasd.
'Denk je nou echt dat ik er nog een keer in trap?' zeg ik.
'Waar heb je het over?'
'Dat weet je best, Mateo.' Ik spreek zijn naam nadrukkelijk uit. 'Of moet ik Mo zeggen?'
'Je mag zeggen wat je wilt,' zegt hij. 'Maar volgens mij heb je de verkeerde voor. Ik ben Xavi.'
'Tuurlijk, joh.'
'Je gelooft me niet?' Hij laat me zijn ID-brace zien. 'Xavi Williams, zestien jaar.'
Alsof ik niet zelf kan lezen.
Een paar meiden gapen ons aan en beginnen te fluisteren. Ik voel mijn wangen onwijs branden, maar Mo lijkt het vooral grappig te vinden en grijnst naar ze.
'Nog erger,' zeg ik. 'Dan heb je die stomme berichtjes dus onder een valse naam en vals profiel gestuurd.'
Hij vergeet zijn publiek. 'Welke berichtjes?'

Ik duw mijn camphone onder zijn neus. 'Dus.'
'Die zijn niet van mij,' zegt hij.
Ik maak een snuivend geluid.
'Kijk dan zelf.' Hij geeft me zijn camphone.
Ik check alle verstuurde berichten. Niet een ervan is aan mij gericht.
'Heb je ze gewist?' vraag ik, niet meer zo zeker.
Hij kreunt. 'Ben je paranoïde of wat? Je ziet toch dat ik een heel ander nummer heb?'
Ik begrijp er niets van. Als hij Mo niet is, wie dan wel?
'Sorry,' mompel ik en ik geef hem zijn camphone terug. 'Ik heb me blijkbaar vergist.'
'Geen probleem,' zegt Xavi.
Mafkees, zie ik hem denken.
Terwijl hij van me vandaan loopt, pingt mijn toestel.
Er is weer een berichtje van Mo: Ik zei het toch.

HOLDEN

Ik heb mijn camphone op een pak wc-rollen gelegd. Met de bovenkant op een luciferdoosje, zodat de lichtstraal schuin omhoogwijst en een stellingkast verlicht.
Voor het eerst groeit er een sprankje hoop in mijn borst. De vloer is leeg. De matras staat op zijn kant tegen de muur. Ik hoef alleen de kast nog onder de opening in het plafond te schuiven en naar de bovenste plank te klimmen. Op die hoogte en zoveel dichter bij de buitenwereld heb ik vast weer bereik. Misschien kan ik zelfs de rand van het gat vastgrijpen, mezelf ophijsen en naar buiten klauteren.
Geloof je het zelf? hoor ik pa vragen.
Ja, ik weet dat hij dood is. En nee, ik ben niet gek – in elk geval niet veel gekker dan de meeste mensen, al denken ze bij de kliniek van wel. Toch hoor ik pa soms nog, in mijn hoofd, en dan praat ik in gedachten met hem – zoals sommige mensen zeg maar met God of Allah praten. Alleen worden zij nooit naar een psychiater gestuurd...
Ik haal diep adem. Dan schroef ik mijn handen om de staanders van de stellingkast en ruk uit alle macht.
Rotding! Hij geeft nog geen millimeter mee.
Ik veeg de conservenblikken eruit om hem lichter te maken.

Ze vallen met een hoop gekletter op de vloer – op één irritante rotzak na, die het nodig vindt om op mijn rechterschoen te stuiteren.
Del Monte, 415 gram halve peren op sap.
Het voelt alsof een hamer mijn grote teen heeft platgeslagen.
Ik denk aan dokter Wendy. Ze liet me op een middag honderd stressflessen kapotgooien, terwijl ik alles en iedereen stijf mocht vloeken.
'Kloteperen op fucking zwaar sap!' Ik raap het blik op en smijt het tegen de muur.
Het helpt geen reet. Ik voel me hooguit belachelijk.
Terwijl ik mijn best doe om mijn kloppende rechterteen te negeren, omhels ik de zijkant van de stellingkast. Ik sla mijn armen om de twee staanders en vlecht mijn vingers in elkaar.
Trekken.
Geen beweging.
Ik ga met mijn volle gewicht achterover hangen, maar het kreng lijkt wel aan de vloer vastgelijmd. Om het beter te kunnen zien, pak ik mijn camphone erbij.
Het is nog erger. De poten van de kast staan in een soort bedje van beton.
Mijn hoop verschrompelt als brandend papier. Welke idioot heeft dit bedacht? Iemand met een fobie voor vallende kasten? Die gast heeft harder therapie nodig dan ik.
De pijn in mijn heup en enkels begint weer op te spelen en ik ben ineens doodmoe. Met de zijkant van mijn schoen stoot ik voorzichtig een paar blikken opzij, zodat ik de matras weer op de grond kan laten vallen. Nog nahijgend ga ik zitten, met de slaapzak als een kussen in mijn rug.
Wat moet ik nou?

Een golf van zelfmedelijden welt in me op.
Stel je niet aan, zegt pa. Dit wil je toch graag? Echte avonturen beleven.
Ik rol het dichtstbijzijnde conservenblik naar me toe en bekijk het plaatje met ananasschijven. Echt eten. Als ik hier dan toch niet meer weg kan...
Mijn vinger heeft zich al onder het ringetje gewurmd. Ik trek het deksel open.
Gelig fruit in troebel sap met een overweldigend zoete geur.
Ik begin voorzichtig, met een piepklein likje alsof ik een kat ben. De vloeistof prikkelt mijn tong en schreeuwt ogenblikkelijk naar mijn hersens: meer! Gulzig schep ik de schijven uit het blik en prop ze in mijn mond. De ananas is slap en zacht en breekt in stukken. Mijn handen worden kleverig en het sap sijpelt over mijn kin. Het kan me niet schelen. Ik eet en drink tot het blik helemaal leeg is.
Al na een paar minuten krijg ik fucking veel spijt. Mijn buik voelt akelig opgezwollen en ik sterf van de dorst. Als ik mezelf maar niet vergiftigd heb! Die blikken zijn stokoud. Zenuwachtig check ik mijn brace, maar die geeft gelukkig geen sjoege. Er klinkt geen alarmpiepje, en ik lees ook geen ongevraagd medisch advies.
Ik duw mezelf omhoog en pak een fles water om de plakzooi van mijn vingers en gezicht te spoelen. Dan laat ik me weer op de matras zakken en droog mijn handen aan mijn broek.
Hoe lang zou je water kunnen bewaren?
In een verlaten schuilkelder doodziek worden is echt een verschrikkelijk slecht plan, bemoeit pa zich ermee.
Levend verbranden ook.
Ik neem niet de moeite om de houdbaarheidsdatum te chec-

ken. Daar is dit water toch al lang overheen, net als alle andere spullen in de kelder. Ik neem een flinke slok en daarna nog eentje. Het smaakt normaal, hooguit een beetje muf. Voor ik het weet, drink ik de halve fles leeg en laat een boer – iets wat eekhoorns trouwens niet kunnen.

Zo, dat lucht op. Nu die knellende broeksband nog...

Terwijl ik de bovenste knoop losmaak, slaat het klokje op mijn brace toch nog alarm.

In de polsband lichten rode letters op. *Therapie over 5 minuten.*

Is dat alles? Ik was even bang dat ik net als pa de pijp uit zou gaan.

Wat niet is kan nog komen, zegt zijn stem in mijn hoofd.

De grenzeloze moeheid van daarnet overvalt me weer. Straks kan ik nooit meer naar dokter Wendy. Nooit meer naar wie of wat dan ook. En hoe moet het dan met ma?

Ik ga liggen, trek de slaapzak over me heen en beeld me in dat ik niet in een of andere kloterige grot lig, maar thuis in mijn eigen bed.

Toen Prissy vanmorgen op de badkamerdeur bonkte, riep ik dat ze moest oprotten.

De epische laatste woorden van een stommeling.

Blijkbaar ben ik even weggedoezeld.

Niet even, maar meer dan een uur, als ik mijn ID-brace mag geloven.

Mijn buik doet geen pijn meer. Ik sla de slaapzak opzij en staar naar het plafond.

De muren rondom het gat zijn glad en hoog. Zelfs met klimijzers en touwen zou het een hele toer zijn om naar boven te klauteren.

Heeft er vroeger soms een touwladder gehangen? Of een ladder gestaan, die na al die jaren is vergaan? Maar waar zijn de resten dan gebleven? Het enige wat hier aan hout ligt, zijn de verrotte planken waar ik doorheen ben gezakt en...

Ik veer op. Misschien is dit de uitgang helemaal niet!

In het licht van mijn camphone haast ik me tussen de hoge kasten door. Heb ik iets over het hoofd gezien? Een trap die in de rotsen is uitgehakt met een geheim luik erboven. Of stangen in de muur, waarlangs je omhoog kunt klimmen.

Daar! Ik moet er al drie keer voorbijgelopen zijn, maar ik zie het nu pas hangen. Een soort zeildoek in dezelfde kleur als de rotswand, waardoor het nauwelijks opvalt.

Ik wens een trap, een deur, een uitgang en schuif het doek opzij...

Een tunnel!

Dan gaat de zaklamp van mijn camphone ineens uit en sta ik in het pikdonker.

PRISSY

Zodra ik thuis ben, click ik naar mijn vriendinnen: *Camchat. Nu!*
Maar ook zij kennen niemand die Mo of Mateo heet.
'Een zeldzaam gevalletje cyberstalking,' zegt Anna.
'Misschien is het wel een pedofiel,' zegt Flow. 'Die bestaan nog steeds, hoor! Ik zou hem aangeven.'
'En als de politie mijn camphone dan wil onderzoeken?' sputter ik tegen. 'Straks ben ik hem dagenlang kwijt.'
'Denk je?' Flow is bijna in shock. 'Ik laat nog liever mijn pink amputeren!'
'Toch maar doen, Pris,' zegt verstandige Anna. Ze friemelt aan een van haar honderd oorringetjes. 'Je nummer heeft hij al. Straks ontdekt hij ook nog waar je woont en dan kom je nooit meer van hem af.'
Brooklyn heeft haar camphone op de wastafel gelegd, zodat ze haar oogschaduw kan bijwerken en ik haar alleen nog van onderaf kan zien. Ze geeft me het gevoel dat ik volkomen onbelangrijk ben en dat kan ik niet uitstaan.
'Wat denk jij?' vraag ik.
Haar hand met het kwastje blijft even in de lucht hangen. 'Meteen blokken, die griezel.'

'Wat een goed idee!' roept Flow, alsof Brooklyn zojuist een compleet nieuwe modelijn heeft bedacht.
'Dat wel, maar...' Ik slik de rest van mijn woorden in. Ze zouden het toch niet begrijpen.
'Maar wat?' vraagt Flow.
'Niks,' zeg ik met een knikje naar het schermpje. 'Thanks, guys.'
Ik sluit de chat af en ga met mijn toestel op bed zitten. Als ik Mo blok, is er geen weg meer terug. Dan zal hij voor altijd en eeuwig een mysterie blijven.
Ik haat onopgeloste mysteries.
Mijn toestel verdwijnt ergens tussen de stapel kussens achter mijn rug. De slopen hebben franjes, wat iedereen in dit huis belachelijk vindt, maar vlogstar Reese zegt dat slopen met franjes hot zijn en zij heeft er verstand van. Dus.
Op de plank onder mijn spiegel lonkt het doosje surprise-yummy's, dat ik gisteren heb gekregen. 'Met de supergroetjes van Supershoot,' zei de koerier. Blijkbaar zit ik er al vijf jaar op of zoiets. Of ze vinden mijn camfies gewoon gaaf.
Ik neem een yummy en nestel me weer in de kussens, terwijl ik mijn 3D-projector aanzet. Er klinkt een zacht gezoem en dan komt Reese uit mijn slaapkamermuur gewandeld.
'Haaai.' Ze wuift met allebei haar handen en glimlacht. 'Leuk dat je weer kijkt. Vandaag gaan we het hebben over Happy Day.'
Ik heb het gevoel dat haar glimlach alleen voor mij is bestemd.
'Zwarte jurkjes zijn niet feestelijk,' zegt ze. 'Bewaar die maar voor de uitvaart van je tante.'
Er klinkt sombere muziek.
Ik denk aan mijn gloednieuwe ijskoninginnenjurk. Een witte,

gelukkig! Met een zilveren tiara vol nepdiamantjes. Mama was hem tegengekomen op de koopjespagina. Volgens de passpiegel-app stond hij fantastisch en toen hebben we hem meteen laten thuisbezorgen.
'De ijskoninginnenjurk die vorig jaar dé grote hit was?' Reese beweegt haar wijsvinger heen en weer. 'Lekker in de kast laten hangen. Die kan echt niet meer.'
De yummy die daarnet nog heerlijk zoet smaakte, proeft ineens zuur.
'Witte kleding is sowieso passé.' Reese buigt zich even voorover en vertrouwt me fluisterend toe. 'En kwetsbaar. Terwijl er juist met Happy Day zoveel mis kan gaan. Iemand duwt je per ongeluk tegen een vieze muur of je knoeit met je makeup. Op een witte outfit is elk vlekje als een uitroepteken. Voor je het weet zijn alle camfies met jou erop verpest.'
Ik word al misselijk bij het idee.
'Kies daarom voor...' Zodra Reese met haar vingers knipt, valt er een banner van Colourcompany uit de lucht. '...de kleurige collectie van...'
Een zacht klopje. De deur van de slaapkamer schuift open en mama steekt haar hoofd om het hoekje. 'Heb jij enig idee waar Holden uithangt?'
'Hoe moet ik dat nou weten?' Ik kijk met een half oog naar mama en een half oog naar Reese.
'Bestel nu en ontvang je kostuum vandaag nog.'
Ik moet mama zo gek zien te krijgen!
'Ze belden van de kliniek dat hij niet is komen opdagen.' Mama stapt mijn kamer in en raapt mijn rondslingerende sandaal op. 'Er zal toch niets gebeurd zijn?'
Daar gaan we weer. Als er een schaal van een tot tien voor

bezorgdheid bestond, zou mama een elf scoren. Voor onwijs irritant gedrag trouwens ook. Ze veegt door de lucht en Reese verdwijnt abrupt.
'Nou ja!' roep ik boos.
'Anders luister je niet.'
'Heus wel. Maar jij doet altijd meteen zo overdreven.'
Mama kijkt gekwetst, waardoor ik me toch een beetje schuldig voel.
'Waarschijnlijk had hij gewoon zin om te spijbelen,' zeg ik.
'Dat verklaart nog niet waarom ik hem niet kan bereiken.'
Ik rol met mijn ogen. 'Omdat hij zijn camphone heeft uitgezet, misschien?'
'Wie doet dat nou?'
'Holden, blijkbaar.'
Mijn broer is niet normaal, dat weet iedereen.
'En als er nou toch iets ergs is gebeurd?' begint mama weer.
Ze lijkt niet door te hebben dat ze mijn lievelingssandaal zo ongeveer wurgt. Dadelijk breekt de zool nog.
'Er is helemaal niks gebeurd,' zeg ik. 'Hij heeft geen zin in jouw gezeur, dus neemt hij niet op.'
'Denk je?'
'Zeker weten.' Ik kom omhoog, pak de sandaal van haar af en zet hem bij zijn zusje onder het bed.
Mama staart wat verloren naar haar lege handen
'Kun jij hem niet bellen?' vraagt ze dan. 'Met jouw toestel. Als Holden ziet dat jij het bent, reageert hij misschien wel.'
Ik weet nu al dat hij me een verrader zal vinden. Maar door mama te helpen, vergroot ik mijn kansen op een kostuum van Colourcompany, dus voel ik onder mijn kussens tot ik mijn camphone vind.

Bellen. Ik loop heen en weer.
'En?' vraagt mama gespannen.
Ik schud mijn hoofd. 'Maar dat betekent niet dat er iets is. Als zijn toestel uitstaat...'
Ze gaat voorovergebogen op mijn bed zitten.
Ik moet aan de fragiele vazen in het City-museum denken. Zodra je te dichtbij komt, lichten er letters op in de vloer: NIET AANRAKEN, UITERST KWETSBAAR.
Ik durf mama ook niet aan te raken. Toen papa nog leefde, was ze dapper en sterk. Ik kan het me amper meer voorstellen.

HOLDEN

Shit! De batterij is leeg!
Wat dacht je dan? zegt pa. Je camphone non-stop laten branden en dan ook nog in de felste stand...
Ja-ha. Ik stop mijn toestel weg.
En nu? Op de gok in het donker verder strompelen en dan maar hopen dat de tunnel naar een uitgang leidt? Maar wat als hij juist dieper de grond in gaat en ik in een of ander ingewikkeld grotten- en gangenstelsel terechtkom?
Categorie ergere manieren van doodgaan: eerst wekenlang in je eentje ronddwalen en dan toch nog sterven van honger en dorst.
Ik eet mezelf nog liever dood aan blikvoer.
Ja, doolhoven van glas, die vond ik als kind wel geinig. En de grote doolhof in Funworld met zijn metershoge beukenhagen en de uitkijktoren in het midden. Pa heeft me wel eens verteld dat de tuinmannen vroeger een touw om hun middel knoopten als ze gingen snoeien. Het uiteinde maakten ze vast aan het hek bij de ingang, zodat ze snel de weg terug konden vinden. Anders bleef er niets van hun pauzes over, zei pa.
Tegenwoordig hoeven ze alleen hun gps in te schakelen. Die van mij is bijna tot op de millimeter nauwkeurig. Je hebt er

alleen geen ruk aan als je met een lege camphone in een kelder zonder bereik gevangen zit, terwijl zo'n touw...
Misschien ligt er iets bij de gereedschappen wat ik kan gebruiken!
Ik laat het zeil terugvallen en loop half op de tast tussen de kasten door. Intussen probeer ik met mijn ogen de duisternis te doorboren. Rechts zie ik de vage vormen van conservenblikken. Links: nog meer blikken...
Dit moet de kast met gereedschappen zijn. Ongeduldig laat ik mijn vingers over de spullen wandelen en dan heb ik ineens een kaars vast. De lucifers en aanstekers liggen ernaast, dat herinner ik me nog.
Ik fik mijn duim bijna af, maar weet de lont toch aan te krijgen. Met de kom van mijn hand om de vlam loop ik opgewonden naar het volgende schap.
Ja, daar ligt een bolletje touw.
Als ik het in mijn zak stop, zie ik nog iets interessants. Een plat voorwerp met een lampje en een soort handvat. Een zaklantaarn uit het jaar nul?
Een geweldige zaklantaarn! Als ik een paar keer in het handvat knijp, gaat hij branden.
Ik blaas de kaars uit, maar houd hem wel bij me. Stel je voor dat mijn nieuwe knijplamp er net als mijn camphone de brui aan geeft. Deze keer wil ik op alles voorbereid zijn.
Aangezien ik geen slak ben die in noodsituaties drie jaar zonder eten kan slapen, lijkt het me slim om voedsel en water mee te nemen. Ik was dan wel beroerd van die ananasschijven, maar ik ben er niet aan doodgegaan. Waarschijnlijk moet mijn maag na zeventien jaar vita en shakes gewoon even omschakelen.

Ik ga voor een blik bonen, ansjovis en tomatensoep. Alleen, waar laat ik alles? Als ik ook nog die lamp wil vasthouden.
Ik schijn om me heen, op zoek naar iets waarin ik mijn spullen kan vervoeren, en dan zie ik wonder boven wonder in de hoek tegen de muur een stoffen zak staan. Een stuk rots, denk ik eerst nog, maar rotsen hebben aan de bovenkant geen zoom met een koordje erin. Een koordje dat de hele zaak dichtsnoert.
Ik trek het open en kijk in de zak.
Fakkels? Die zijn nog veel handiger dan kaarsen!
Als ik ze een beetje opzij duw, kunnen de blikken er gemakkelijk bij. Ik schuif de fles water ernaast. De kaars. Dan hang ik de geïmproviseerde tas aan het koord om mijn schouder. De aansteker bewaar ik in mijn broekzak. Het bolletje touw haal ik juist weer tevoorschijn. Ik knoop het uiteinde aan de kast die het dichtst bij de ingang van de tunnel staat en wikkel alvast een stukje af. Nog een paar keer knijpen voor voldoende licht...
Ik schuif het zeil opzij en stap de onderaardse gang in.
Het lijkt hier warmer dan in de grot, maar dat kan ook door de zenuwen komen. Mijn rug is klam van het zweet en het bolletje plakt aan mijn vingers. Voorlopig hoef ik niet te kiezen welke kant ik op ga. Waar ik een splitsing vermoedde, buigt de gang enkel naar rechts. Zodra ik de hoek om ben, krijg ik het gevoel dat ik langzaam maar zeker omhoogga en...
Mijn adem stokt. Zie ik dat nou goed?
Ik ga harder lopen, laat het bolletje touw vallen en gun mezelf niet de tijd om het op te rapen. De lichtstraal beweegt schokkerig op en neer en dan...
Ja hoor, het zijn treden. Zes stuks om precies te zijn, en ze

komen uit bij een luik in het plafond! Ik barst bijna uit elkaar van hoop en blijdschap, klem de zak tussen mijn voeten, leg de lamp op de bovenste tree en strek mijn armen uit.
Fuck! Dat rotding zit op slot.
Ik probeer het met mijn schouder open te duwen. Het hout kreunt en kraakt, maar geeft zich niet gewonnen. Ik heb een stok nodig om het luik open te breken. Of nog beter: een bijl, zodat ik het hele ding aan gort kan slaan. Maar die heb ik dus niet bij me.
Met tegenzin ga ik de tunnel weer in. De zak laat ik staan. Ik neem alleen de knijplamp mee en volg de uitgerolde draad op de grond. Mijn schaduw vergezelt me als een duister spook en mijn enkels voelen breekbaar als twijgen. Ondanks de warmte huiver ik.
Stel je niet aan, zegt pa. Je weet de weg en je kent de grot.
Toch voel ik iets van opluchting als ik het zeil weer zie hangen. Ik duw het opzij en stommel de schuilkelder in. Opnieuw loop ik tussen de lange rijen blikken door en passeer ik de kast met wapens. Alsof ik terug bij af ben.
Bij het schap met gereedschappen blijf ik staan. In de gauwigheid kan ik geen bijl ontdekken. Ook geen stok, trouwens. Maar wacht...
Er ligt wel een breekijzer!
Met hernieuwde moed ga ik de tunnel weer in. Als ik met het breekijzer zwaai, is mijn schaduw nog angstaanjagender dan daarnet. Alleen kan ik er nu om grinniken.
De avonturen van Holden, het gewapende spook.
Vastberaden klim ik de treden weer op en klem de voet van het breekijzer in de kier naast het luik.
En nou kracht zetten.

Er klinkt gekraak, en dan – yeah! – schiet ik ineens door het luik heen. Het gat is groot genoeg om mijn hand er doorheen te steken.
Ik voel een onverwoestbaar hangslot. Maar – shit, shit, shit – geen sleutel.
Opnieuw ga ik het hout met het breekijzer te lijf. Duwen. Wrikken. Soms moet ik even stoppen om het stof en de splinters uit mijn gezicht te vegen, maar ik blijf volhouden en vermorzel het hele luik stukje bij beetje en dan eindelijk, eindelijk is daar de bovenwereld weer!
Ik laat het breekijzer vallen. Met de zak in mijn armen en mijn ogen samengeknepen tegen het felle licht stap ik naar buiten. Of eigenlijk ben ik ook nog een beetje binnen, want ik sta tussen de resten van een huis. Het dak is compleet verdwenen en de muren worden door klimop overwoekerd. In het verrotte raamkozijn zit geen glas en de deur is uit zijn hengsels gevallen. Ik tuur door de opening in de verte, met mijn hand als een afdakje tegen de zon.
Ja, daar is het verbodsbord, waarlangs ik op het terrein ben gekomen!
Hoewel mijn grote teen klopt alsof er een hart in zit en mijn heup en enkels behoorlijk steken, voel ik me fantastisch. Ik gooi de zak met een ferme zwaai over mijn schouder, gebruik de deur als loopplank en strompel door het gras in de richting van het wildrooster.
In gedachten vlieg ik. Ik leef nog en ik heb een grot vol schatten ontdekt.

PRISSY

Dit is geen goed moment om over een kostuum van Colour-company te beginnen.
Mama zit aan de grote tafel in de woonkamer met een kalmerende shake en haar camphone. Ze heeft de halve stad afgebeld, in de hoop dat iemand Holden heeft gezien. Mensen van school, de buren, familie...
'Zou hij soms een vriendinnetje hebben?' bedenkt ze. 'Dan is hij misschien wel bij haar.'
'Tuurlijk, mam,' zeg ik vermoeid.
Ik bedoel: draagt ze oogkleppen of zo? Holden neemt nooit iemand mee naar huis omdat hij helemaal geen vrienden heeft. Laat staan dat hij met een meisje zou daten.
Mijn camphone pingt.
'Holden?' vraagt mama gespannen.
Ik staar naar het bericht op mijn schermpje: Tof dat je me toch niet geblokt hebt.
'Iemand van school,' lieg ik, terwijl ik kippenvel over de achterkant van mijn hoofd voel trekken.
Heeft Mo het gesprek met mijn vriendinnen afgeluisterd? Maar dat kan helemaal niet. Ik was alleen op mijn kamer.
De doodskop met de mangaogen kijkt me doordringend aan

en dan ineens begrijp ik het. Die rotzak heeft mijn camphone gehackt zodat hij me op afstand kan bespioneren!
In een reflex zet ik mijn toestel uit. Ik voel me drie tellen veilig, tot ik aan de jongen in het zwembad denk. Toen Xavi bijna boven op me sprong, lag mijn camphone in mijn locker en toch heeft Mo het gezien. Hij houdt me blijkbaar altijd in de gaten – zowel offline als online.
Het kippenvel breidt zich uit over mijn hele lijf. Misschien staat Mo op dit moment ook wel stiekem naar me te loeren.
Ik speur door het raam de straat af en...
Holden komt aanlopen! Hij draagt een vreemde, nogal bultige zak op zijn schouder. Ik vermoed dat er iets megazwaars in zit, want hij beweegt nog slomer dan ik op mijn wolkenkrabbers – een miskoop met hakken van tien centimeter hoog en alleen geschikt voor feestjes waarbij je de hele avond op je stoel kunt blijven zitten.
Ik bonk op de ruit.
Holden lijkt even te schrikken en steekt dan zijn hand op.
'Je kunt weer rustig ademhalen,' zeg ik tegen mama. 'Hij is terecht.'
Ze haast zich naar de voordeur, maar Holden is al achterom.
'Je moet in de keuken zijn!' roep ik.
Holden komt binnen zonder die bultige zak.
'Waar was je?' Mama lacht en huilt en knijpt in zijn schouders en armen alsof ze denkt dat hij een droom is. 'Ik heb me verschrikkelijk ongerust gemaakt.'
'Het spijt me,' zegt Holden. 'Ik ben gevallen.'
En urenlang bewusteloos geraakt, zeker?
'Zeg nou maar gewoon dat je niet naar therapie wilde.' De koelkast zoemt in mijn rug. Als ik even opzij kijk, dringt het

knipperende display zich op in mijn ooghoeken – volgens de oranje letters zijn de Jelly-yummy's bijna op en moeten er dringend nieuwe komen.

'Geloof je me niet?' Holden trekt zijn shirt omhoog, zijn broeksband een stukje omlaag, en laat ons zijn bont en blauwe heup zien.

'Lieverd!' roept mama geschrokken. 'We gaan meteen naar de eerste hulp.'

'Ben ik al geweest.' Holden laat zijn shirt weer zakken. 'Daarom ben ik zo laat.'

'Waarom heb je dan niet even gebeld?' vraagt mama.

'Mocht niet. Er hingen overal waarschuwingen dat je je camphone moest uitzetten.'

Het is dat ik tegen de koelkast leun, anders was ik van verbazing achterovergetuimeld. De echte Holden zou in dat geval zijn toestel juist expres aanzetten. Dit is niet mijn broer, maar een kloon.

'Nou ja, je bent in elk geval weer veilig thuis en dat is het belangrijkste.' Mama aait liefkozend zijn piekhaar. 'Ik ga eerst de kliniek bellen dat je terecht bent en daarna wil ik alles horen.'

Ze verdwijnt naar de woonkamer, waar haar camphone ligt.

'Wat is er nou echt gebeurd?' fluister ik tegen Holden.

'Ik ben gevallen, zei ik toch.'

'En die zak dan?'

'Welke zak?'

Duh! 'Die groene, die je over je schouder droeg.'

Holden spreidt zijn armen en draait een rondje om zijn as. 'Ik zie geen groene zak. Jij?'

'Nu niet meer, nee.' Ik geef hem een por met mijn elleboog. 'Heb je hem in de tuin verstopt?'

'Waarom zou ik hem...'
'Zie je wel!' roep ik. 'Nu geef je het zelf toe!'
Holdens ogen rennen naar de deur van de woonkamer. 'Schreeuw niet zo.'
'Mag mama het niet weten?' vraag ik nog steeds onwijs hard.
'Kappen, Pris.' Hij kijkt alsof hij me levend gaat verslinden.
'Als je me vertelt wat erin zit.'
Hij knikt! Met zichtbaar veel tegenzin, maar hij knikt!
'Let jij op ma,' zegt hij. 'En zorg ervoor dat ze in de kamer blijft.'
Ik wacht bij de deur. Zolang ik mama hoor bellen, hoef ik geen actie te ondernemen. Holden kan de zak uit de tuin halen zonder dat ze het merkt.
'Geef me vijf minuten,' fluistert hij voordat hij met het bultige ding naar zijn kamer sluipt.
Ik ben amper op de trap gaan zitten, of mama komt met haar camphone de hal in.
'Prissy, lieverd?' Ze schermt met haar hand het microfoontje af. 'Jouw toestel schijnt niet aan te staan. Iemand wil je spreken.'
Flow, zeker. Drop haar op een onbewoond eiland zonder wifi en ze zal het niet overleven. Een camphone-time-out van een halfuurtje bij social class en ze krijgt al afkickverschijnselen. Trillende handen, een lege blik en...
'Het is een jongen.' Mama geeft me haar toestel. 'Ene Mo.'
Mijn knieën knikken. Dit kan niet waar zijn! Hoe komt hij in hemelsnaam aan mama's nummer? Via mijn gehackte toestel?
Ik slik de prop in mijn keel weg. 'Ja?'
'Mo hier.' Het klinkt loom en ontspannen, alsof hij net uit bad komt.
Ophangen! zegt mijn brein.

'Wat?' snauw ik.

Mama kijkt me vragend aan. Als ik gebaar dat alles oké is, loopt ze langs me heen, de trap op. Ik zou Holden moeten waarschuwen dat ze eraan komt, maar Mo ademt in mijn oor en eist alle aandacht op.

'Je hoeft niet bang voor me te zijn,' zegt hij.

'Ben ik ook niet.' Mijn stem is minder vast dan ik wil.

'Dan durf je me vast wel te ontmoeten.'

Bedoelt hij een date? Mijn hart verandert in een uitslaande geigerteller. 'Waarom zou ik dat willen?'

'Waarom niet?' kaatst hij terug.

Stalkers zouden niet zulke sexy stemmen mogen hebben.

'Omdat je hoogstwaarschijnlijk een ontzettende creep bent,' zeg ik.

Hij grinnikt ontspannen. 'Er is maar één manier om daarachter te komen. Zie ik je morgen met Happy Day?'

'Die is gek. Ik ga echt niet met een wildvreemde afspreken.'

'Om vier uur achter de Power Partytent.' Hij beëindigt zijn zin niet met een vraagteken maar met een punt.

De arrogantie! Alsof ik zelf niets in te brengen heb.

'Ben je doof of zo?' schreeuw ik in mama's camphone. 'Ik kom niet!'

Maar de sukkel heeft de verbinding al verbroken.

HOLDEN

Ik leg de zak op mijn bed en maak hem open. De kaars verberg ik in de la tussen mijn sokken. De fles water mag in mijn kleerkast logeren tot ik hem ongezien kan lozen en de blikken...

'Lieverd?'

Shit, daar is ma al!

De zak verandert in een soort van gigantische lichtgevende kwal, die ik binnen een seconde moet laten verdwijnen. In een panische reflex gooi ik er mijn dekbed overheen.

Nee! Nu lijkt het alsof er een babydromedaris in mijn bed ligt.

Ik hoor ma's bescheiden klopje. En dan: de deur, die openschuift.

Doe iets! schreeuwen mijn hersens.

Uit pure wanhoop kruip ik bij de zak en de blikken onder mijn dekbed.

'Sliep je?' vraagt ma.

'Bijna.' Terwijl ik mijn hoofd een stukje optil, controleer ik stiekem mijn bedovertrek. De babydromedaris is godzijdank verdwenen. Er zijn alleen nog logische bulten, van mijn voeten, benen en buik.

'Je krijgt de groeten van dokter Wendy,' zegt ma. 'Ik moest

doorgeven dat ze je volgende week wel weer ziet. Je hoeft de gemiste sessie niet in te halen.'

'Oké.' Ik geeuw nadrukkelijk en hoop dat ze weggaat.

Ma komt op de rand van mijn bed zitten. 'Hoe kon je nou toch zo hard vallen, lieverd?'

De waarheid vertellen is geen optie. Ze zou Prissy en mij nu al het liefst in een kooitje stoppen. Als ze hoort dat ik in verboden natuurgebied ben geweest... Ma is in staat om de blikken in beslag te nemen en de kelder te laten dichtstorten.

'Ik ben over mijn losse veters gestruikeld,' zeg ik. 'Dat is alles.'

Ze pikt het. Ik zie de frons uit haar voorhoofd verdwijnen.

En weer terugkeren.

'Laat me toch maar even naar je wonden kijken,' zegt ze.

De zak prikt tegen mijn pijnlijke heup. De blikken veranderen in landmijnen.

'Hoezo?' zeg ik zo relaxed mogelijk. 'Vertrouw je de artsen van de eerste hulp soms niet?''

'Tuurlijk wel, maar...'

'Nou dan.' Ik sluit mijn ogen en gaap nog een keer.

'Wil je pijnstillers? Dan slaap je beter.'

'Slapen?' Ik probeer het als een grapje te zeggen: 'Terwijl jij aan mijn kop zeurt?'

Ze grinnikt toegeeflijk. 'Roep je me wel als je iets nodig hebt?'

'Ja-ha.'

Zodra de deur achter haar is dichtgeschoven, schop ik het dekbed van me af. Met de motoriek van een stramme bejaarde hijs ik mijn benen buitenboord.

Waar zal ik de blikken verstoppen?

Ik zet ze voor me op de grond – drie op een rij – en blijf nog even voorovergebogen op de rand van het bed zitten, terwijl ik mijn wijsvinger over de deksels laat glijden. Bonen, tomatensoep en ansjovis. Zouden ze net zo'n smaaksensatie geven als de ananasschijven?

'Hey,' zegt Prissy.

Ik heb de deur niet open horen gaan en schrik me kapot.

'Kun je niet kloppen?' bijt ik haar toe, terwijl ik de blikken bliksemsnel onder mijn bed schuif.

'Wat heb je daar?' vraagt ze.

Ik probeer de conserven met mijn voeten en kuiten af te schermen. 'Niks.' Vanuit mijn ooghoeken inspecteer ik mijn dekbed. De zak ligt godzijdank nog steeds zo goed als verscholen.

'Echt wel.'

'Moet jij geen camfies gaan liken?' zeg ik. 'Of met je vriendinnen chatten?'

'Doe niet zo flauw, Ho.' Prissy ploft voor me op de grond en wiebelt met haar tenen.

Ze zien eruit alsof er een heel schap met ingeblikte peren bovenop is gevallen, maar dat komt door de blauwe nagellak.

'Je zou me vertellen wat er in die zak zit,' zegt ze. 'Beloofd is beloofd.'

'Omdat jij me chanteerde. Dat telt niet.'

Ze klakt geërgerd met haar tong, helt dan plotseling opzij en laat haar arm onder mijn bed verdwijnen. Ik grijp naar de kraag van haar bloesje om haar tegen te houden, maar ze heeft al een blik te pakken en houdt het triomfantelijk omhoog.

'Wow.' Ze bestudeert het etiket. 'Is dit wat ik denk dat het is?'

'Je gaat het niet rondbazuinen,' zeg ik dringend. 'Ik heb geen zin in gezeik.'

'Tuurlijk niet. Ik ben geen snitch.' Prissy zet het blik weer neer. 'Hoe kom je eraan?'
'Gevonden.'
'Ja, euh-huh.' De nieuwsgierigheid spat van haar gezicht. 'Maar waar?'
'Zeg ik niet.'
Ze bauwt mijn woorden op een kindertoontje na en laat zich vervolgens met een diepe zucht achterovervallen. Die halverwege in een juich verandert als ze de andere twee blikken onder mijn bed ontdekt.
'Je hebt er nog meer!' Ze rolt ze naar zich toe. 'Jemig, Holden, als je die verkoopt.... Hoeveel zouden ze wel niet waard zijn?'
'Ik hou ze zelf,' zeg ik.
Haar blauwe ogen verwijden zich. 'Je bent toch niet van plan om die troep te gaan eten? Wil je dood of zo?'
'Zie ik eruit als een lijk dan?'
Ze moet even naar adem happen. 'Je hebt het al gedaan? Je hebt echt voedsel geproefd?'
Zoals ze naar me kijkt! Alsof ik volslagen krankzinnig ben, maar ook een soort van held – en dan wil mijn verhaal ineens zo graag naar buiten dat ik toch nog alles vertel, over het hert en de camfie, de schuilkelder in de grot, de tunnel die ik vond en hoe ik via een luik uitkwam in de ruïne van een huis.
'Waar was dat dan?' vraagt ze net iets te gretig.
Schrikbeeld: Prissy met haar verschrikkelijke vriendinnen op strooftocht in mijn kelder.
Hoewel ik niet echt denk dat ze het zouden durven, is mijn zwakke moment acuut voorbij.
'Ergens in dat gigantische natuurgebied buiten de stad,' zeg

ik vaag. ‘Ik heb er niet echt op gelet. Ik was alleen maar bezig met overleven.’

‘Waarom heb je de noodknop op je brace dan niet in gedrukt?’

‘Gewoon.’

‘Je hebt de tracker eruit laten halen? Dat meen je niet!’

‘Hou je kop, Pris,’ sis ik.

‘Doe dan ook niet van die stomme dingen.’ Ze geeft een pets op mijn knie en staat op. ‘En nu ga ik mama overhalen. Zolang ze nog in jubelstemming is over jouw terugkeer...’

Ik heb allang spijt van mijn grote muil. ‘Je zegt niks, hè?’

‘Nee-hee.’

Ik wacht tot de deur achter haar sluit. Haastig wikkel ik de conservenblikken in een trui en leg die achter een stapel andere truien in mijn kast. Dan haal ik de zak onder mijn dekbed vandaan. Alleen de fakkels zitten er nog in.

Zodra ik de verpakking bestudeer, maakt mijn hart een sprong. Het zijn helemaal geen fakkels. Dit is oneindig veel beter, zeg maar gerust: episch.

Ik dans met mijn vondst door mijn kamer. Een paar passen, tot mijn enkels protesteren.

Morgen, denk ik. Morgen ga ik ze uitproberen. Op het grote plein, want daar staat altijd veel publiek. Alle met schmink en nepwimpers en kleurlenzen gepimpte ogen zullen zich opensperren van verbazing en schrik. Vanwege de stunt die ik ga uithalen.

PRISSY

Een vlammend rode mini-jurk met een goudkleurig hart op de voorkant. Gestreepte kousen tot over de knie en een schattig hartvormig kroontje.

Ik ben op slag verliefd.

'Kijk eens hoe onwijs mooi, mam.' Ik leg mijn homepad voor haar neer en laat het showmodel op het scherm rondjes draaien, zodat je haar van alle kanten kunt bewonderen.

'Hm.' Mama wil zich weer in haar sudoku verdiepen.

'Als we nu bestellen, heb ik hem nog op tijd,' zeg ik vlug.

'Maar lieverd...' Ze kijkt me met hoog opgetrokken wenkbrauwen aan. '...je hebt al een kostuum.'

'Dat kan ik niet aan, hoor. Volgens Reese zijn witte ijskoninginnenjurken helemaal uit.'

'Kan zij makkelijk zeggen,' zegt mama. 'Maar wie mag er betalen?'

Ik heb zin om tegen de bank aan te schoppen. 'Waarom moet jij altijd zo'n krent zijn?'

'Wacht maar tot je later zelf...' Mama stopt met praten. 'Heeft dit soms met die jongen te maken?'

'Welke jongen?' Ik voel gewoon dat mijn bloedvaten zich verwijden. Zo irritant.

'Die ik aan de camphone had.' Ze glimlacht toegeeflijk. 'Hij moet je leuk vinden om wie je bent, lieverd. Niet om wat je draagt.'
Hij is een enge stalker! zou ik tegen haar willen schreeuwen. Ik durf niet. Straks wil ze nog dat ik thuisblijf met Happy Day.
'Je snapt er helemaal niks van,' zeg ik.
Mama zucht. 'Het is niet dat ik je die jurk niet gun, dat begrijp je toch wel?'
Het showmodel op mijn homepad draait nog altijd rond. Ik moet aan de ballerina in mijn sieradenspeeldoosje denken – mijn laatste verjaardagscadeau van toen papa er nog was. De tranen springen vanzelf in mijn ogen.
'Van papa zou ik hem wel krijgen,' zeg ik. 'Hij zou me nooit voor schut laten staan.'
'Je stelt je aan, Pris.' Mama's stem gaat omhoog. 'Die witte jurk staat je prachtig.'
Ik voel Brooklyns schroeiende ogen al. Ze zal zwijgend op me neerkijken.
'Wat ben jij voor een moeder?' krijs ik.
Ik gris mijn homepad mee, stamp van haar weg en ram op de knop naast de deur. Geruisloos schuift hij open. Een aftocht van niks. Later wil ik net als oma in een oud huis wonen, waar je de deuren nog helemaal zelf met een klink moet opendoen, zodat je ze daarna met een harde klap achter je kunt dichtsmijten.
Zodra ik op mijn kamer ben, zet ik mijn camphone aan.
Fuck Mo. Ik heb mijn vriendinnen nodig.
Honderd gemiste berichtjes, camfies en filmpjes. En een noodkreet van Flow: Is je batterij leeg of zo?
Ik click haar meteen terug. *Ben er weer.*

Eindelijk **antwoordt ze.** Camchat!
'Ik ging net mijn haar wassen,' zegt Anna zodra ze in beeld komt. 'Wil jij het morgen opsteken, Pris? Niemand kan dat zo goed als jij.'
Complimentjes zijn bijna net zo fijn als nieuwe schoenen. Mijn humeur gaat met sprongen vooruit.
'Tuurlijk,' zeg ik, terwijl ik het gedoe met mama nog even in een hoekje van mijn hoofd parkeer. 'Wat voor kostuum heb je? Dan kan ik vast gaan brainstormen.'
'Niet zeggen!' roept Flow. 'Dat brengt ongeluk.'
Een vlogweetje van Reese.
'Een paar aanwijzingen kan toch wel?' Ik hoop stiekem dat Anna ook in het wit gaat. Samen voor schut is minder erg.
'Een jurk,' verklapt ze. 'En er hoort een tiara bij.'
'OMG!' roept Brooklyn, zogenaamd in shock. 'Je gaat als ijskoningin!'
Ze gieren het alle drie uit alsof ze net de mop van de eeuw hebben gehoord. Ik lach schaapachtig mee, terwijl het dreunt in mijn hoofd: zij hebben Reese dus ook gezien, natuurlijk hebben ze Reese gezien.
'Ik kijk wel uit,' zegt Anna. 'En het is natuurlijk ook geen vlinderjurk.' Ze zucht even. 'Weet je nog dat Karen vorig jaar zo'n idioot pak droeg dat haar moeder voor had gemaakt? Toen iemand een camfie van haar op Supershoot zette, werd ze best wel afgekraakt.'
Flow knikt. 'Echt megazielig.'
Ik schraap mijn keel. Dit is het moment om het te vertellen...
'Sorry hoor,' zegt Brooklyn. 'Maar als je zoiets aantrekt, vraag je er ook wel een beetje om.'
De woorden verkruimelen in mijn mond.

‘Nou ja,’ zegt Flow toegeeflijk. ‘Onze kostuums zijn vast en zeker prachtig. Morgen om halfelf bij mij. Omkleden, opmaken.’
Als mijn vriendinnen knikken, beweegt mijn hoofd automatisch mee – alsof ik met een onzichtbaar kettinkje aan ze vastzit.

Mama vindt sieraden knellende ondingen. Zodra ze thuis is, doet ze haar ID-brace af en legt hem in de hal op het kastje naast papa. Vanuit zijn filmlijstje kijkt hij iedereen die binnenkomt non-stop aan. Een flauwe glimlach. Ogen die knipperen alsof hij nog leeft...
Voordat ik de brace pak, draai ik het lijstje even om.
Ik log in op Colourcompany, sleep het rode kostuum naar het winkelmandje en klik op afrekenen. Als ik mama’s brace bij de lezer houdt, licht hij op.
Het is maar een lening, houd ik mezelf voor. Ik laat het e-label zitten zodat ik de jurk na Happy Day kan terugsturen. Mama hoeft er niets van te merken. Zolang haar saldo aan het eind van de maand lijkt te kloppen, laat ze de controle-update meestal zitten.
U HEBT BETAALD staat er.
Ik voel me een dief.

HOLDEN

Pa's werkkamer is na zijn dood gedegradeerd tot rommelhok. Het bureau met de ingebouwde oplader staat er nog. De computer en de elektromicroscoop hebben plaatsgemaakt voor dozen. Ma heeft op elk exemplaar een etiket geplakt: SPORTARTIKELEN, KLEDING PRISSY, HAPPY DAY...
Die zocht ik. Ik schud hem leeg op de vloer en ga ernaast zitten. De kilometers kettingen van Prissy mogen meteen weer terug de doos in. Net als een papieren waaier, een rode clownsneus en een gestippelde maillot of hoe zo'n ding ook heet.
Bij de potjes met schmink aarzel ik even. Ik heb een gloeiende hekel aan make-up, maar met een beschilderd gezicht ben ik zo goed als onherkenbaar.
Hoewel...
Stel je voor dat ik een handhaver achter me aan krijg en in de massa moet verdwijnen. Een pruik kun je afzetten, of je trekt er vlug een capuchon overheen. Mijn zwarte hoody is in een mum van tijd rood als ik hem binnenstebuiten draai en weer aantrek. Maar mezelf al rennend afschminken...
De potjes verhuizen naar de doos.
Die plaksnor zou wel kunnen. Of nog beter: dat Guy Fawkesmasker.

Als ik het optil, komt er een ring tevoorschijn. Pa's pooierring – opzichtig glimmend en met een steen ter grootte van een halve pingpongbal. Eksters zouden hem fantastisch vinden.
Ik schuif hem voor de lol om mijn vinger, strek mijn arm zodat ik hem van een afstandje kan bekijken, en dan zit er ineens een onverteerbare brok in mijn keel.
Onze laatste Happy Day met het hele gezin en we hadden geen idee.
Grijnzend kwam hij de trap af. In zijn witte gangsterpak, een winkel aan nepgoud om zijn nek en het hemd tot aan zijn navel open. Zijn drie borstharen hadden zich op wonderbaarlijke wijze vermenigvuldigd. Een trucje van ma, die met een wenkbrauwpotlood krulletjes op zijn borstkas had getekend – wat we enorm grappig vonden. Behalve Prissy. Zij vond dat pa zich beter als prins of popster kon verkleden.
Lijk was achteraf gezien toepasselijker geweest. Of wandelend skelet.
Ik kan pa bijna horen lachen. Hij hield van harde grappen, en ik dus ook. Het gaf onze relatie iets exclusiefs – die botte humor waar Prissy en ma geen snars van begrepen, en wij samen wel.
Tot hij me in de steek liet.
Mijn voet schiet uit en knalt tegen de doos, die als een curlingschijf door de kamer glijdt om vervolgens tegen de muur tot stilstand te komen. In een blinde waas ruk ik de ring van mijn vinger en smijt die erachteraan.
Het is ook zo fucking oneerlijk!
'Holden?' roept ma.
Volgens mij heeft ze een ingebouwde veiligheidscamera, die alle geluiden en bewegingen in dit huis oppikt.

'Niks aan de hand!' schreeuw ik terug.

Ik zet het Guy Fawkes-masker op. Om de een of andere reden werkt het kalmerend – alsof ik in een veilig tentje zit.

Test.

Ik tuur door de smalle oogspleten. Recht vooruit kijken gaat prima. Wil ik zien wat er naast me gebeurt, dan moet ik mijn hoofd opzij draaien, maar dat is geen probleem. Ik buig voorover om wat spullen van de vloer te rapen. Het masker blijft perfect op zijn plaats zitten en...

Shit, ik heb de pooierring naar de kloten geholpen. Hij ligt naast de plint, met als enige versiering nog een rondje schroefdraad. De steen moet eraf gevlogen zijn.

Daar! Onder het bureau schittert een niet te missen blauwe klont.

Ik laat me op mijn knieën vallen en hark de steen naar me toe. Tot mijn verbazing is hij hol en... Het bloed gonst in mijn oren. Er zit iets in!

Ik zet mijn masker af en bekijk het van dichtbij. Het ziet eruit als een ouderwets piepklein rolletje papier. Alleen in Chinese geluksyummy's zitten nog papieren boodschappen. *Het is nu het moment om uw dromen te volgen. Tussen hoop en herinnering bloeit uw geluk.* Prissy en haar vriendinnen zwijmelen erbij.

Ik peuter met de speld van een broche in het gaatje en haal het briefje naar me toe. Onbeholpen, met de hand geschreven letters. Volgens mij staat er SWIS, maar als ik het papiertje omdraai, kan het net zo goed SIMS zijn. Hoe dan ook, het zegt me allebei geen reet.

Maar Google hopelijk wel.

Ik begin met het woord SWIS en vind zowaar een paar bedrijfjes die zo heten, waaronder een adviesbureau, een kledingwinkel en iets met gewichtheffen. Vroeger bestond er ook nog een technoband met die naam en... mijn blik blijft haken bij een camfie van Miral Swis. Blijkbaar was ze een van onze eerste nieuwe leiders! Opgewonden lees ik verder, maar ze blijkt al tientallen jaren met pensioen te zijn en is totaal niet belangrijk meer. En dus ook niet interessant. Dit wordt niks. Misschien brengt SIMS me meer geluk.

Zodra ik het woord intik, krijg ik een serie antieke videogames voorgeschoteld. Er is ook nog een linkje naar William Sims, een Amerikaanse admiraal, maar die heeft de Bange Jaren niet eens meer meegemaakt. Blijft alleen het plaatsje Sims over – ergens in Illinois volgens Google Maps. Ook dat kan ik afstrepen. Ik geloof niet dat ze daar pooierringen fabriceren en ik weet zeker dat pa er nooit is geweest.

'Ma!' Met het briefje en de ring hompel ik op mijn zwakke enkels de trap af. 'Ik heb iets gevonden!'

PRISSY

'Wow.' Anna staat in haar flamingojurk voor de grote spiegel en voelt voorzichtig aan haar felroze geverfde haar.
Ik heb het in drie puntige torentjes gedraaid, zoals op dat voorbeeldfilmpje bij de Hair & Make-up Artist in Southstreet. Dat je een tiara ook ondersteboven kunt dragen, is mijn eigen idee. Het opengewerkte zilver met de roze strassteentjes versiert Anna's voorhoofd alsof het ervoor bedoeld is.
'Leuk,' moet Brooklyn toegeven. Zij is verkleed als Lightgirl – haar favoriete gamepersonage – en heeft kant- en klaar haar gekocht: een zwarte afropruik met ledlampjes.
'Nu ik nog.' Ik ga op de kruk voor de kaptafel zitten en duw mijn haren met twee handen omhoog. 'Wat vinden jullie? Opsteken of...'
'Wacht even,' zegt Flow. 'Niet bewegen, Pris.'
Het klinkt zo dringend dat ik als een levend schilderij blijf zitten.
Anna komt dichterbij en bestudeert mijn hals.
'Wat?' vraag ik.
Zit er soms een eng beest? Maar ik voel niks kriebelen.
'Maak je niet druk.' Flow haalt iets blinkends uit haar toilettas. 'Ik los het wel op.'

Met een pincet? Dan is het vast een teek!
Ik knijp mijn ogen stijf dicht. 'Doe je wel voorzichtig? En schiet een beetje op want ik krijg lamme armen.'
Iets koud metaligs raakt mijn nek even aan en dan hoor ik een knipje.
Een knipje!
Mijn ogen vliegen open en ik spring van de kruk. 'Wat doe je, gek?'
'Ervoor zorgen dat je straks niet voor schut loopt.' Flow houdt in haar rechterhand een schaartje en in de linker...
Ik kan wel huilen als ik het elektronische label zie.
'Wat kijk je raar,' zegt Anna.
'Prissy kijkt altijd raar.' Brooklyn grinnikt. 'Zo is haar gezicht.'
Wanhopig laat ik me op de kruk zakken en zoek met mijn hoofd op mijn armen troost bij de kaptafel.
'Hé.' Flows stem is van fluweel. 'Brooklyn maakt maar een grapje.'
'Ik ben niet in de stemming voor grapjes,' murmel ik.
Nu wil ze samen met mij op de kruk zitten. Haar harde heup dwingt me vanzelf om een stukje op te schuiven. 'Je hebt een prachtig gezicht.' Ze slaat haar arm om me heen. 'Dat weet je best.'
Ik til mijn hoofd een stukje op. 'Daar gaat het niet...'
Slik. Flow heeft het schaartje en het e-label op de kaptafel gelegd. Het is net als met films over verliefde mensen en dat er dan eentje doodgaat. Ik kijk ernaar en moet huilen.
'Wat heb je toch?' zegt Brooklyn. 'Anders stel je je nooit zo aan.'
Bestolen worden door je eigen dochter...
Mama gaat ook megaverdrietig zijn. En teleurgesteld.

Anna hurkt naast me, aan mijn kant van de kruk. 'Komt het soms door die stalker? Ben je daardoor zo van streek?'
'Mo?' Na ons gesprek heb ik nauwelijks nog aan hem gedacht. Hij viel me niet langer lastig en ik had het te druk met andere zaken. Op de uitkijk zitten. De voordeur opendoen voordat de koerier zou aanbellen, zodat mama het niet zou horen.
Ik veeg mijn tranen weg en ga rechtop zitten. 'Mo heeft hier niks mee te maken.'
'Wat is er dan aan de hand?' vraagt Anna.
'Ja, Pris.' Flow rukt een tissue uit de houder en geeft hem aan mij.
Ik snuit mijn neus om tijd te rekken. Kon ik het maar gewoon clicken, dan hoefde ik ze niet aan te kijken.
'We zijn je vriendinnen,' dringt Flow aan. 'Tegen ons kun je alles zeggen.'
'Het e-label,' flap ik er uit. 'Je hebt het er zomaar uitgeknipt.'
'Allicht,' zegt ze. 'Dat ding stak recht omhoog uit je jurk. Modeflater twee volgens Reese.'
'Drie,' verbetert Brooklyn.
'Had het maar terug in mijn kraag gestopt.' De tissue is een klein nat balletje in mijn hand. 'Nu kan ik mijn kostuum niet meer terugsturen.'
'Waarom zou je dat willen?' vraagt Flow onnozel. 'Het staat je supermooi.'
'Mama weet niet dat ik het gekocht heb. Ik had al een jurk...'
Met mijn ogen op de vloer gericht, begin ik te vertellen.
Mijn vriendinnen zijn nog nooit zo lang achter elkaar stil geweest. Ik begin al bijna te denken dat ze stiekem zijn weggeslopen en kijk voorzichtig op.

Natuurlijk zijn ze er nog – totaal in shock, al proberen ze dat achter hun zenuwlachjes te verbergen.
'En nu heb ik dus een onwijs geldprobleem,' besluit ik mijn verhaal.
Flow is de eerste die weer kan praten. 'Ik zou je dolgraag willen helpen, maar...'
'Je kleedgeld is op.' Ik knik begrijpend.
'Dat van mij ook,' zegt Anna.
Brooklyn kauwt op de binnenkant van haar wang. 'Kan Holden je niks lenen?'
'Vanwege een jurk?' Ik schiet bijna in de lach. 'Hij ziet me al aankomen. Kleding interesseert hem echt geen zier.'
'Joh,' zegt Brooklyn. 'Dat is me nou nooit opgevallen.'
Ik ben nog steeds niet in de stemming voor grapjes.
'Proberen kan geen kwaad.' Flow geeft me mijn camphone aan. 'Vooruit. Speel op zijn gevoel. Jij bent het jonge zusje dat de hulp van haar grote broer nodig heeft.'
Braak!
Maar omdat ik ook niks beters weet, begin ik toch maar te clicken.
Wie denk je dat ik ben? **schrijft Holden terug.** De kerstman? Ik wil ook wel geld, voor een verrekijker.
Ik krijg een geniale inval. *Verkoop die blikken met voedsel dan.*
Die is gek **clickt hij.** Vertel het nou maar aan ma. Ze kan het beter van jou horen dan dat ze er zelf achter komt.
Maar dan ben ik gedoemd!
In mijn hoofd draait zich een huilfilm af met mij in de hoofdrol: Prissy Winters mag voor straf nooit meer naar Happy Day. Kleedgeld kan ze voor de rest van haar leven op haar buik schrijven. Een middagje shoppen met haar vriendinnen

is er niet meer bij en met haar loser-kleren verpest ze alle camfies. Ze wordt het lachertje van Supershoot en na een poosje vraagt niemand haar nog mee. In het uitfadende eindshot zit ze op haar kamer met haar camphone als enig gezelschap. Verdrietig kijkt ze naar het schermpje. Ze krijgt alleen nog berichtjes van haar moeder en wordt nooit meer geliket. *The end.*
Mijn duim twijfelt geen seconde meer en tikt als een bezetene.
Als je me niet helpt, vertel ik mama inderdaad alles.
Verzenden.
Gefeliciteerd **clickt hij terug.** Je bent nu officieel een bitch.
'En?' vraagt Flow.
'Holden is ook blut,' zeg ik.

HOLDEN

Ik stap naar buiten. De straat is met papieren bloemenslingers versierd en overal hangen vlaggen met smileys. Op de stoep voor ons huis danst een kat met laklaarzen. 'Happy Happy Day!'

Ik vergeet Prissy en denk alleen nog maar aan de inhoud van mijn rugzak.

Dit wordt een geweldige dag.

De voordeur sluit automatisch achter me. Ik sjor mijn tas stevig vast en neem de kortste route naar het plein. De hele stad blinkt, alsof hij zojuist door de wasstraat is gehaald. Alle zonnepanelendaken schitteren en ik zie mezelf weerspiegeld in elke ruit. Een slome, zwarte schim met een Guy Fawkes-masker op.

Een markiezin met een kanariegele pruik van een meter hoog haalt me in. Ze is niet de enige die sneller loopt dan ik. Mijn benen zijn net te strak gespannen gitaarsnaren en ook de rest van mijn lijf doet pijn. Vallen is topsport. Ik voel spieren waarvan ik gisteren nog niet eens het bestaan wist.

Vlak voor me blijft een chagrijnig kijkende engel met vleugels van nepveren plotseling staan. Ze strekt haar arm, houdt haar camphone klaar en begint vanuit het niets te glimlachen

– nog breder dan de smileys op de vlaggen, alsof het een wedstrijdje is.
Op de grootste fakedag van het jaar is iedereen blij. *Klik.*
Zodra haar arm weer naar beneden zakt, zakken haar mondhoeken mee.
Een perfect plaatje voor Fail Nail.
Ik maak vlug een camfie van haar en steek dan over naar Obama Road.
Het is er belachelijk druk. Ik wring me tussen buiken en ruggen door en weet met moeite de Virtual Travelshop te bereiken. Dan is er echt geen doorkomen meer aan. Ik sta klem tussen een Pierrot en een kleine Venetiaanse dokter met een masker. Het bedekt zijn hele gezicht en heeft een lange, scherpe neus.
Dokter Vogel, denk ik.
Er klinkt trompetgeschal. De openingsspeech gaat beginnen. Iedereen kijkt omhoog, naar de tientallen reclame- en informatieprojecties, die allemaal tegelijk op zwart gaan. Meteen daarna floepen de schermen weer aan en laten stuk voor stuk hetzelfde beeld zien: een podium met vijf microfoons voor de brede trappen van het vredesmonument.
Het is alsof er een deken over de wereld valt, die alle geluiden dempt. Het verbaast me elk jaar weer dat zo veel mensen zo ontzettend stil kunnen zijn.
Twee mannen en drie vrouwen komen het podium op en gaan achter hun microfoons staan. Onze nieuwe leiders...
In hun glitterpakken zien ze eruit als een foute popgroep.
'Welkom,' verbreekt onze eerste leider de stilte. Ze heeft haar rossige haar zo strak achterover gekamd dat het net een helm lijkt. 'Vandaag staan we weer even stil bij de Bange Jaren.

Toen er nog terroristische aanslagen plaatsvonden met messen, bommen en voertuigen. De periode waarin een Aziatische dictator raketten afvuurde alsof het speelgoed was en iedereen vreesde hoe onze onvoorspelbare president daarop zou reageren.'

Als onze tweede leider knikt, bewegen zijn lange dreadlocks mee. 'Intussen dreigde onze prachtige aarde ook nog ten onder te gaan aan vervuiling en uitputting. Het klimaat veranderde, er waren steeds vaker allesverwoestende branden en orkanen, de zeespiegel steeg en de oceanen veranderden in een plastic soep.'

Toen mocht je tenminste nog in de vrije natuur zwemmen, denk ik opstandig. Nu word je voor een zogenaamde *Ocean Experience* naar een golfslagbad gestuurd.

Onze derde leider is aan de beurt. Een grote, donkere vrouw met een tribal tatoeage die de helft van haar gezicht bedekt.

'Economische groei,' zegt ze. 'Dat was het enige wat telde. Het was niet genoeg om quitte te spelen. Er moest winst gemaakt worden, ten koste van alles. Mens, dier, milieu...'

'Maar!' roept onze vierde leider – een bleke man van een jaar of vijftig met de stem van een meisje. 'Er ontstond gelukkig een tegenbeweging. Steeds meer mensen begonnen op eigen houtje duurzame projecten te ontwikkelen en maakten zich hard voor een betere wereld. In tegenstelling tot de heersende politici keken zij wel vooruit. Ze wilden dat hun kinderen en kleinkinderen ook nog een toekomst zouden hebben.'

Onze vijfde leider steekt haar vuist omhoog. 'En we zijn op de goede weg!'

Door elke dag dezelfde saaie vita te eten, zeker?

'De Grote Ommekeer heeft alles beter gemaakt,' zegt ze, terwijl ze ons doordringend aankijkt. 'We halen onze energie alleen nog uit groene bronnen. Onze elektrische auto's zijn zodanig geprogrammeerd dat ze geen mens meer kwaad kunnen doen. Ons voedselpatroon is veranderd, zodat niemand nog honger hoeft te lijden. Onze kleding is duurzaam en ons weinige afval vaak ook nog recyclebaar. Ziektes zijn grotendeels uitgeroeid. De luchtkwaliteit is met sprongen vooruitgegaan sinds we het toeristisch vliegverkeer hebben afgeschaft. Verre reizen zijn overbodig geworden. Virtual reality heeft zich inmiddels zo ontwikkeld dat je elk land ook thuis kunt beleven.'

De poolreizigers van vroeger zouden zich kapot lachen als ze dit hoorden. Ik voel aan mijn rugtas. Hij is net als mijn kleren pikzwart, waardoor hij net zo weinig opvalt als een ijsbeer in de sneeuw – die trouwens een zwarte huid heeft onder zijn witte vacht en in de Bange Jaren bijna was uitgestorven.

'Laten we moeder aarde vieren,' zegt ze. 'Dat we allemaal gezond en in vrede oud mogen worden.'

Onze leiders kijken elkaar stralend aan. 'Happy Happy Day!'

En dan begint de hele stad naar de schermen te roepen, alsof die oren hebben. Een loeihard 'Happy Happy Day' echoot tussen de huizen.

'Kippenvel,' mompelt de Pierrot naast me.

Ik denk aan de inhoud van mijn rugtas. Die is pas echt huiveringwekkend.

PRISSY

Ik voel het gebonk van de trommels in mijn borst, terwijl de parade langs ons heen trekt. De drummende mannen dragen gestreepte pakken en hoeden met pluimen. Achter hen rijdt de bloemenwagen, met kinderen op schommels. Anna zwaait naar haar zusjes, die als elf zijn verkleed. Kleine elfjes zonder problemen...

'Niet zo fronsen!' brult Flow in mijn oor. 'Straks krijg je een rimpel.' Ze vouwt haar arm om mijn hals en houdt haar hoofd tegen dat van mij, zodat we tegelijk naar het schermpje van haar camphone kunnen kijken. 'Kijk, al zeventien likes op Supershoot!'

Wat kan mij die stomme camfie nou schelen?

'Te gek,' zeg ik met het enthousiasme van een zombie.

Flow zucht. 'Probeer het nou van je af te zetten.'

'Alsof dat zo gemakkelijk is.'

'Dat zeg ik ook niet, maar...' Ze trekt haar arm terug. 'Je verpest zo wel de sfeer. Niet alleen voor jezelf maar ook voor ons.'

Toe maar. Eerst een bitch, en nu ook nog de grote verpester... Met waterige ogen staar ik naar de volgende praalwagen – een zeeblauw luchtkussen op wielen. Kleurige kindervissen

springen rondom zeemeerminnen met kilometers lang haar. Op een opblaaseiland in het midden speelt een zeegod onder een palmboom het nummer 'Aquadream' op zijn elektrische gitaar.
Niemand kan nog stilstaan. Brooklyn deint mee in haar lichtgevende pak met fladderpijpen. Anna verliest een paar roze veren en Flows satijnen hoedje met bloem wiebelt op en neer. Dan houden ze opeens elkaars handen vast en doen een kronkeldans met hun armen.
En ik hoor er niet bij.
'Maak even een camfie!' gilt Flow naar me.
Soms heeft ze het inlevingsvermogen van een stoeptegel.
Ik pak met tegenzin mijn toestel en zie dat ik weer een berichtje heb gekregen.
Mo: Ik kan je helpen.
Hij moet het gesprek tussen mij en Holden gelezen hebben. Die creep bespioneert me dus nog steeds.
'Camfie!' roepen mijn vriendinnen nu alle drie.
Ik maak er een paar en laat mijn toestel weer zakken.
Maar stel je nou eens voor dat Mo het meent en ik mag echt geld van hem lenen...
Doe normaal, zegt mijn verstand. Onbekende jongens geven niet zomaar dash aan een meisje. Die willen er iets voor terug.
Oké dan click ik.

We staan in een bloedhete Power Partytent tussen honderden plakkerige lijven. Het is drie minuten voor vier.
'Wie wil er nog een shake?' vraagt Brooklyn.
Ik schud mijn hoofd. 'Ben even plassen.'

Tegen de tijd dat ik buiten kom, zit mijn maag in mijn keel. Normale jongens hacken geen camphones en bespioneren geen meisjes. Wie weet waartoe Mo nog meer in staat is.
Het toiletgebouw is links. Ik ga de andere kant op, zodat ik om de rechthoekige tent heen kan lopen. Aan de zijkant is het meteen minder druk. Een paar achter elkaar aan rennende kinderen, twee zoenende jongens, en een meisje dat een camfie maakt.
Je kunt nog terug, hoor ik mijn vriendinnen zeggen.
Ik wil niet terug. Misschien is dit mijn laatste kans om uit te vinden wie Mateo is. En waarom zou ik bang zijn? Mo klonk als een jongen en niet als een enge, oude man. Bovendien kan ik altijd iemand roepen. Er zijn mensen genoeg in de buurt.
Ik heb de achterkant van de tent bereikt, veeg mijn vochtige handen af aan mijn jurk en gluur om het hoekje.
Niemand.
Jemig, ik ben nog teleurgesteld ook.
Met een ruk draai ik me om en dan staar ik in het witgeschminkte gezicht van een voodoopiraat. Alleen zijn ogen – pandaogen zou Holden zeggen – zijn haren en zijn lippen zijn zwart.
'Sorry,' zegt hij. 'Ik wilde je niet laten schrikken.'
Die stem...
Hoewel er geen trommel in de buurt is, voel ik het toch weer onwijs bonken in mijn borst.
'Mo?' vraag ik hoopvol.
'In één keer goed.' Hij heeft zich niets van Reeses advies aangetrokken en draagt een zwart kostuum met stoere laarzen. Alleen de manchetten van zijn jasje en het biesje rondom zijn gilet zijn zilverkleurig.

Mijn stalker ziet eruit als een professioneel model. Ik zou stiekem een camfie van hem willen maken, zodat ik hem aan mijn vriendinnen kan laten zien.
'Het staat je geweldig,' zegt hij.
'Wat?'
'Dat kostuum.' Hij glimlacht. 'Waardoor je nu in de problemen zit.'
Ik geloof dat ik smelt.
Wacht even. Hij mag dan nog zo knap zijn – het is nog steeds dezelfde creep.
'Waarom heb je mijn camphone gehackt?' vraag ik.
'Ik wilde met je in contact komen.'
'En dan bel of click je niet gewoon even?'
'Dat heb ik gedaan.'
'En meteen mijn hele toestel overgenomen.'
'Wees blij. Anders had ik nooit geweten dat je mijn hulp nodig hebt.' Hij gebaart naar de straat. 'Zullen we gaan?'
Ik heb het gevoel dat ik naar een wiskundeles van Stevens zit te kijken. Hoewel onze leraar gewoon Engels spreekt en ik elk afzonderlijk woord prima kan verstaan, begrijp ik nooit wat hij bedoelt.
'Gaan?' vraag ik, terwijl ik Mo's pols check.
'Naar onze wormhole.'
Het klinkt als iets donkers onder de grond.
'Ik doe het liever hier,' zeg ik. 'Je hebt je brace bij je, dus...' Ik houd die van mij al klaar om te matchen. 'Honderdvijftig dash.'
Hij grinnikt. 'Je denkt dat ik je geld ga lenen?'
Ik laat mijn arm zakken en voel me een dombo. Natuurlijk was het een lokkertje om me hierheen te krijgen. En nu vraagt

hij me mee naar dat wormgat zodat hij ik weet niet wat met me kan doen.
'Ik had niet moeten komen,' zeg ik. 'Als je me toch niet wilt helpen...'
'Heb ik dat gezegd dan?'
Tegen mijn zin in blijf ik staan.
'Ik help je juist graag,' zegt hij. 'Maar dat lukt alleen met de hulp van mijn vriend Laşer. Hij wacht op ons in de wormhole.'
Mo's mooie ogen boren zich in die van mij, en dan begin ik toch weer te twijfelen.
'Je moet het zelf weten,' zegt hij. 'Aan jou de keus.'
In gedachten zie ik hem met een toverstokje zwaaien, waarmee hij mijn zorgen – *poef!* – laat verdwijnen. Ik wil niets liever, alleen...
'Hoe weet ik zeker dat je echt bent wie je zegt?' vraag ik.
Hij laat me zijn brace zien, met zijn naam, leeftijd en identiteitsnummer.
Mateo Rojes, zeventien jaar. Ik maak bliksemsnel een camfie.
'Hé!' roept hij verontwaardigd.
Maar de camfie is al op weg naar Flows toestel.
'Ik wis hem straks weer,' zeg ik. 'Als ik veilig terug ben bij mijn vriendinnen.'
'Ben jij altijd zo wantrouwend?'
'Voorzichtig, bedoel je.' Ik loop met hem mee. 'Normale jongens hacken geen...'
Er komt een berichtje van Flow binnen: Je bent bij je stalker? Doe ff normaal!
'Even iemand geruststellen,' zeg ik.
Mo gaat me helpen click ik terug. *Hij weet dat je zijn gegevens hebt en hij me dus niks kan flikken.*

'Je vriendin?' vraagt hij.
Terwijl ik knik, pingt mijn camphone weer.
Flow: Gek! Binnen een halfuur hoor ik weer van je. Anders ga ik hulp halen!
'Oké,' zeg ik tegen Mo.
We slaan een zijstraat in en steken over naar het park. In de bomen langs het pad hangen appels met smiley-gezichtjes. Alle bankjes zijn bezet en ook in het gras liggen verklede mensen. Bij de vijver speelt een wit Alice-in-Wonderland-konijn op een dwarsfluit.
'Je zei dat je me kent,' zeg ik, terwijl we een vloggende show-girl ontwijken. 'Maar waarvan dan?'
'Het City-museum,' antwoordt Mo. 'Ik zag je daar met je moeder. Was je alleen geweest, dan had ik je wel aangesproken, maar...' Hij maakt een hulpeloos gebaar met zijn arm. 'Ik heb stiekem een camfie van je gemaakt en er een gezichtsherkennings-app op los gelaten. Toen vond ik je profiel op internet en kon ik je nummer achterhalen.'
'Oké.' Ik weet niet of ik me gevleid of bezorgd moet voelen. 'Maar hoe wist je wat er in het zwembad gebeurde? Mijn camphone lag in mijn locker.'
'De meeste beveiligingscamera's laten zich gemakkelijk hacken.' Hij zegt het achteloos, alsof het de normaalste zaak van de wereld is.
Voor hem waarschijnlijk wel.
We verlaten het park en komen in een straat met aan weerszijden oplaadstroken, waarop tientallen auto's staan geparkeerd. Mo houdt zijn brace bij een blauwe coupé en maakt het portier open.
In een auto kun je niet wegrennen.

‘Het is maar vijf minuten rijden,’ zegt Mo, die blijkbaar mijn aarzeling voelt. ‘Te voet doen we er een halfuur over. Jij mag kiezen.’

Flow weet ervan. De camfie is mijn levensverzekering en de tracker van mijn camphone staat aan.

Met wiebelige benen stap ik in.

HOLDEN

Een glimlachende vrouw met lippenstift op haar tanden. Een meisje dat haar jas per ongeluk scheef heeft dichtgeknoopt. Een in slaap gevallen man, die niet merkt dat er een vlieg op weg is naar zijn geopende mond.

Pa en ik hielden elk jaar een wedstrijdje. Wie zet de grappigste bloopercamfie op Fail Nail? Zijn 'verzopen kat' staat tot nu toe op één: een als poes verklede vrouw die in de parkvijver is gevallen en druipend op de oever klimt.

Dit jaar ga ik je verslaan, ouwe.

Ik laat mijn ogen ronddwalen, op zoek naar geschikt materiaal. Tegen de gevel leunt een lange man in een gangsterpak. Ik denk meteen weer aan het geheimzinnige briefje.

Toen ik het gisteren aan ma liet zien, had ze haar schouders opgehaald.

'Zegt me niets,' zei ze. 'Het zou de naam van dat ringtype kunnen zijn, of anders van de ontwerper. Een knipoog naar de handtekeningen op echte kunstwerken of zoiets.'

Ik geloof er geen reet van. Dit soort ringen wordt niet met de hand gemaakt maar met duizenden tegelijk geprint. Het is volautomatisch seriewerk – wat betekent dat in alle nepstenen dezelfde papiertjes zouden zitten. Stuk voor stuk met datzelfde mysterieuze woord erop, in een fakehandschrift, geschreven door een inktrobot. Ik kan me niet voorstellen dat iemand zo veel moeite doet voor een lading briefjes die geen mens te zien krijgt.

Dat wil zeggen... Behalve pa en ik dan.

'Hoe kwam pa eigenlijk aan die ring?' vroeg ik.

Ma's schouders gingen weer omhoog. 'Hij zal wel bij het kostuum gezeten hebben.'

'Nee, hoor,' bemoeide kledingfreak Prissy zich ermee. 'Er zat geen ring bij dat pak. Alleen kettingen.'

'Dan weet ik het ook niet,' zei ma.

Tot mijn verbijstering verfrommelde ze het briefje en wierp het in de afvalshredder, die het met een knagend geluid opvrat.

'Wat doe je nou?' riep ik.

'Voorkomen dat jij het in je broekzak steekt.' Ze maakte een bus algenpoeder open en schepte een paar lepels in de shaker. 'Ik wil niet dat het per ongeluk in de was verzeild raakt.'

Bullshit!

'Dat kan helemaal niet,' zei ik. 'Die stomme wasmachine begint al te piepen als er een zandkorrel in mijn sok zit.'

'En wie mag hem er dan uit vissen?' Ma glimlachte tevreden, alsof ze zojuist een onweerlegbare verklaring had afgelegd.

Verdacht tevreden.

'Verberg je soms iets?' vroeg ik.

Prissy was degene die rood werd. Ik had op dat moment nog geen idee waarom.

Ma lachte als een hyena. 'Doe niet zo raar!'

Volgens mij was ik de enige die normaal deed. Maar toen ik dat wilde zeggen, zette ma de shaker aan en dat ding maakt zo veel herrie dat ik naar mijn kamer vluchtte. Daar heb ik alle oude Happy Day-camfies uit de familiecloud bekeken. Die waarop pa in zijn gangsterpak van de trap afkomt, zat er ook bij. Openhangend hemd, getekend borsthaar, een lading kettingen en een grote grijns – allemaal precies zoals ik het me herinnerde. Op één ding na. De pooierring ontbrak.

Ik checkte de tijd. De camfie was gemaakt om elf uur 's ochtends.

Heeft iemand hem later op de dag die ring pas gegeven? Maar wie dan, en nog belangrijker: waarom?

PRISSY

Aan de buitenkant ziet het gebouw eruit als een saaie, grijze doos.
'Dit is ze,' zegt Mo tegen de camera boven de ingang.
'Laşer?' vraag ik.
Mo knikt en opent met zijn brace de zware deur.
We zijn amper binnen of boven onze hoofden springen tientallen lampen aan. Ze verlichten een uitgestorven skatehal met grote en mini ramps, een halfpipe en een stuk of wat funboxen.
Op alle muren zijn felgekleurde fabelachtige wezens geschilderd die in het City-museum niet zouden misstaan. Ze zijn lief en angstaanjagend tegelijk. Ik bewonder een groepje slanke, geschubde figuren met hartvormige hoofden en struisvogelwimpers. Een pluizig hondje met een bloedende arm in zijn bek. Een kraai met een doodskop en mangaogen...
'Je profielpic,' zeg ik. 'Heb je de schildering ook gemaakt?'
'Alleen de camfie.' Mo loopt naar een zijruimte aan de overkant van de zaal. 'Ik ben geen kunstenaar zoals Laşer.'
Ik verwacht inmiddels een soort superjongen, die alles kan.
In de zijruimte is het plafond veel lager en het licht gedimd. In het midden is een verzameling oude bankstellen neerge-

kwakt en er hangt een antieke beamer. In de hoek staan een paar BMX-fietsen, skateboards en wat dozen in een kooi van gaas.

'De wormhole?' vraag ik.

'Nee, de kantine.'

'Oké.' Ik grinnik. 'Gezellige boel.'

'We moeten hier zijn,' zegt Mo en hij opent met een cijfercode een deur naast de kooi.

Ik kijk naar het naargeestige lampje boven de stenen trap die naar beneden voert en dan lach ik niet meer.

Donker en onder de grond. Dus toch.

'Ga jij maar eerst,' zeg ik vlug.

We dalen af in de krochten van het gebouw – Mo voorop, en ik stijf van de zenuwen achter hem aan met mijn vingers stevig om mijn camphone geklemd. Flow is slechts één aanraking van me vandaan. Eén tik op mijn schermpje...

We zijn beneden. Zodra ik om me heen kijk, ontspannen mijn spieren. Dit is geen kelder met martelwerktuigen, matrassen en kettingen – zoals in het doodenge *Cellargame*. De inrichting bestaat uit drie doodgewone tafels. Ze zijn in een halve cirkel neergezet en volgeplempt met ouderwets uitziende apparaten, toetsenborden en monitoren, die door een lange, dunne jongen worden bediend. Hij draagt een trainingsbroek en van die Flaffy-sneakers, die al drie jaar uit de mode zijn. En alsof dat nog niet erg genoeg is, heeft hij ook nog een beige beanie op – modeflater vijf volgens Reese.

Is het een grappig bedoeld kostuum voor Happy Day? Of zou hij er altijd zo bij lopen?

Ik zou me hoe dan ook kapot schamen, maar de jongen lijkt volkomen in zijn element. Hij roept commando's en laat zijn

vingers over toetsen razen. Soms veegt hij even over een scherm en verandert er iets in de raamgrote projectie op de wand. Een kapitein op de brug van zijn ruimteschip, denk ik.
'Mijn vriend Laşer,' zegt Mo.
'Hoi,' zeg ik tegen de hoge, smalle rug.
Laşer draait zich om en kijkt naar mij. 'Heb je het e-label bij je?'
'Hoezo?'
'Zodat we in kunnen breken.'
Ik had het kunnen weten. Mo heeft mijn camphone gehackt, de veiligheidscamera's van Park Pool overgenomen, en nu is Colourcompany aan de beurt.
Met een ongemakkelijk gevoel in mijn buik, kijk ik naar de overvolle tafels. 'En dat doe je met die oude meuk?'
'Niet zo oneerbiedig,' zegt Mo. 'Ze werken nog prima en je kunt ermee hacken zonder een spoor achter te laten, wat met die apparaten van tegenwoordig vrijwel onmogelijk is.'
'Dus?' Laşer houdt zijn hand op en beweegt ongeduldig met zijn vingers.
Ben ik medeplichtig als ik meewerk? Mijn jurk lijkt ineens te strak.
'Graag en anders niet.' Hij werpt me een minachtende blik toe en wendt zich dan tot Mo. 'Zij gaat ons echt niet helpen.'
'Kalm aan, Laşer,' zegt Mo. 'Gun haar wat tijd.'
Laşer gaat op de trap zitten mokken.
'Let maar niet op hem.' Mo slaat zijn arm om me heen.
Ik heb altijd gedacht dat er niets opwindenders bestaat dan de jaarlijkse uitverkoop bij Goucies – specialist in designkleren, maar dit is opwindender.
En dan begint hij ook nog met zijn sexy stem zachtjes tegen me te praten. 'Ik snap dat je je zorgen maakt, maar dat is ner-

gens voor nodig. Jij bent hier niet de slechterik. Als iemand zich schuldig zou moeten voelen, zijn het die lui van Colourcompany wel. Ze proberen iedereen wijs te maken dat je zonder hun nieuwe kleren niet gelukkig bent. Online, op straat, in de cinema. Overal. Je wordt net zo lang gehersenspoeld tot je het echt gaat geloven.'

Het klinkt volkomen logisch uit zijn prachtige mond. Maar het zijn vooral zijn doordringende ogen die me overtuigen. Hij ziet me, maar dan echt. Ik vergeet Laşer en de wormhole. Het is alsof er niemand anders op de wereld is dan Mo en ik.

'En daarom gaan wij ervoor zorgen dat jij je geld terugkrijgt,' besluit hij zijn verhaal.

'Hoe dan?' vraag ik. 'Flow heeft het e-label eraf...'

'Geen probleem. Zolang we de code maar kunnen lezen.'

'Maar...'

'Sssjh. Vertrouw je me?'

Ik vertrouw alleen mezelf niet. Als hij nog lang zo blijft staan, ben ik in staat om mijn hoofd op zijn schouder te leggen.

'We doen niemand kwaad,' zegt Mo. 'Colourcompany is een gigantisch bedrijf. Die kunnen best een jurkje missen. Waarschijnlijk merken ze het niet eens. Je moeder krijgt haar geld terug en jouw problemen zijn voorbij.' Hij geeft me een kneepje. 'Fijn toch?'

Ik vind het helemaal niet fijn dat hij me loslaat.

'Nou, wat wordt het?' klinkt het achter ons.

Laşer. Die is er jammer genoeg ook nog.

De betovering is voorbij en dan aarzel ik toch weer. 'Wat doen we als iemand erachter komt?'

'Onmogelijk,' zegt Laşer verontwaardigd. 'Ik ben nog nooit gesnapt.'

'Je hoort het.' Mo glimlacht. 'Dus?'
'Oké dan.' Ik graaf in mijn hartvormige tasje tot ik het e-label vind.

Terwijl de jongens aan mijn reddingsoperatie beginnen, bel ik in de kantine met Flow.
'Eindelijk,' zegt ze. 'Ik wilde al iemand waarschuwen.'
'Nergens voor nodig. Mo is niet eng maar onwijs leuk.'
'Je stalker?'
'Noem hem niet zo.'
'Dat is hij anders wel.'
Soms kan ik Flow wel wurgen. Vooral als ze gelijk heeft.
'Ik zie je straks,' zeg ik.

Ik heb elk geschilderd wezen in de skatehal uitgebreid bekeken als Mo en Laşer eindelijk uit hun wormhole kruipen.
'En?' vraag ik.
Ze geven elkaar een boks en grijnzen breed.
'Kom zitten!' roept Mo. 'Dan gaan we het vieren.'
En Happy Day dan? wil ik vragen.
Maar Laşer heeft al een doos uit de kooi gehaald.
BLUFFY'S – DE YUMMY MET DE BESTE BITE lees ik op de zijkant.
'Worden die nog steeds verkocht?' vraag ik verbaasd.
'Geen idee,' zegt Mo. 'We hebben ze gewonnen, Laşer en ik. Met een hack-challenge op internet.'
'Lekkere prijs.' Ik huiver. 'Er is laatst toch iemand gestikt omdat er een bluffy in zijn luchtpijp schoot?'
'Fakenieuws,' zegt Laşer. 'Waarschijnlijk verspreid door een concurrent.'
'Echt?' Ik plof op de bank.

Mo knikt. 'Social media staat vol met leugens.'
'Niet alleen social media.' Laşer gaat rond met de doos. 'Zelfs onze leiders verspreiden fakeberichten. Er waren helemaal geen Bange Jaren. Die term hebben ze alleen maar bedacht om ons te laten geloven dat we het nu geweldig goed hebben.'
'Dat is toch ook zo?' Mijn yummy ziet eruit als een badparel. Ik bijt hem stuk en geniet van de zoute smaak op mijn tong. Dan pingt mijn toestel voor de zoveelste keer.
'Is dat je vriendin nou alweer?' vraagt Mo.
Als ik knik, trekt hij mijn camphone uit mijn handen en begint te tikken. 'Heb je niks beters te doen? *Get a life!*'
'Niet versturen!' roep ik.
Hij geeft me grinnikend mijn toestel terug. 'Te laat.'
Sorry! click ik vlug. *Dat was ik niet. Het was een grapje van Mo.*
Aan de kant van Flow blijft het gruwelijk stil.

Tegen de tijd dat Mo en ik naar het centrum terugrijden, wordt het al donker. Hij zwijgt de hele tijd en dat maakt me onzeker. Vindt hij me toch niet zo leuk als hij dacht?
De auto parkeert zichzelf naast de stoep. 'Bestemming bereikt.'
'Hé.' Mo legt zijn hand op mijn been.
'Hé,' zeg ik terug.
Wat een fantastische tekst, maar niet heus. Ik wilde dat we dit soort situaties konden oefenen tijdens social class. Zoveel nuttiger dan gezichtsuitdrukkingen leren interpreteren. Of dat je iemand moet aankijken als je tegen hem praat.
'Kunnen we nog een keer afspreken?' vraagt Mo.
Mijn hart verandert in een stuiterbal. 'Oké. Als je belooft dat je me niet meer bespioneert.'

‘Oké is wel je lievelingswoord, hè?’
Vanaf nu niet meer. Ik neem me voor om het nooit meer te gebruiken.
‘Bedankt voor...’ Ik maak het portier open. ‘Je weet wel.’
Het gebeurt zodra ik ben uitgestapt. Boven mijn hoofd klinkt een harde knal, zoals in schietspelletjes. Ik duik in elkaar, tegen de auto aan, met mijn handen tegen mijn oren. Mo is ineens bij me, vangt me in zijn armen en kijkt omhoog.
‘Niet bang zijn,’ fluistert hij.
Maar dat ben ik wel.

HOLDEN

Iedereen kijkt naar de uit elkaar spattende lichtbloemen op de schermen. De jaarlijkse vuurwerkshow, ontworpen door een computerprogramma. Zonder de geur en het geknal van buskruit, want volgens onze leiders gaat veiligheid boven alles.
Gaap.
Categorie ergere manieren van doodgaan: sterven van verveling. Maar niet vandaag.
Ik haal het kunststof pijpje tevoorschijn, dat ik thuis heb geprint.
De virtuele lichtbloemen veranderen in spuitende fonteinen. Ze wisselen telkens van kleur, waar het publiek dan met een langgerekt 'aaah' op reageert.
Ik vind hun enthousiasme zwaar overdreven. Alsof een luchtgitarist hetzelfde applaus verdient als een echte muzikant.
Wacht maar, denk ik.
Ik hoef het niet eens stiekem te doen. Alle ogen zijn op het nepvuurwerk gericht.
Mijn hart schakelt over naar een hogere versnelling als ik de eerste vuurpijl uit mijn rugtas trek. Ik verwijder de lontbeschermer en zet de pijl op zijn stok in het pijpje, terwijl ik bid dat het buskruit na al die tijd nog werkt.

De fonteinen op de schermen worden sterren. Vallende sterren...
Nu mag je een wens doen, zou Prissy zeggen, want zij gelooft heilig in dat soort flauwekul. Nou, laat pa dan maar opstaan uit de dood, haha.
Ik klik de aansteker aan en houd hem bij het lontje. Vonken kruipen omhoog. Dan schiet de pijl met een sis de hemel tegemoet en spat met een knal uit elkaar.
Yes! Een regen van rode sliertjes fonkelt boven de huizen. Ergens klinkt een gil en ik zie een heleboel hoofden bewegen. De mensen kijken van de schermen naar de lucht en dan weer naar de schermen. Waarschijnlijk denken ze dat het een 3D-projectie is. Dat het geen echt vuurwerk was, maar een special effect. Met bijbehorende nepkruitdampen.
Haastig mik ik een tweede pijl in het lanceerbuisje en jaag vuur in de lont. Een paar jongens die dichtbij staan, hebben het door en kijken geschrokken. Ik grijns achter mijn masker.
Terwijl de blauwe vonken van de vorige pijl nog rondvliegen, schiet ik het derde exemplaar af. Hij gaat dertig meter hoog. Minstens. De knal en de rook zijn als adrenaline. Ik voel me een held, en dan niet zo'n sukkel met een vliegcape of een magisch zwaard, maar een echte. Het kan me niet schelen dat de mensen naar me kijken. Fuck de leiders met hun stomme regeltjes! Lang leve de vrijheid!
Pijl nummertje vier.
Ik hoor een kind huilen en iemand applaudisseren. Een als Belle en het Beest verklede man en vrouw rennen weg met hun handen voor hun oren.
Lachen!
Op het moment dat de vijfde pijl uit het pijpje vliegt, wordt de

vuurwerkshow op de schermen afgebroken. Het strenge gezicht van een handhaver komt in beeld.
'Geen paniek,' zegt hij. 'De knallen die u hoort zijn afkomstig van echte vuurpijlen. Zolang u voldoende afstand houdt, loopt u geen enkel gevaar. Probeer inademing van dampen te voorkomen. We doen er alles aan om de dader zo snel mogelijk op te sporen.'
De dader. Alsof ik een crimineel ben.
'U kunt hem herkennen aan zijn Guy Fawkes-masker. Benader hem niet zelf, maar bel het alarmnummer.' De handhaver verdwijnt. Het scherm toont een zwart geklede figuur. Hij draagt een capuchon en een wit masker met zwarte accenten.
Shit, dat ben ik!
Ik maak me klein en baan me een weg tussen een groep sprookjesfiguren door.
Masker af! Ik prop het in mijn tas en loop verder, terwijl ik bid dat niemand me achternakomt. Roodkapje staart me aan. Ik draai mijn hoofd af en verlaat de massa, neem de eerste zijstraat links.
In de veilige duisternis van een portiek durf ik pas om te kijken. Nul handhavers. Niemand die me volgt. Ik krijg de slappe lach. Wat een epische knallen! Dit was met stip de coolste Happy Day ooit!

PRISSY

Als ik thuiskom, kijk ik meteen naar het kastje in de hal.
Geen brace.
Mooi zo. Dan hoef ik dus ook niet stilletjes te doen.
Ik vermijd het filmlijstje met papa's lieve gezicht en ga meteen naar boven. De automatische verlichting is me steeds een paar stappen voor. Vroeger probeerde ik de lampjes nog wel eens in te halen door plotseling te gaan rennen. Dat beweren mama en Holden tenminste – ik weet er zelf niks meer van.
Het is aangenaam warm op mijn kamer. Ik verruil mijn kostuum voor een gemakkelijk zittend joggingpak, schiet in mijn slippers en neem mijn jurk, de kousen en het hartvormige kroontje mee naar de rommelkamer waar mama oude spullen in dozen bewaart. Mijn ogen razen langs de etiketten.
SPORTARTIKELEN, HAPPY DAY, JACKS KLEREN...
Dragen zal papa ze niet meer. Zijn ze toch nog ergens goed voor.
Ik verberg mijn Happy Day-outfit onder een stapel van zijn hemden, helemaal onder in de doos. Kon je schuldgevoel ook maar uittrekken en wegstoppen alsof het een jurk was. Volgens Holden is het belachelijk dat ik me zo snel slecht en verantwoordelijk voel. Alsof ik het expres doe.

Ik neem mijn camphone mee naar beneden en installeer me op de bank.
'Ben je daar eindelijk,' moppert Flow, zodra ik me aansluit bij hun chat. 'Je hebt ik weet niet hoe lang niets van je laten horen.'
Ze is vast nog chagrijnig, vanwege dat berichtje van Mo.
'Volgens mij kwam het laatste berichtje van mij,' zeg ik voorzichtig.
'En ik maar wachten bij de Power Partytent,' ratelt ze gewoon verder. 'Je had op zijn minst kunnen clicken dat je niet meer terugkwam.'
Nog meer schuldgevoel kan ik echt niet aan.
'Het spijt me,' zeg ik. 'Ik was het wel van plan, maar door dat vuurwerk...'
'Ik haat die gast.' Brooklyn kijkt alsof ze een verkeerde yummy heeft gegeten.
'Anders ik wel,' valt Flow haar bij. 'Die sukkel heeft Happy Day totaal verpest.'
'Sorry hoor...' Ik denk aan Mo met zijn onwijs sterke armen en zijn toverstem. 'Maar overdrijven jullie niet een beetje?'
'Nee, jij doet normaal.' Flow zucht tot in haar aangeplakte wimpers. 'Meegaan met je stalker...'
'Ze zoeken hem,' zegt Anna.
'Prissy's stalker?' vraagt Flow dommig.
'Nee, suffie. Degene die het vuurwerk heeft afgestoken.' Anna stuurt het alert door.

HERKENT U DEZE PERSOON, BEL DAN ONMIDDELLIJK HET ONDERSTAANDE NUMMER...

Ik bekijk de figuur op de camfie. Donker haar. Zwarte kleren. Het gezicht gaat verscholen achter een wit masker met zwarte

wenkbrauwen, roze blosjes, een zwarte snor en een verticale zwarte streep op de kin. Het komt me vaag bekend voor.
Brooklyn grinnikt. 'Ik zie het al. Onze buurman is de dader.'
Flow en Anna gieren het uit. Als Brooklyn het masker ook nog een paar konijnenoren geeft, stikken ze er bijna in.
'Prissy?' klinkt het in de hal.
'Ik ben hier!'
'Gelukkig, je bent al thuis.' Mama komt met verwaaide haren de kamer in. Zonder kostuum, omdat ze vandaag moest werken. Het enige feestelijke zijn de glitters op haar wangen en het gestippelde vlinderdasje onder haar kin. 'Wat een gedoe, zeg,' moppert ze. 'Mevrouw Adams is naar het crisiscentrum geroepen om met de nieuwe leiders te overleggen. Sommige feestgangers waren compleet overstuur door die knallen.'
'Jij ook,' zeg ik. 'Je hebt duizend berichtjes gestuurd.'
Ze kijkt me met gespeelde verontwaardiging aan. 'Hooguit vijf. En toen wist ik nog niet dat het vuurwerk was.'
Holden doemt achter haar op. 'Fantastisch vuurwerk.'
Hij draagt dezelfde zwarte kleren als die gast op het alert.
'Waar is je kostuum?' vraag ik.
Hij smijt zijn rugtas neer. 'En dat van jou?'
'Ja, Pris...' zegt Brooklyn.
Mijn hoofd gloeit alsof ik veertig graden koorts heb.
Einde camchat!
Mama heeft niets door en zet de projector aan. 'Even kijken of er al nieuws is.'
We vallen midden in een live-uitzending.
'...Happy Day heeft verstoord,' zegt Jesser van Hotnews.com. 'We tonen u de filmbeelden.'
Op onze muur verschijnen tientallen verklede mensen. Om

een van hen is een cirkel getekend. De dader. Hij steekt duidelijk zichtbaar een vuurpijl aan. Op het alert was zijn rugtas niet goed te zien, maar nu...
Holden?
Hoe kun je zoiets denken? fluistert een stemmetje in mijn hoofd. Je eigen broer.
Hij vindt het anders geen probleem om regels te overtreden, zegt een ander stemmetje. En dan heeft hij ook nog die schuilkelder ontdekt. Stel je voor dat mensen daar vroeger niet alleen blikken voedsel maar ook vuurpijlen bewaarden, zodat ze die in geval van nood konden afschieten.
Ik heb de neiging om mijn handen voor mijn oren te houden, maar dan zegt mama schor: 'Papa droeg jaren geleden ook zo'n masker met Happy Day.'
Alsof we het zo hebben afgesproken, kijken we allebei tegelijk naar Holden.
'Wat?' vraagt hij gepikeerd.
Mama legt de projector het zwijgen op. 'Lieverd...'
Holdens blik gaat naar zijn tas. 'Je denkt toch niet...'
Ik moet weten of het waar is.
Zodra Holden weer voor zich kijkt, raap ik de tas op.
'Bitch!' roept hij.
Mama lijkt het niet eens te horen. Ze kijkt hoe ik de tas openmaak. Hoe ik er met trillende handen een masker uit haal.
Dan begint ze tegen Holden te gillen. 'Wat heb je gedaan?'
Ze rukt de spullen uit mijn handen en gaat op een holletje naar de keuken. Haar paniek is als een virus dat op me overslaat en ik loop vlug achter haar aan.
Holden volgt ons, overdreven kreunend. 'Doe nou niet zo hysterisch, ma.'

'Je hebt geen idee!' schreeuwt ze.
Holden en ik kijken elkaar aan. Straks blijft ze erin.
'Rustig nou maar,' sus ik.
Holden knikt. 'Niemand heeft me herkend.'
'Laten we het hopen.' Mama stopt het masker in de afvalshredder, die het in een mum van tijd vermaalt. Daarna is de rugtas aan de beurt. 'Je kleren moeten ook nog.'
Ik zie aan Holden dat hij wil protesteren, maar dan horen we voor het huis een auto stoppen, en precies op dat moment verslikt de shredder zich. Mama moet de tas eruit trekken en opnieuw beginnen. Ze vloekt.
Mama vloekt nooit.
Buiten worden portieren dichtgeslagen.
'Ga kijken wie het is,' fluistert mama.
Holden wil al naar het raam lopen.
Mama geeft de tas een extra zetje. 'Jij niet. Prissy.'
Ik val bijna flauw van angst als ik langs het gordijn gluur en in het licht van de lantaarnpaal de wagen zie. 'Handhavers.'
Op dat moment gaat de bel.
We reageren alle drie alsof we een stroomstoot krijgen toegediend.

HOLDEN

De shredder bijt zijn tanden nog altijd stuk op mijn tas.
'Niet opendoen,' zegt ma. 'Holden, ga naar boven en trek andere kleren aan.'
Het hart van een muis klopt meer dan 600 keer per minuut. Dat van mij minstens zo snel als ik naar mijn kamer vlucht. Ik trap mijn schoenen uit en stroop de broek van mijn benen en pleur hem ergens achter in mijn kast.
De blikken! Als ze die vinden, ben ik helemaal de klos.
Verwilderd kijk ik om me heen. Ging dat achterlijke raam maar open, dan kon ik ze in de achtertuin tussen de struiken gooien. Energieneutrale huizen zijn fucking bunkers.
Shit. Die zenuwenbel gaat alweer. Minutenlang.
Ik laat de blikken voor wat ze zijn, verwissel mijn zwarte hoody voor een groene trui en trek een spijkerbroek aan. Fuck, daar ligt de aansteker. Die moet daarnet uit mijn zwarte broek gevallen zijn.
Behalve de bel, klinkt er nu ook nog gebonk. Ik kan niet meer logisch nadenken, verstop de aansteker in mijn zak en daal op mijn sokken de trap af.
'Doe open of we zijn genoodzaakt de deur te forceren!' klinkt het van buiten.

De shredder is stil.
Ma komt de hal in. 'Klaar?'
Als ik knik doet ze open.
Ze zijn met zijn tweeën. Een man met treurige hondenogen en een afgetrainde vrouw met een strakgetrokken gezicht en een koffertje.
'Handhaver Chapman,' stelt de man zich voor.
'Miller.' De vrouw heeft een onaangename nasale stem. 'U liet ons behoorlijk lang wachten.'
'Het spijt me,' zegt ma. 'Ik zat op de wc en mijn dochter...'
Prissy probeert verontschuldigend te glimlachen, waardoor ze er juist extra schuldig uitziet. 'I-Ik had een koptelefoon op,' stamelt ze.
Chapman kijkt naar mij.
'Ik was... eh... boven,' zeg ik met een vaag gebaar naar de trap.
'Kunnen we even binnen praten?' Miller wacht ma's antwoord niet af en stapt de hal in.

We zitten als een stelletje beklaagden naast elkaar op de bank. Ma, Prissy en ik. Chapman heeft de stoel tegenover ons in beslag genomen. Een grijze fauteuil, waarin pa graag zat omdat je zowel de hardheid als de temperatuur van de kussens kunt aanpassen.
Miller is als enige blijven staan. 'Vanmorgen heeft iemand met een Guy Fawkes-masker op dit huis verlaten,' zegt ze. 'Ik wil weten wie.'
'Dit huis?' Ma's mond wordt een zuinig rondje. 'Dat lijkt me sterk.'
'We hebben een getuige,' zegt Miller zonder met haar ogen te knipperen.

De kat met de laklaarzen verschijnt op mijn netvlies. Die stomme klotekat die op de stoep voor ons huis stond te dansen.

'En wat dan nog?' Ma pulkt een glittertje van haar wang. 'Er zijn tienduizenden mensen die een Guy Fawkes-masker bezitten.'

'We concentreren ons op de inwoners van onze stad, mevrouw,' legt Chapman uit. 'Tot nu toe hebben we zevenenvijftig eigenaren weten te achterhalen. Ze nemen allemaal deel aan een groot sporenonderzoek.'

Sporenonderzoek...

Vogels hebben geen zweetklieren. Ik heb er miljoenen en ze gaan stuk voor stuk acuut aan de slag.

'De dader heeft lontbeschermers achtergelaten,' zegt Miller, terwijl ze haar koffertje opent. 'En er zijn overblijfselen van het afgestoken vuurwerk gevonden. Op beide troffen we zowel vingerafdrukken als lichaamsvocht aan.'

Mijn kletsnatte vingertoppen plakken als zuignapjes aan de armleuning van de bank en verspreiden een zee aan DNA. Wat een epische stommiteit om de vuurpijlen met mijn blote handen in het pijpje te zetten.

Miller zet een elektronische vingerafdruklezer op de salontafel, legt er drie buisjes met wattenstaafjes naast en trekt een paar handschoenen aan.

Was ik ook maar zo verstandig geweest om handschoenen aan te trekken.

'We nemen bij iedereen DNA af,' zegt ze. 'Ik schraap wat wangslijm weg en...'

'Is dit niet een beetje overdreven voor een paar vuurpijlen?' valt ma haar in de rede. 'Nog geen vijftig jaar geleden hielden ze uitgebreide vuurwerkshows en dat vond iedereen prachtig.'

Prissy knikt wanhopig.
'Er had wel brand uit kunnen breken,' zegt Miller.
Ik denk meteen aan pa, en zie ook ma even verstijven.
'We hebben geen keus, mevrouw,' zegt Chapman. 'Het gebeurde voor de ogen van duizenden toeschouwers. Als we hier niet serieus werk van maken, kunnen anderen dat als een vrijbrief zien. Om de stad veilig en schoon te houden, moeten we deze man of vrouw als voorbeeld stellen.'
Met elk woord dat hij zegt, lijkt het alsof mijn keel verder wordt dichtgeschroefd.
Miller knikt naar Prissy. 'Zal ik met jou beginnen? Dan ben je er het snelst vanaf.'
'Oké,' fluistert mijn zus met een knalrode kop.
Ik wil haar door elkaar rammelen. Tegen haar schreeuwen dat ze zich nergens voor hoeft te schamen. Alsof het haar schuld is dat ze verdacht wordt.
Nee, dat is jouw schuld, zanikt pa in mijn brein.
Miller draait de dop van het buisje – de dop die meteen ook het handvatje van de wattenstaaf is. 'Doe je mond maar open.'
Prissy trilt als een bange muis terwijl Miller bezig is. En dan rolt er ook nog een traan over haar wang.
Klotehandhavers!
'Laat haar met rust!' hoor ik mezelf roepen. 'Jullie moeten mij hebben.'

PRISSY

Als ik naar mijn broer kijk, voel ik mijn hart in elkaar krimpen. Hij glimlacht naar me. Zo van: ze waren er toch wel achter gekomen.

Miller bergt haar spullen op en sluit haar koffertje. 'Dan mag je met ons mee,' zegt ze tegen Holden, alsof het om een gezellig bezoekje aan Park Pool gaat.

'Waarheen?' vraagt mama.

'Om te beginnen naar het bureau. Uw zoon heeft heel wat uit te leggen.'

Mama knikt gelaten. 'Doe jij je schoenen aan,' zegt ze tegen Holden. 'Dan haal ik onze jassen.'

'Vergeet u ook uw ID-brace niet?' vraagt Miller. 'Als ik u een tip mag geven: hou hem voortaan liever om. Dat ding heeft al duizenden levens gered. Het is sowieso onverstandig om hem op een kastje bij de voordeur te leggen. U wilt toch niet dat hij in verkeerde handen valt? Identiteitsdiefstal is heus geen pretje.'

'Gelukkig wordt er zelden ingebroken,' zegt Chapman op sussende toon.

Soms hoef je niet in te breken om dingen te stelen, denk ik – en mijn schuldgevoel laait weer op.

Miller dwingt Chapman met haar ogen uit zijn stoel. 'Loop jij met ze mee.'
Ik kijk hoe hij samen met mama en Holden door de deur naar de hal verdwijnt. Dan ben ik alleen met Miller.
Shit. Ze heeft mijn camphone van de salontafel gepakt!
'Is dit het toestel van je broer?' vraagt ze.
Ik schud van nee, maar haar duim gaat al over het schermpje. Dadelijk leest ze de berichtjes over mijn kostuum en dan komt alles toch nog uit!
'Het is mijn camphone!' roep ik nogal huilerig.
'Geen paniek.' Ze geeft me mijn toestel. 'En die van Holden?'
Op zijn kamer waarschijnlijk. Of anders in zijn broekzak.
'Geen idee,' fluister ik.
'Ach ja,' zegt Miller. 'Het is ook niet echt belangrijk. We kunnen de gespreksgeschiedenis zo opvragen.'
'Echt?' Ik val bijna flauw van ellende.
Mama komt binnen met mijn jack. 'Prissy? Wat is er?'
'Niks.' Mo, denk ik. Hij kan alles wissen. 'Ik moet alleen even plassen.' Met mijn camphone in mijn vuist geklemd, sta ik op.
'Moet je nog meer dan plassen?' vraagt Miller.
Ik kan haar even niet volgen. 'Hoezo?'
'Omdat je je toestel meeneemt,' zegt ze. 'Je kunt nu echt niet op je gemak gaan zitten gamen of chatten, hoor. Dat doe je straks maar, op het bureau.'
Ze heeft me door! Mijn hoofd wordt zo warm dat ik bang ben dat het gaat loeien.
'Of neemt ze haar camphone altijd mee?' Miller kijkt mama quasibezorgd aan. 'Die meiden van tegenwoordig kunnen geen seconde meer zonder. Ik raad u aan haar zo snel mogelijk op cursus te sturen voordat ze helemaal verslaafd raakt.

Deelname is gratis en... Wacht, volgens mij heb ik een foldertje bij me.' Ze buigt zich weer over haar koffertje.
'Nergens voor nodig,' weet ik uit te brengen. 'Ik dacht er gewoon niet bij na.'
Met een klap leg ik mijn toestel terug op de tafel en loop zwaar teleurgesteld naar de wc in de hal. Chapman staat met over elkaar geslagen armen bij de voordeur. Holden heeft zijn schoenen en jas al aan en wacht op de trap. Hij knipoogt naar me, zoals papa vroeger deed als hij me gerust wilde stellen.
Ik denk aan de dilemma-vlog van Reese pasgeleden. 'Stel je voor: er gebeurt een verschrikkelijke ramp. Iedereen gaat dood en je mag maar één iemand redden. Wie kies je? Je allerbeste vriendin of je familie?'
'Mijn moeder,' had Anna eerlijk gezegd.
Ik had papa ook wel uit dat brandende gebouw willen halen.
'En als je ouders niet meetellen?' vroeg Brooklyn.
'Prissy, natuurlijk,' zei Flow. 'En zij mij.'
Ik had instemmend gehumd, maar ik weet ineens zeker dat ik liever Holden zou redden.
Als ik de wc-deur op slot heb gedraaid, zet ik de kraan even aan. Een klaterend straaltje om Chapman voor de gek te houden. Het gaat me steeds beter af – mensen bedriegen – alleen dat rottige schuldgevoel erna mag wel weg.
Ik spoel door en stap de hal in.
Ai. Mama en Miller zijn er ook al. Maar mijn camphone ligt nog in de woonkamer.
'Ik wil nog even...' probeer ik.
'Pubers,' zegt Miller hoofdschuddend tegen mama. 'We moeten nu echt gaan.'

HOLDEN

Chapman houdt zijn hand beschermend boven mijn hoofd als ik op de achterbank van de witte handhavingswagen met blauwe strepen schuif.

'Je moeder en Prissy rijden in jullie eigen auto achter ons aan,' zegt Miller, die al voorin zit.

Zodat ze me straks niet weer helemaal naar huis hoeven te brengen?

Ik ontspan een beetje. Tot ik de portieren naast me op slot hoor gaan alsof ik vluchtgevaarlijk ben. 'Ik ga er heus niet vandoor, hoor,' probeer ik met een grapje.

Handhavers hebben geen gevoel voor humor. Chapman gaat met een bloedserieuze kop naast Miller zitten en houdt zijn brace bij het dashboard. 'Downtown bureau.'

De wagen draait geruisloos de parkeerhaven uit.

'Goed,' zegt Miller. 'We hebben tien minuten.'

De woorden klinken onheilspellend. Tien minuten voor wat? Gaan ze me mishandelen om een bekentenis af te dwingen? Maar ik heb al bekend.

Toch schrik ik een beetje als ze allebei hun stoel naar mij toe draaien. De verlichting aan het plafond werpt angstaanjagende schaduwen over hun gezichten.

‘Wat we je nu gaan vertellen, moet tussen ons blijven,’ zegt Miller. ‘Als je ook maar iemand in vertrouwen neemt, breng je jezelf, je moeder en je zusje in gevaar.’
Ik verander in een piranha die elk moment kan bijten. ‘Waag het niet om...’
‘Relax,’ zegt Chapman. ‘Niemand doet iemand iets aan. We hebben alleen je hulp nodig.’
Prissy heeft me wel eens proberen uit te leggen wat surrealistische kunst betekent. Dit is het, maar dan zonder schilderij.
‘Ken je het Cliffton Instituut?’ vraagt Miller.
De plek waar ze gestoorden en criminelen opsluiten. Ik ga gespannen rechtop zitten.
‘Een, helaas noodzakelijk, initiatief van onze nieuwe leiders,’ zegt Chapman. ‘Mensen die zich niet aan de regels houden, worden er opgenomen en behandeld om de vreedzaamheid en orde in onze stad te bewaren.’
Willen ze me vanwege een beetje vuurwerk naar het Cliffton sturen? Dat kan toch niet?
‘Het spijt me,’ zeg ik snel. ‘Het was maar een geintje. Echt, ik zal nooit meer zoiets stoms doen.’
Ondanks haar strakgetrokken gezicht kan Miller nog een soort van griezelig vriendelijk glimlachen. ‘We weten dat je het allemaal niet zo kwaad bedoelt. Daarom hebben we je uitgekozen.’
‘Uitgekozen?’ stamel ik. ‘Waarvoor dan?’
‘Binnen het instituut komen regelmatig ongelukken voor,’ vertelt Chapman. ‘Dat is niet onlogisch, gezien de problematiek van de bewoners, maar we zijn bang dat er meer speelt dan men wil toegeven en daarom vinden we nader onderzoek gewenst.’

Miller knikt. 'We willen dat jij onze oren en ogen wordt.'
En me vrijwillig laten opnemen? Die is gek!
'Doe het lekker zelf!' Ik schuif zo ver mogelijk van ze vandaan, met mijn rug tegen het linkerportier aan.
'Dat is helaas onmogelijk,' zegt Miller. 'Het Cliffton Instituut is een gesloten en beschermde gemeenschap. Men wil geen handhavers over de vloer omdat het de rust en de voortgang van de behandelingen verstoort. Bovendien zullen de bewoners tegen ons niet gauw iets loslaten. We hebben iemand nodig die stap voor stap hun vertrouwen wint. Iemand die in de recreatieruimte kan rondhangen en nachtelijke fluistergesprekken op de slaapzaal kan afluisteren zonder dat het opvalt.'
Dit is een grap. Straks sta ik op Fail Nail als blooperfilmpje van de week.
Maar Chapman knikt ernstig. 'Je staat er niet alleen voor, Holden. Een van de verplegers van unit twee werkt ook voor ons.'
'Perfect,' zeg ik. 'Dan hebben jullie mij dus niet meer nodig.'
'Toch wel.' Miller checkt het klokje van haar brace – om te controleren of die tien minuten al om zijn, zeker. 'In tegenstelling tot de bewoners kan een verpleger niet dag en nacht aanwezig zijn. Jij bent er straks altijd, en ook je leeftijd is een pre. Van een zeventienjarige zal niemand verwachten dat hij voor ons werkt.'
'En als ik niet wil?'
'Ik smeek het je.' Chapman buigt voorover en pakt met allebei zijn handen mijn vuist vast. 'Mijn petekind Lois zat op het Cliffton en, en...' Hij schiet ineens vol en stopt met praten.
'Ze heeft een overdosis pillen ingenomen,' maakt Miller zijn zin dan maar af.

Categorie minder erge manieren van doodgaan: eerst buiten bewustzijn raken, zodat je kunt sterven zonder dat je het merkt.

'Sorry,' zeg ik. 'Maar wat heb ik daarmee te maken?'

'Elke dag vraag ik me opnieuw af waarom ze het heeft gedaan. Of ik het had kunnen voorkomen. Volgens de directrice was er geen nalatigheid in het spel, maar...' Chapman heeft mijn vuist opgetild en schudt hem op en neer om zijn woorden kracht bij te zetten. 'Ik heb geen rust tot ik weet wat er is gebeurd. Je moet me helpen om erachter te komen, Holden. Alsjeblieft.'

Toen pa stierf, was er ook niemand die mijn vragen wilde beantwoorden. Iedereen lulde er een kilometer omheen. Ga nou geen rare dingen denken. Je vader was op de verkeerde tijd op de verkeerde plaats en had er verder niets mee te maken. Die brand was niet zijn schuld.

Ik trek mijn vuist uit Chapmans koude handen.

'Je bent de gedroomde kandidaat, Holden,' zegt Miller alsof het om een spelshow gaat. 'Iedereen zal je geloven omdat je echt iets verkeerds hebt gedaan. Dat vuurwerk. Die blikken met voedsel.'

Haar woorden zijn als een klap in mijn gezicht. 'Hoe weten jullie dat?'

'We volgen je al een tijdje,' zegt Chapman.

'Hoe dan? Ik had de tracker van mijn camphone uitgezet!'

Miller kijkt me meewarig aan.

Stelletje rotzakken! En ik maar denken dat ik in die schuilkelder dood zou gaan, terwijl zij gewoon wisten waar ik was.

Ik twijfel meteen aan alles. 'Die getuige?' vraag ik. 'Degene die mij met dat masker uit ons huis heeft zien komen?'

Miller steekt haar vinger even op. 'Dat was ik. Zoals handhaver Chapman al zei: we observeren je al een poos.'
'En dat sporenonderzoek dan? En al die andere verdachten?'
'Zijn er niet,' zegt ze doodleuk. 'Soms moet je een beetje creatief zijn. En het heeft gewerkt, anders zat je nu niet hier.'
Ik ben er keihard in geluisd. Had ik maar nooit bekend!
'Dus?' Haar ogen zijn net spelden.
No way!
'Als jullie mij zo gemakkelijk kunnen volgen,' zeg ik, 'dan kunnen jullie de bewoners van het instituut toch ook wel in de smiezen houden? Er hangen vast camera's en...'
'Dat hebben we uiteraard met de leiding besproken,' valt Chapman me in de rede. 'We krijgen geen toestemming. De privacy van de bewoners gaat boven alles.'
En die van mij dan? denk ik.
Chapman gooit zijn treurige hondenogen in de strijd. 'Je bent onze laatste hoop, Holden.'
Hoop? Ik voel me eerder een kansloze, vastgeprikte mot, zoals ze in het natuurmuseum in glazen kasten worden tentoongesteld.
'Als je je niet veilig voelt, halen we je meteen weg,' belooft Miller. 'Een seintje aan Boyd is genoeg.'
'Boyd?'
'Boyd Swis, de verpleger van unit twee,' zegt ze. 'Bij hem breng je ook steeds verslag uit.'
Swis. De naam van het briefje in de pooierring! Stel je voor dat het geen toeval is maar...
Doe niet zo idioot! bemoeit pa zich ermee. Je laat je toch niet vrijwillig opsluiten?
'Waarom zou ik meewerken?' zeg ik. 'Ik ben geen gevaarlijke

misdadiger of psychopaat. Als ik de referee kan overtuigen dat ik er echt veel spijt van heb, kom ik er heus wel met een taakstraf van af. Iemand van zeventien sturen ze niet zomaar naar het Cliffton.'
Mijn zelfverzekerdheid duurt anderhalve seconde.
De handhavers kijken elkaar even aan en knikken nauwelijks merkbaar.
'Wil je niet weten wat er met je vader is gebeurd?' vraagt Chapman dan.
'Hoezo?'
Millers nasale stem wurmt zich in mijn oor. 'Ze hebben het je nooit verteld, hè?'
Mijn handen zoeken houvast aan de zitting. 'Wat?'
'Dat hij in het instituut is gestorven.'
'Niet.'
'Toch wel,' zegt Chapman. 'Je vader kwam naar me toe, toen ik mijn petekind bezocht en...'
'Onzin! Pa kende niemand in het Cliffton. Hij had daar niks te zoeken.'
'Er waren problemen met de foodprinters,' zegt Miller.
Haar zakelijke stem werkt kalmerend. En hoewel het allemaal nog steeds vreemd klinkt, is het ook weer niet totaal onlogisch. Pa werkte bij Vita – alleen was hij chemisch informaticus en geen onderhoudsmonteur.
'Je vader wist dat ik handhaver was,' zegt Chapman. 'Hij zei dat hij me dringend moest spreken.'
Mijn hart dreunt in mijn borstkas. 'Waarover?'
'Daar ben ik helaas nooit meer achter gekomen. Je vader keek om zich heen en fluisterde: niet hier. Had ik op dat moment maar doorgevraagd. Even later was hij dood.'

PRISSY

'Ik ben nog iets vergeten,' zeg ik tegen mama.
'Dit gaat toch niet weer over je camphone?' moppert ze. 'Misschien moet ik je toch maar naar zo'n cursus sturen.'
En dan laat ze de auto gewoon wegrijden! Volgens de routeplanner in het dashboard is het bijna tien minuten naar het bureau. Tien minuten waarin ik Mo had kunnen clicken om te vragen of hij alle berichtjes op mijn camphone kon wissen. En op die van Holden. Ik kijk met een schuin oog naar mama. Zal ik het haar vertellen? Voordat alles straks uitkomt.
Ik durf niet. Ze ziet er nu al uit als een geknakte bloem.
'Gaat het?' vraag ik voorzichtig.
'Het is mijn schuld.'
'Onzin. Jij hebt geen vuurwerk afgestoken.'
'Dat niet, maar...'
Onze auto gaat linksaf, achter de wagen van handhaving aan. Ik zie het silhouet van Holdens achterhoofd door de achterruit en klamp me eraan vast.
'Ik had het moeten zien aankomen,' zegt mama alsof ze een mislukte toekomstvoorspeller is.
'Denk je dat ze hem een taakstraf geven?' vraag ik.
Straks moet hij nog oude mensen uitlaten in het park. Of

plantsoentjes wieden. En dat allemaal in zo'n fluorescerend hesje van de overheid, zodat iedereen kan zien wat voor loser mijn broer is.
'Ik hoop het,' zegt mama.
Hoe kan ze zoiets zeggen? Ik ga me zo hard schamen dat ik nooit meer van mijn kamer durf.
Mama zucht. 'Ik vind alles best, zolang hij maar weer mee naar huis mag.'
'Vast wel,' zeg ik.
Ze zucht alleen nog maar dieper.
'Waar ben je bang voor?' vraag ik met een buik vol jeukpoeder.
Mama zwijgt een eeuwigheid.
'Laten we nou eerst maar gewoon afwachten,' zegt ze dan.

Negen minuten en achtenvijftig seconden later stopt onze auto bij het bureau. Ik zie Holden tussen de handhavers in naar binnen lopen.
'Vlug,' zegt mama.
We stappen uit en haasten ons naar de glazen toegangsdeuren. Tegen de tijd dat ze opengaan, is de gang voor ons al leeg.
'Mijn zoon,' zegt mama tegen een breedgeschouderde vrouw achter de balie. 'Holden Winters. Hij kwam net binnen.'
Ik voel me opgelaten.
De vrouw knikt. 'Komt u maar mee.'
We worden naar een aparte ruimte naast de verhoorkamer gebracht en mogen door een raam meekijken. Een adembenemend knap meisje met een neuspiercing verbindt Holdens ID-brace met een kabeltje aan de referee. Zijn hoofd wordt zichtbaar op het scherm, en dan springt ook het groene controlelampje op zijn polsband aan.

‘Hoe heet je?’ vraagt het piercingmeisje.

‘Holden Winters.’

‘Hoe oud ben je?’

‘Zeventien.’

‘Je adres?’

Bij social class zou ze meteen een onvoldoende krijgen, want ze kijkt de hele tijd naar het scherm en niet een keer naar de echte Holden.

‘Hij doet het,’ zegt ze ten slotte met een knikje naar Miller en Chapman.

Ik neem aan dat ze de referee bedoelt, en niet mijn broer. De handhavers zitten schuin tegenover hem. Miller noemt de datum, de tijd en de namen van alle aanwezigen.

Het piercingmeisje heet Cora. Ik vind haar meer een Olive.

Chapman schraapt zijn keel. ‘Waarom heb je die vuurpijlen afgestoken?’

‘Gewoon,’ zegt Holden. ‘Voor de lol.’

Zijn gezicht op het scherm staat ineens vol stippen, die razendsnel door ragfijne lijntjes met elkaar verbonden worden. Elke trekking van elk spiertje, Holdens oogopslag en de stand van zijn mond – alles wordt door de referee geregistreerd. En beoordeeld. Onderin verschijnt het eerste rode balkje.

‘Vuurwerk zit vol zware metalen en is zeer schadelijk voor het milieu,’ zegt Miller.

Holden haalt zijn schouders op en grijnst. ‘Maar het zag er wel fucking fantastisch uit.’

Twee rode balkjes.

Mama knijpt in mijn hand. ‘Zeg nou dat het je spijt,’ fluistert ze, alsof Holden haar aan de andere kant van het glas kan horen.

'Gevaarlijk is het ook,' gaat Miller verder. 'Er hadden mensen gewond kunnen raken. Oogletsel, ademhalingsmoeilijkheden, brandwonden...'
Holdens stem schiet uit. 'Ik heb niemand verwond.'
'Indirect wel,' zegt Chapman. 'Een man die op de vlucht sloeg, is gevallen en heeft zijn knie geschaafd.'
'Dat is niet mijn schuld,' mompelt Holden. 'Had hij maar niet moeten vluchten.'
'Dus je hebt er geen spijt van?'
'Spijt? Het was episch!'
Ik zie drie rode balkjes op het computerscherm. Intussen knijpt mama zo hard in mijn vingers dat het pijn doet.
'Hoe kwam je aan dat vuurwerk?' vraagt Miller.
'Gevonden.'
'Waar?'
'Weet ik veel.'
De referee laat een gele piek zien.
'Holden liegt,' meldt piercingmeisje Cora.
Vier rode balkjes dansen op het scherm op en neer.
'Je hebt trouwens nog meer gevonden.' Chapman verlaat de ruimte. Na hooguit drie seconden komt hij weer terug.
Ik vergeet even te ademen. Hij heeft een conservenblik in zijn handen en zet het met een klap op de tafel.
'Wat is dat?' vraagt mama zenuwachtig.
Ik begrijp het niet. Heeft Miller de gespreksgeschiedenis van Holdens camphone nu al opgevraagd? Hoe kan dat zo snel? En dan moet er intussen ook nog iemand in ons huis zijn geweest om de blikken op te halen. Het klinkt bijna net zo onmogelijk als over water lopen.
Nee, het enige wat ik kan bedenken is dat Miller toch lang

genoeg op mijn camphone heeft kunnen kijken om mijn berichtjes aan Holden te zien.

'Voedsel!' brult Chapman. 'We hebben echt voedsel in je kamer gevonden. Uit de tijd dat de gewassen nog met gif werden besproeid en de bewerking ervan zo veel water en energie kostte dat de aarde uitgeput raakte.' Hij buigt zich naar Holden en zijn stem wordt ineens heel zacht. 'En smaakte het een beetje?'

Niks zeggen, denk ik. Heel alsjeblieft helemaal niks meer zeggen, nu.

'Het was heerlijk,' zegt Holden. 'Echte ananas smaakt honderd keer beter dan vita of shakes. Als ik de kans krijg, doe ik het weer.'

Ik wil de woorden terugduwen in Holdens mond en zijn lippen aan elkaar vastnieten, maar de referee heeft al gesproken: het hele scherm kleurt rood. Mijn maag draait zich om als ik mama in stukjes uit elkaar zie vallen.

'We zijn klaar.' Cora draait de computer naar mijn broer. 'Je hebt zojuist een opname in het Cliffton Instituut gewonnen.'

Deel 2

HET INSTITUUT

Wie zijn heden verprutst, is de slaaf van zijn toekomst.

– Seneca, Romeins filosoof, staatsman en toneelschrijver, 5 v.Chr. - 65 n.Chr.

HOLDEN

Ik wil aan ma en Prissy uitleggen waarom ik een toneelstukje voor de referee heb opgevoerd.
Weinig kans. Ik mag ze niet meer zien.
'Cliffton-protocol,' zegt Miller. 'Als mensen afscheid van elkaar nemen, zorgt dat voor emotionele taferelen. Kinderen die zich aan hun ouders vastklampen. Geliefden die niet meer kunnen stoppen met huilen. Gevolg: de nieuwe bewoner komt volkomen overstuur in het instituut aan. Daarom hebben ze het afgeschaft.'

Vijf minuten later zit ik in dezelfde handhavingswagen die me vanavond ook naar het bureau heeft gebracht. Met pijn in mijn maag en een kop vol vragen.
Waarom heeft niemand me ooit verteld dat pa op het Cliffton Instituut is gestorven? Was ma op de hoogte? Waarschijnlijk wel. De haast waarmee ze het papiertje uit pa's pooierring in de shredder stopte. Haar hyenalachje toen ik doorvroeg. En nu ga ik samenwerken met dezelfde Boyd Swis, wiens achternaam op het briefje staat. In toeval geloof ik al lang niet meer. Een en een is twee.
'Luister je wel?' vraagt Chapman.

Ik herhaal wat hij net heeft gezegd. 'Toiletruimte begane grond, eerste deur, achter de houder met wc-papier.'

Miller geeft me een paar onopvallende sneakers. 'Je schrijfgerei.'

'Pardon?'

'Haal de inlegzolen er maar uit.'

Ik doe wat ze zegt, maar ook dan zie ik nog steeds alleen de normale binnenkant van een paar schoenen. Als ik naar de cijfertjes op de beige achtergrond staar, gaat er een rilling door me heen. Ze weten echt alles van me. De maat klopt precies.

'Ga door,' zegt Miller met een bemoedigend knikje, dus begin ik aan de binnenkant van het rechterexemplaar te peuteren en dan blijkt er nog een zooltje in te zitten dat eruit kan en daaronder, in de geheime bergruimte...

'Een gadget uit de middeleeuwen,' zeg ik als ik de balpen zie.

'In de linkersneaker zit papier.' Miller kijkt me vragend aan. 'Je kunt leesbaar schrijven, hoop ik?'

Ik heb geen flauw idee.

'Is het niet simpeler om die Swis stiekem te clicken?' zeg ik. 'Of jullie. Als ik toch op de wc moet zijn.'

Chapman schudt zijn hoofd. 'Het gebruik van camphones is verboden.'

'Nou en? Verstop ik het toestel toch gewoon in mijn nieuwe sneakers. Plaats zat.'

'De units waar de bewoners verblijven, hebben geen wifi.'

En daar komt hij nu mee aan!

'Hoe moet ik mijn moeder dan bellen?' vraag ik. 'Geen afscheid. Geen uitleg. Die gaat zich enorm druk maken als ze niks meer van me hoort. Of...' Mijn hart veert op. 'Komt ze op bezoek?'

'Het spijt me,' zegt Miller op een toon waar geen greintje spijt in zit. 'Contact met het thuisfront is de eerste maand niet toegestaan. Tenzij er een noodgeval is.'
Ik heb zin om de sneakers naar haar strakgetrokken kop te gooien. 'Dat kun je mijn moeder niet aandoen. Sinds mijn vader...'
Miller draait haar stoel nu helemaal naar me toe, zodat ze haar hand op mijn knie kan leggen. 'Wij zullen haar op de hoogte houden, goed?'
Haar gemanicuurde nagels zien er scherper uit dan de klauwen van een kat.
Ik trek mijn been weg. 'Hoe dan?'
'Als je haar iets wilt zeggen, schrijf je dat op een briefje. Boyd geeft het aan ons en wij zorgen ervoor dat het bij je moeder komt.'
'En trek nu alsjeblieft die schoenen aan,' zegt Chapman.
Ik stop de zooltjes terug en verruil mijn zeer gewaardeerde Jeeckers – type Outdoor – met tegenzin voor de sneakers, terwijl Miller me aan de lopende band instructies geeft: 'Probeer de medebewoners zo veel mogelijk informatie te ontfutselen, maar vermijd al te directe vragen, want dan klappen ze dicht.'
Zoals oesters, denk ik.
'Alles wat ook maar enigszins verdacht lijkt, meteen melden. En vertrouw niemand – behalve Boyd.'
Terwijl Miller met haar nasale stem op me inpraat, zie ik de omgeving in hoog tempo veranderen. We rijden door buitenwijken waar ik nooit eerder ben geweest. Elke nieuwe straat lijkt verlatener dan de vorige, met minder huizen en meer braakliggend terrein, en ineens zijn er ook geen andere auto's meer en valt de boardcomputer Miller in de rede:

'Beschermd natuurgebied. Lichtvervuiling tot een minimum beperken.'
De verlichting in de handhavingswagen dooft automatisch.
'Anders raken de planten en dieren van slag,' legt Chapman uit. 'Maar daar weet jij natuurlijk alles van.'
Miller vervolgt haar riedeltje. 'Gedraag je onopvallend...
We duiken een tunnel in. De duisternis is als een muur. Ik zoek houvast aan de dunne lichtlijntjes uit de koplampen. Een paar minuten. Dan komen we weer boven en stopt de wagen voor een metershoog, gesloten hek. Aan de linkerkant staat een paal met een lezer. Chapman hoeft zijn arm met de brace maar even op te tillen en het hek schuift geruisloos open, zodat we onze weg kunnen vervolgen.
Het asfalt slingert en Millers stem verandert in een zoem. Wat ze zegt dringt niet meer tot me door. Ik snap sowieso niet dat ze nog wil praten, terwijl de hele omgeving 'kijk naar me!' roept. We passeren eindeloos veel bosjes met grillige omtrekken en woeste hoge bomen met zilveren stammen, die schitteren in het licht van de maan. Het enige wat nog ontbreekt is het silhouet van een beer of een hert.
'Cameravrije zone,' zegt Chapman ineens. Voordat ik kan protesteren, maakt hij het raampje open en smijt mijn Jeeckers naar buiten.
'Doe normaal!' roep ik, maar ze zijn al opgeslokt door de struiken.
Het raampje zoeft weer dicht.
'Klootzakken.'
'Stel je niet aan,' zegt Miller. 'Schoenen zijn vervangbaar.'
'Illegale afvalstorting!' roep ik kwaad.
'We nemen ze straks natuurlijk weer mee, maar het instituut

scant elke wagen voordat hij het terrein op mag en een tweede paar schoenen is verdacht.'
Chapman draait zijn stoel naar me toe. 'Als alles achter de rug is, krijg je ze terug.'
'Zal wel.' Ik geloof er niks van. Volwassenen stellen je meestal teleur. In de maanden voor zijn dood had pa me een dag in Forest Jump beloofd. We zouden samen het moeilijkste parcours afleggen, op vijfentwintig meter hoogte – met bruggen, netten, lianen, tokkelbanen en een vrije val. Het is er nooit van gekomen. Zijn werk ging altijd voor.
Het bos maakt plaats voor een lager soort begroeiing en het landschap wordt steeds rotsachtiger. De weg gaat omhoog en maakt een bocht. Ik kan een kreet niet onderdrukken als ik links van me het zwarte gat van een afgrond zie. Eén stuurfoutje in de computer en we storten de diepte in.
'Daar is het,' zegt Miller. 'Het Cliffton Instituut.'
Het imposante gebouw lijkt uit de rotsen gehakt en staat een beetje voorover op de rand van het klif alsof het er elk moment van af kan vallen.
Ik kan niet wachten om het bij daglicht te zien.

PRISSY

Tussen de handhavers in verlaat Holden de verhoorkamer.
'Belachelijk!' roept mama. 'Het Cliffton is geen plek voor kinderen. Ik ga minister Adams bellen.' Drie keer toetst ze het nummer in. 'Verdraaid. In gesprek.'
'We mogen toch nog wel afscheid nemen van Holden?' vraag ik benauwd aan de breedgeschouderde vrouw van de balie.
Ze aarzelt. 'Ik vraag het wel even,' zegt ze dan.
Mama wipt met haar voet en kijkt telkens naar de deur. Intussen groeit mijn schuldgevoel als een opblaaskunstwerk. Waarom moest ik mijn camphone zonodig op tafel leggen? En waarom heb ik niet beter op Miller gelet? Als zij mijn bericht niet had gelezen, was Holden er misschien nog met een taakstraf van afgekomen.
De vrouw komt weer binnen.
'Helaas,' zegt ze. 'Uw zoon heeft te kennen gegeven dat hij u niet meer wil zien. Ik denk dat hij zich schaamt, zoals wel vaker gebeurt na een negatieve uitspraak van de referee.'
Ik houd er niet van als mensen alles voor je invullen. Ze kent Holden niet eens.
'Mijn broer schaamt zich nooit,' zeg ik.
'Op het Cliffton is hij hoe dan ook in goede handen.' De

vrouw strekt haar arm uitnodigend uit naar de deuren waar EXIT op staat. 'Ik raad u aan om naar huis te gaan en verder af te wachten. Het instituut neemt morgen contact met u op.'
Mama loopt met afgemeten snelle passen alsof ze de finish wil halen. Zodra ze in de auto zit, buigt ze haar hoofd en huilt. Mijn keel wordt ook meteen dik. Ik zoek in het dashboardkastje naar papieren zakdoekjes en geef er ons allebei eentje.
'Dank je, lieverd.' Mama dept haar tranen en snuit haar neus. Dan zegt ze snotterig tegen de boardcomputer: 'Naar huis.'
'Wilt u dat herhalen?' vraagt hij. 'Ik heb u niet goed verstaan.'
'Naar huis!' roept ze.
De auto gaat vooruit, maar ik heb het gevoel dat de hele wereld stilstaat. Mama kijkt met een gekwelde blik naar de lichtjes en de mensen buiten en ik kijk naar mama.
Nu zijn we nog maar met de helft, denk ik.

Zodra we thuis zijn, piept mama's brace en verschijnt in rode letters VITA-HERINNERING op haar polsband.
'Geen trek,' zegt ze opstandig. Ze houdt haar duim op de sluiting, die openspringt zodra die haar afdruk herkent. Dan mikt ze de brace zoals altijd op het kastje in de hal. 'Wil jij nog iets?'
Ik zit nog vol van de yummy's en schud mijn hoofd.
Mama masseert haar neusbrug. 'Ik probeer mevrouw Adams nog een keer te bellen en als dat niet lukt, ga ik naar bed.'
'Oké,' zeg ik. 'Ik ga ook zo.'
Het is raar stil in de woonkamer. Mijn camphone ligt op de salontafel, precies zoals ik hem er heb achtergelaten. Ik tik op het scherm.
Honderd berichtjes van Flow, Brooklyn en Anna.

Ze zeggen dat Holden dat vuurwerk heeft afgestoken.
Dat kan niet waar zijn, toch?
Waarom reageer je niet?
Heeft hij het echt gedaan?
Ze bedoelen het vast goed, maar ik heb even geen zin in mijn vriendinnen. Ik scrol verder en kom bij een berichtje van Mo.
Alles goed afgelopen thuis? Geen problemen met je moeder?
Zijn lieve woorden maken me warm en week en dan click ik hem dingen die ik helemaal niet had willen clicken. *Niet met mama, maar met Holden. Mijn broer is naar het Cliffton Instituut gebracht. Hij heeft dat vuurwerk afgestoken.*
Mo antwoordt meteen, alsof hij op me heeft zitten wachten:
Belachelijk!
Ik had het kunnen weten. Hij is heus niet beter dan de rest.
En jij dan? **typ ik.** *Alsof hacken minder erg is.*
Mo: Dat ze hem naar het Cliffton hebben gestuurd, bedoel ik!!! Dat vuurwerk was juist te gek. Kon ik tenminste de held uithangen.
Clicken is onwijs veel beter dan chatten. Nu kan hij mijn gloeiende hoofd tenminste niet zien.
Hallo. Ben je er nog? **vraagt Mo.**
Ik ben er nog.
Zullen we morgen afspreken? **clickt hij.** Ik kan je oppikken bij je school.
Ik hoor mijn vriendinnen al protesteren. Flow is in staat om hem eigenhandig weg te jagen.
Liever in Rose Park. Om 16.00 uur bij de vijver?
Hij stuurt me een smiley.
Met mijn camphone tegen me aangedrukt, loop ik op wolkjes naar boven. Achter mama's deur brandt licht – het sijpelt onder de spleet door – maar bij Holden...

Het idee dat hij ergens eenzaam opgesloten zit, maakt me bijna misselijk. Ik denk niet meer aan Mo. Er is alleen nog die onzichtbare hand die me Holdens kamer in duwt. Het licht floept aan en schijnt op het onopgemaakte bed. In de wissellijst aan de muur verschijnen afwisselend een knoestige boom, een hert, een eekhoorn en twee parende kikkers. Allemaal camfies die Ho zelf heeft gemaakt.
Waar is zijn camphone eigenlijk?
Misschien is hij zo slim geweest om hem mee te smokkelen!
'Bel Holden,' zeg ik tegen mijn toestel, terwijl ik met heel hard wensen het geluk probeer af te dwingen.
In de kast klinkt de gedempte ringtone van een fluitende vogel. Shit, shit, shit. Teleurgesteld ruk ik de deur open en zoek tussen Holdens kleren. Zijn camphone ligt helemaal achterin, bij zijn zwarte outfit voor Happy Day en...
Mijn hand raakt een trui. Het voelt niet zacht, maar hard en bultig, alsof er iets in zit. Nieuwsgierig trek ik hem aan een van de mouwen naar me toe. Er rollen drie blikken uit. Eentje met ansjovis, een met bonen en een met tomatensoep.
Het bloed bonst in mijn slapen. De blikken die Holden uit de schuilkelder heeft meegenomen, liggen nog gewoon op hun plaats! Waar kwam dat andere blik dan vandaan? Het conservenblik dat Chapman bij de referee op tafel zette en waarvan hij beweerde dat het op Holdens kamer gevonden was.

HOLDEN

De auto stopt onder een carport. Onze ID-braces lichten op en een robotachtige vrouwenstem zegt 'welkom op het Cliffton Instituut' – waarna ze onze namen noemt.

'En nu?' vraag ik.

'Wachten,' zegt Chapman. 'Dezelfde scanner die daarnet onze braces heeft gelezen, voert eerst nog een controlecheck uit.'

Ik beweeg nerveus met mijn voet. Zouden ze door mijn zolen heen kunnen kijken? Of zijn mijn nieuwe schoenen speciaal geprepareerd om scanners voor de gek te houden?

Ik durf het niet hardop te vragen. Misschien luistert het apparaat ons ook wel af. Of anders de man in uniform, die met een metalen doos naar ons toe komt lopen. Hij buigt zich voorover en klopt op het raam. De uiteinden van zijn zwarte, glimmende snor krullen als varkensstaarten.

'Het is verboden om beeld- of geluidsopnames te maken binnen de muren van ons instituut,' zegt de robotstem. 'U kunt uw camphone nu inleveren.'

'Kan die snor niet zelf praten?' fluister ik.

'Dat mag hij niet.' Chapman opent het raam en legt zijn toestel samen met dat van Miller in de doos. 'Bewakers moeten alert en neutraal zijn. Een praatje werkt afleidend, en als hij geregeld gesprekken met bezoekers voert, kan dat een band scheppen. Ooit heeft een verliefde bewaker iemands dochter laten ontsnappen.'

Het klinkt als een filmscenario. Ik heb zin om gekke bekken naar de snor te trekken, maar hij stapt al achteruit. Er gaat een zoemer en de carport kleurt groen – het sein dat we verder mogen rijden over het rijtje fluorescerende strepen dat ons naar een ondergrondse parkeergarage leidt. Even ben ik terug in de schuilkelder. Was dat echt pas gisteren?

De vloer piept akelig onder onze banden als een dier in doodsnood. Het plafond is zo laag dat ik zelfs in de auto geneigd ben te bukken en de matige verlichting – een onbestemd oranje – vrolijkt de boel ook niet bepaald op. Er zijn parkeerplaatsen voor het personeel, leveranciers en bezoekers, maar op dit tijdstip staan er nauwelijks voertuigen. We sukkelen helemaal door tot aan de lift achterin en stoppen in een speciaal vak voor handhavingswagens. Blijkbaar ben ik niet de enige die van hun taxidiensten gebruikmaakt.

De portiersloten klikken open.

'Uitstappen,' zegt Miller.

Ik probeer mijn zenuwen te bedaren. Het is heus niet dat ik hier gevangen zit. Als ik weg wil, kan ik Boyd Swis waarschuwen – dat heeft Miller me beloofd.

Bij de lift staat weer een bewaker. Zonder snor, maar wel in hetzelfde soort uniform als die van daarnet – donkerpaars met zilveren knopen.

'Hoi,' zeg ik.

Deze mag blijkbaar ook niet praten.

Ik kan het niet laten en druk op een van de zilveren knopen.

'Oeps, verkeerde knopje.'

Er kan nog geen lachje af, maar ik voel me iets minder gespannen.
'Excuses,' zegt Miller tegen hem.
Nu zie ik pas dat de lift helemaal geen knopjes heeft, en zelfs geen lezer. Dat hoeft ook niet want de deuren gaan vanzelf open. We stappen in en laten de bewaker met zijn chagrijnige smoelwerk achter.
'Ik hoop dat je je taak straks wel serieus neemt,' sist Miller in mijn oor.
Ze klinkt als een van mijn leerkrachten.
Intussen zoeken mijn ogen tevergeefs naar een display of knoppen of een microfoontje.
'Deze lift kent geen bediening,' zegt Chapman. 'Hij brengt je automatisch naar de ontvangstrobot op de begane grond, zodat niemand ongemerkt het instituut in of uit kan. Voor de rest van het gebouw wordt een andere lift gebruikt.'
Ping. De liftdeuren splijten open.
We worden ontvangen door een soort van rijdende paal met twee camera-ogen, een luidsprekertje als mond en een buik met een beeldscherm.
'Volgt u mij maar.'
We lopen achter hem aan een ruime, helverlichte gang in. Aan weerszijden hangen schilderijen – grijs en vaag, of juist opdringerig met vurige kleuren die op me af lijken te springen, maar soms ook realistisch zoals een vrouw met pauwenveren en een man die voor een gebouw staat.
Prissy zou dit helemaal het einde vinden.
'Ha, daar zijn jullie.' Een kleine vrouw op sandalen en met een portable onder haar arm stapt op ons af. Ze heeft iets van het onvermoeibare konijntje uit die reclame voor zonne-ener-

giebatterijen, wat behoorlijk vermoeiend is als je zelf doodmoe bent. Boven haar wenkbrauw zit een streep goudverf. Een overblijfsel van Happy Day, gok ik.
‘Meneer Chapman en mevrouw Miller.’ Ze schudt hen de hand en richt zich dan tot mij. ‘En jij moet Holden Winters zijn. Mijn naam is mevrouw Paine en ik ben hier de directrice.’
Zodra ze op haar portable tikt, licht het scherm op en dan ben ik toch weer even klaarwakker. Volgens Chapman is er geen wifi op de units van de bewoners, maar hier misschien wel.
Helaas. Nog voor ik het symbooltje in de linkerbovenhoek kan controleren, kantelt Paine haar portable pad om in te loggen. Ik kan de cijfers op het scherm niet meer zien, alleen de bewegingen van haar wijsvinger volgen. Hij gaat van links naar rechts, schuin omlaag en weer naar rechts.
De z van Zorro.
Een paar jaar geleden kwam de twintigste verfilming uit, vlak voor Happy Day. De Zorro-kostuums waren niet aan te slepen. De halve stad liep rond in een zwarte cape, met een zwarte hoed en een zwart oogmasker. Maar zonder degen. Zelfs de plastic versie was door de nieuwe leiders op de lijst van verboden artikelen gezet.
‘Oké,’ zegt Paine tegen de portable en dan banjert ze alweer voor ons uit, terwijl ze mijn naam noemt, gevolgd door de datum en het tijdstip waarop ik ben binnengebracht. We moeten alle drie moeite doen om haar bij te houden en ik voel mijn enkels weer steken. De robot is intussen afgehaakt. Als ik even omkijk, zie ik hem terug naar de lift rijden.
‘Begeleiders Chapman en Miller, intake door Vera Paine.’
Pas als we bij een deur met het pictogram van een bed erop

komen, stopt Paine met haar e-rapportje. 'Dit is jouw plekje voor vannacht,' zegt ze tegen me. 'Morgen lig je gewoon op de slaapzaal, maar het is al laat en we willen de andere bewoners niet wakker maken, toch?'

Ze houdt haar brace bij de lezer en ik laat me met mijn stomme kop de kamer induwen. Een kleine klotekamer met een bed, een douche en een wc. En een lullig rotlampje, zodat ik niet tegen de kale muren aan knal.

Voor ik het goed en wel besef, sluit de deur achter me en hoor ik het brommende geluid van een elektrisch slot.

Dat kreng heeft me opgesloten...

Ik ben te uitgeput om te protesteren en ga op het bed liggen. Alleen de trein in mijn hoofd dendert maar door – met Miller erin, die zegt dat we maar tien fucking minuten hebben, en Chapman, die me aan één stuk door zit te pushen. Hadden ze me maar wat meer tijd gegund. Het ritje naar het bureau, de uitspraak van de referee – het ging allemaal voorbij in een soort roes. Ik had niet eens de tijd om me af te vragen hoe ze zo snel aan dat conservenblik kwamen. Op mijn kamer zijn Chapman en Miller nooit geweest.

Waarschijnlijk hebben ze het blik al eerder uit de schuilkelder gehaald. Stonden die shitbonen al sinds gisteren klaar, zodat ze net als reservespelers meteen konden worden ingezet. Voor het geval de referee om harde bewijzen zou vragen.

Ik rol op mijn rug en denk aan pa.

Ze zeggen dat je hier gestorven bent. Waarom lijk je dan verder weg dan ooit?

Hij geeft geen antwoord.

En dan bedenk ik iets verschrikkelijks.

Stel je voor dat het allemaal niet waar is. Dat het verhaal over

pa een leugen van de handhavers was om me hierheen te krijgen. Hun laatste troef, toen ik niet wilde meewerken.
Het plafond wordt mistig door mijn tranen.
Geen wonder dat ik niet meer met Prissy en ma mocht praten. Cliffton-protocol, mijn reet. Miller en Chapman wilden gewoon niet dat ik nog net op tijd de waarheid zou horen. En nu is het te laat en zit ik opgesloten, zoals de wilde beesten in de dierentuin tijdens de Bange Jaren.
Ik vrees dat ik hier nooit meer wegkom.

PRISSY

Mama zet mijn versgeprinte ontbijt op de bar.
Persoonlijker kunnen we het niet maken.
Een oude reclameslogan voor vita. En het standaard ochtendzinnetje van papa, waardoor het voor altijd en eeuwig in mijn hersens staat gegrift.
Toen ik hem vroeg wat het nou eigenlijk betekende, nam hij me mee naar het laboratorium waar hij werkte. Ik kreeg net zo'n witte jas aan als hij, die bij mij helemaal tot op de grond kwam. We wandelden tussen doorzichtige koelkasten door, langs tafels vol geheimzinnige glaasjes en schaaltjes, en overal stonden microscopen die verbonden waren met flinterdunne beeldschermen.
'Ieder mens krijgt zijn eigen uitgebalanceerde vita,' legde papa uit. 'Met precies die stofjes erin die je nodig hebt, want dat is voor iedereen anders. Ouderen geven we bijvoorbeeld supercalcium voor sterkere botten en iemand die weinig buitenkomt, krijgt extra vitamine D. Zo voorkomen we dat mensen ziek worden.'
'Hij is dus eigenlijk een soort dokter,' had ik na afloop van de excursie naar mijn vriendinnen geclickt. Ik voelde me onwijs trots. Brooklyns vader ontwierp prachtige sieraden, maar daar redde hij heus geen levens mee.

De foodprinter zwijgt. Mama komt met haar ontbijt tegenover me zitten.
'Heb je wel geslapen?' vraag ik, want ze ziet er doodmoe uit.
'Nauwelijks.' Ze prikt lusteloos met haar vork in haar bloemvormige vita. 'Ik heb al een paar keer naar het instituut gebeld, maar ik krijg telkens de voicemail. Die ze overduidelijk niet afluisteren, want ze bellen niet terug.'
'Het is nog vroeg,' zeg ik. 'Waarschijnlijk is de receptie alleen overdag bemand.'
Mama zucht. 'Begrijpen ze dan niet hoe ongerust ik ben? We hebben niet eens fatsoenlijk afscheid kunnen nemen.'
Omdat Holden dat niet wilde.
Ik neem een hap van het geel met roze kunstwerkje op mijn bord als er een afschuwelijke gedachte door me heen schiet. Stel je voor dat Holden wel afscheid had willen nemen, maar hij dat niet mocht. Dat het een smoesje van Miller en Chapman was om ons bij elkaar weg te houden. Het zogenaamd gevonden blik was ook een leugen, dus...
De woorden kruipen naar het puntje van mijn tong.
Wel zeggen? Niet zeggen?
En als het dan toch niet waar blijkt te zijn? Mama zou een paniekaanval kunnen krijgen, of erger, alleen maar omdat ik me iets in mijn hoofd heb gehaald.
'Wat is er?' vraagt mama.
'Heb je mevrouw Adams al gesproken?' zeg ik.
'Dat doe ik straks wel. Als ik daar ben.'

Engels en geschiedenis kan ik thuis online volgen. Jammer genoeg geldt dat niet voor de sportlessen. Ik heb een tsunami aan camphone-berichten genegeerd, maar nu is er geen ont-

komen meer aan. Mijn vriendinnen wachten me 's middags op bij de ingang van het sportterrein.
'Gelukkig, ze leeft nog,' zegt Brooklyn.
Flow geeft haar een stomp.
'Arme jij.' Anna aait mijn rug. 'Je zult je wel kapot schamen.'
'Nou,' zegt Brooklyn. 'Als ik zo'n broer had...'
Ik zet mijn oren in de uitstand en loop met grote stappen naar de kleedhokken. Holden is een sukkel, denk ik. Waarom doet hij me dit aan? En tegelijkertijd kan ik wel janken van bezorgdheid.
'Pris!' roept Flow met overslaande stem. 'Wacht nou even!'
Ik blijf met tegenzin staan tot ze me heeft ingehaald.
'We nemen jou heus niets kwalijk,' zegt ze, terwijl ze haar arm door die van mij steekt. 'Jij bent niet verantwoordelijk voor de domme acties van je broer.'
Er gaat een vleugje haat door me heen en ik moet moeite doen om me niet los te rukken. Meteen daarna komen de schrik en de schaamte.
Doe even normaal! Flow is je beste vriendin en je houdt van haar.
Innig gearmd gaan we de rumoerige kleedkamer in en zoeken een plekje op een van de banken. Ik probeer het gefluister en de medelijdende blikken van mijn klasgenoten te negeren. Gelukkig heeft Anna een nieuwe bandana – een groene met gekleurde hockeystickjes – wat om een uitgebreide camfiereportage vraagt. Als we eindelijk eensgezind de allermooiste hebben uitgekozen en op Supershoot gezet, komt meneer Grant ons halen.
We starten met tien rondjes hardlopen.
'Concentratie!' roept Grant als iemand het waagt om intussen te kletsen.

'Chagrijn,' mompelt Brooklyn.
Ik ben hem juist dankbaar.

Om halfvier klinkt het fluitsignaal. Einde les.
'Wie gaat er mee naar de Lounge?' vraagt Flow, terwijl we ons omkleden. 'Beetje muziek luisteren en de nieuwe yummy van de week uitproberen. De smaaksensatie schijnt heel bijzonder te zijn.'
'Ik kan niet.' Mijn gezicht voelt zo rood als de klaprozen op mijn handdoek. 'Mama is nogal overstuur na gisteren, dus...'
Ik hoef me niet schuldig te voelen want ik lieg niet. Mama ís overstuur. Vanmorgen heeft er eindelijk iemand van het Cliffton gebeld, die zei dat we Holden voorlopig niet mogen bezoeken of zelfs ook maar via de camphone spreken. Het zou zijn behandeling in de weg staan.
Tsss!
'Tuurlijk,' zegt Anna. 'Dat snappen we best.'
Flow snapt er jammer genoeg niets van. 'Je moeder is toch gewoon naar haar werk? Papa clickte dat hij haar vanochtend tegenkwam.'
Mijn wangen bloeien nu helemaal open. Ik stamel iets onduidelijks en verdwijn vlug in de doucheruimte.

HOLDEN

'Goedemorgen, Holden.' Een jonge vrouw in een lichtblauw uniform en met groen geverfd haar legt iets op het voeteneinde van mijn bed. 'Vooruit, douchen en aankleden. De zon is al op.'
Kreunend kom ik overeind. 'Ben jij 's ochtends altijd zo fucking opgewekt?'
Op haar rechterwang staat een indrukwekkend spinnenweb getatoeëerd. Ik kan er mijn ogen niet van afhouden.
'Schiet nou maar op,' zegt ze. 'Over tien minuten kom ik je halen.'
Zodra Spider-Woman is verdwenen, bekijk ik de spullen die ze voor me heeft achtergelaten. Een handdoek. Een grijs joggingpak en een zwart T-shirt. Een boxershort en een paar sokken. Maar – punten voor Miller en Chapman, hebben ze dan toch de waarheid gesproken? – godzijdank geen schoenen.
Ik bewonder mijn blauwe plekken, stap in de kleine douchecabine en draai de kraan open. De warme stralen spoelen mijn sombere gedachten weg en mijn stijve spieren ontspannen. Ik zou hier uren kunnen blijven staan en...
Toch maar niet. Spider-Woman zou zich rot lachen om mijn twee borstharen.

'Je bent geplaatst op unit drie,' zegt ze. 'We nemen de lift.'
De toiletruimte op de begane grond heeft Chapman gezegd!
'Kan ik eerst nog even pissen?' vraag ik snel.
'Had je dat niet eerder kunnen bedenken?' Ze blijft staan met haar hand op haar heup. 'Voordat ik je kwam halen, bijvoorbeeld.'
'Toen hoefde ik nog niet.'
'Dan kun je het vast nog wel even ophouden tot we boven zijn.'
'Maar ik moet heel erg!'
Ze werpt een geërgerde blik naar het plafond.
'Wil je dat ik een blaasontsteking krijg?' vraag ik.
De zucht komt helemaal vanuit haar tenen. 'Vlug dan. De wc-ruimte is daar.'
Voordat ze zich kan bedenken, verdwijn ik door de deur met het poppetje.
De schoonmaakrobot is vanmorgen al geweest. De tegels zijn nog niet helemaal opgedroogd en er hangt een zeeplucht. Ik glip het eerste wc-hokje in, doe het schuifje dicht en ga op het deksel van de bril zitten. Naast me is een rechthoekige, metalen papierhouder van het merk Jumbo aan de muur bevestigd.
Dit moet hem zijn: de dode brievenbus.
Ik voel me ineens opgejaagd. Misschien zit er iets in. Heeft Swis nu al een bericht voor me achtergelaten!
Kreunend van inspanning probeer ik het logge apparaat van de muur te tillen.
Weinig kans. Blijkbaar hangt het niet los aan een spijker – zoals een schilderij – maar heeft iemand een gigantische schroef dwars door de rug van de papierhouder heen geboord, linea recta de tegels in.

Ik ruk en rammel zachtjes. En ontdek dat Jumbo alleen aan de bovenkant vastzit!
Poging twee. Ik schuif de houder aan de onderkant opzij zodat hij scheef komt te hangen en...
Ja! Daar is een hap uit een tegel. Dat moet de verborgen opening zijn.
Ik draai de houder nog een klein stukje verder omhoog. Het metaal schraapt over de muur. Niet heel hard, maar hard genoeg om mijn nekharen overeind te doen springen.
'Holden?' klinkt het vanaf de gang.
Zie je wel. Daar heb je het al.
'Zo klaar!' Ik tuur in het gat, maar ik zie geen reet, dus voel ik met mijn vinger. Er lijkt iets te zitten, maar het wil er niet uit.
Fuck, de deur gaat open! Ik hoor Spider-Womans hakken op de tegels, en dan haar stem: 'Gaat het wel goed met je?'
'Ja, hoor.' Als jij me tenminste met rust laat.
Ik spuug op mijn vingertop, in de hoop dat het papiertje of wat het ook is eraan zal blijven plakken en verken de opening opnieuw.
'Waarom duurt het dan zo lang?' vraagt Spider-Woman.
Hebbes! Ik trek het briefje naar me toe.
'Ah, nu snap ik het. Had dat dan meteen gezegd.'
'Wat?' Ik prop het papiertje in mijn zak.
'Dat je een grote boodschap moet.'
Mens! 'Hoe kom je daar nou weer bij?'
'Waarom zou je anders gaan zitten?'
Shit! Ze staat onder de wc-deur door naar mijn voeten te loeren!
'Dat krijg je als je de enige man in huis bent,' verzin ik vlug.
'Ik woon met mijn moeder en zus.'

'Snel afleren,' zegt Spider-Woman. 'Dat is mijn advies. Tenzij je het pispaaltje van Cliffton wil worden.'
'Haha.' Ik staar naar de houder.
Hoe krijg ik dat stomme ding terug op zijn plek zonder dat ze het hoort?
Het enige wat ik kan bedenken, is zelf nog meer lawaai maken.
'Weet je dat er in de blaas van een olifant achttien liter past?' roep ik zo hard dat mijn stem door de ruimte galmt. 'Zijn urineleider is te vergelijken met een regenpijp van een meter.' Yes! De ijzeren Jumbo hangt weer waterpas. 'Toch doet hij net als een kat of een paard nog geen twintig seconden over het pissen. Schijnt iets met de zwaartekracht te maken te hebben.' Ik open het hokje en de wc spoelt automatisch door.
'Een bewoner met een obsessie voor urine,' zegt Spider-Woman hoofdschuddend. 'Die hebben we nog niet eerder gehad.' Voordat ze naar de gang verdwijnt, kijkt ze nog even om. 'Vergeet je niet je handen te wassen?'
Het briefje brandt in mijn zak.
Dit is de goden verzoeken, zou pa zeggen. Als Spider-Woman nog een keer plotseling binnenkomt...
Ik kan het niet laten. Met mijn ogen op de deur gericht, veeg ik langs de sensor van de kraan. Zodra het water begint te stromen, frummel ik het papiertje open.
Wees voorzichtig, Wren staat er. *P heeft je waarschijnlijk door.*

PRISSY

Ik denk er pas aan als ik het park in loop: misschien herken ik Mo niet zonder schmink. Gelukkig weet hij wel hoe ik eruitzie.
Het is niet ver naar de vijver. Op de bankjes rondom zitten een paar oudere mensen en een jongen. Mijn hart fladdert op. Zwart haar en een onwijs mooie kaaklijn. Dat moet hem zijn.
Ik ben er wil ik clicken, maar hij komt al naar me toe.
'Telepathisch begaafd?' vraag ik.
'Nee, hoor.' Mo grinnikt en tilt zijn camphone even op.
Hij hackt me dus nog steeds! Mijn ademhaling zit ineens hoog in mijn borst. 'Je zou me niet meer bespioneren.'
'Geintje.' Mo knikt naar het wandelpad. 'Ik zag je aankomen. In real life.'
Het lukt me niet om te lachen.
'Sorry, dat was stom van me.' Hij kijkt me onderzoekend aan. 'Je maakt je natuurlijk zorgen om je broer. Hoe is het met hem?'
Zijn woorden zijn een verademing na alle debiele opmerkingen van mijn vriendinnen.
'Wist ik het maar,' barst ik los. 'Vanmorgen heeft iemand van het instituut gebeld. Mama en ik mogen de eerste maand geen contact met hem hebben.'

'En zijn camphone?'
'Die ligt thuis.' Ik staar naar Mo's schoenen. Een paar zwarte Doc Workers met gele stiksels. Reese zou ze waarschijnlijk afkeuren, maar OMG wat staan ze hem goed. 'Ik vond zijn toestel gisteravond achter in de kast bij zijn kleren en...'
'Wat is er?'
'De conservenblikken lagen er ook nog,' flap ik er uit. 'Alle drie.'
'Die blikken met voedsel, waarover je clickte?' Mo fronst zijn voorhoofd. 'En dat is raar?'
'Heel raar.' Om de een of andere reden begin ik te fluisteren. 'Tijdens het verhoor kwam een van de handhavers met een blik aanzetten. Hij beweerde dat het op Holdens kamer was gevonden, maar dat klopt niet. En waarom mogen mama en ik niet met Holden praten? Volgens mij is er iets niet in de haak.'
Mo denkt even na. 'Overal hangen wel camera's,' zegt hij dan. 'Dus ook op het Cliffton Instituut. Zou je het fijn vinden als je je broer op afstand kunt zien?'
Zijn voorstel is zowel angstaanjagend als onweerstaanbaar.
'Wat jij wilt.' Hij kijkt me onderzoekend aan. 'We kunnen natuurlijk ook gewoon naar de cinema of ergens yummy's gaan eten.'
Mijn brace piept en rode letters lichten op. JE HEBT DRINGEND BEHOEFTE AAN ONTSPANNINGSOEFENINGEN. EN EET JE WEL VOLDOENDE VITA?
'Laten we gaan hacken,' zeg ik.
En hoewel mijn verstand 'nee!' roept, meen ik het nog ook.

De skatehal is vandaag niet verlaten maar overbevolkt. Een jongen met een hanenkam in alle kleuren van de regenboog zwenkt om me heen. Ik zie meisjes op rollerskates met glittertruitjes en stoere chicks met zwarte tatoeages, die gevaar-

lijke toeren uithalen op de halfpipe. Een oudere man met een hoed vol buttons stept door de ruimte. Een groepje kinderen krijgt les van een vrouw in een lycra kostuum met zweetbandjes. En dat alles wordt omlijst door bonkende muziek.
Mo vlecht zijn vingers door die van mij en leidt me tussen de mensenmassa door. Ik zou wel voor eeuwig aan hem vastgeplakt willen blijven.
Wishful thinking. De tocht naar de wormhole duurt hooguit een minuut.
Mo laat me los om de deur te openen. Hij tikt de toegangscode in en schermt met zijn andere hand het display af.
'Weet de eigenaar dat jullie zijn kelder gebruiken?' vraag ik. 'Of hebben jullie de code stiekem gekraakt?'
'Laşers vader heeft hem aan ons doorgegeven. Hij runt de skatehal en vindt het best dat we in de wormhole rondhangen. Dat willen zeggen...' Mo kijkt me aan en grijnst. '...zolang we niet allerlei vreemde types meenemen.'
'Haha,' zeg ik, terwijl ik voor hem uit de trap afdaal.
Het blauwige lichtschijnsel van de computers komt me tegemoet en...
Als vastgevroren blijf ik op de onderste tree staan.
'Wat is er?' vraagt Mo achter me.
Ik staar naar de bolle facetogen van het griezeligste insect dat ik ooit heb gezien. Naar zijn sprietige poten, de glanzende vleugels en de gigantische angel.
'Daar,' stamel ik. En dan begin ik wild met mijn armen te maaien, want dat rotbeest vliegt recht op me af.

HOLDEN

Wren. Is er dan nog iemand die voor Chapman en Miller spioneert?

Ik beitel de naam in mijn hersens, tot ik met Spider-Woman in een glazen lift naar boven word geschoten en het overweldigende uitzicht me compleet opslokt.

Gisteravond heb ik alleen een gapend zwart gat gezien, maar nu in de ochtendzon...

Beneden me strekt zich een enorme laagvlakte uit. Hier en daar liggen hoopjes rotsen, alsof ze lukraak zijn neer gekwakt, in wel honderd verschillende kleuren van bruin tot rood tot groen. Er zijn ook eenlingen met net zulke grillige vormen als de wolken erboven. Ik zie een hondenkop, een natuurlijke brug, een bultrug en nog veel meer.

Het spijt me dat ik mijn toestel niet bij me heb. Ik zou wel honderd camfies willen maken.

'Geen hoogtevrees dus,' verstoort Spider-Woman mijn gedachten. 'De meeste bewoners hebben een paar dagen nodig voordat ze ontspannen naar buiten kunnen kijken. Sommigen lukt het zelfs nooit.'

'Is er ook een trap?' vraag ik. 'Voor het geval er brand uitbreekt.'

'De trappenhal bevindt zich achter de rode deuren en is alleen toegankelijk als we de lift niet kunnen gebruiken. Tijdens de jaarlijkse onderhoudsbeurt, bijvoorbeeld. Of bij een stroomstoring.'

'Of een brand.'

'Of een brand,' geeft ze toe. 'Maar daar hoef je hier niet bang voor te zijn. Overal hangen rookmelders en sprinklers.'

De liftdeuren gaan open.

'Ik breng je naar de eetzaal.' Spider-Woman pakt mijn elleboog vast alsof het een joystick is, waarmee ze me kan bedienen. 'Hou je een beetje gedeisd, dan accepteren ze je het snelst.'

Op school mijden ze me meestal als de pest, dus ik maak me geen illusies.

Spider-Woman stuurt me in de richting van een raamloze ruimte met lichtblauwe muren en een grijze gietvloer. In het midden staan twee lange tafels met aan weerszijden banken vol mensen in grijze joggingpakken. Ik tel een stuk of twintig volwassenen, maar zie ook een meisje en zeven jongens die niet veel ouder zijn dan ik.

Sommige bewoners hebben hun ontbijt al voor zich en spelen ongeduldig met hun vork. De anderen kijken naar een beeldscherm aan de muur waarop een rijtje namen langzaam naar beneden rolt, net als bij de aftiteling van een film. Alleen staat er dan bijvoorbeeld *cameraman* of *setdresser* achter, of de naam van het personage dat iemand heeft gespeeld – en niet, zoals hier, een nummer.

JAZZ HUGHES 4.

Het enige meisje in de zaal klautert over de bank heen en slentert naar de foodprinters achterin. Oranje stekeltjeshaar, een bleke huid en een paar toffe Jeeckers aan haar voeten – zij wel. Ze sabbelt op het koordje van haar hoody, heeft haar handen in haar zakken gepropt en keurt me geen blik waardig.

'Een vreselijke lastpak,' zegt Spider-Woman zacht. 'Je doet er verstandig aan uit haar buurt te blijven.'

Mijn interesse is meteen gewekt.

Als Jazz bij een foodprinter met het cijfer 4 op zijn buik blijft staan, snap ik pas waar het scherm voor dient. Als je naam verschijnt, is je vita klaar. Het nummer geeft aan bij welke printer je hem kunt ophalen.

HOLDEN WINTERS 1.

Zouden dit nog steeds dezelfde printers zijn als die waarvoor pa naar het instituut kwam?

Spider-Woman stoot me aan. 'Jij bent.'

Ik voel me bekeken als ik naar de eerste printer loop. Achter me hoor ik iemand fluisteren. Ik probeer er niet op te letten en concentreer me op mijn vita. Die lijkt iets anders van kleur dan thuis, maar mijn brace piept dat het oké is. Ik neem mijn bord mee, vis een vork uit de bestekmand naast de printer en...

Shit. Spider-Woman is verdwenen.

Ik weet niets anders te bedenken dan een plekje aan een van de tafels te zoeken. Daar, tussen die twee mannen is nog plaats.

'Mag ik?'

Een van hen kijkt verstoord op. Hij draagt een neusring en op elk van zijn knokkels is een kruisje getatoeëerd.

'Laat maar.' Ik loop vlug verder en dan zie ik een gaatje naast Jazz.

Vragen heeft me daarnet geen steek verder gebracht.
'Schuif eens op,' zeg ik.
Voordat ze kan protesteren heb ik me al tussen haar en haar buurvrouw – een bejaarde van rond de zestig met een meisjesachtige vlecht – in gewurmd.
'Nee, hè,' moppert Jazz. 'Weer zo'n sukkel die denkt dat hij vrouwen kan commanderen.'
'Ik denk helemaal niks,' zeg ik. 'Het enige wat ik wil, is rustig ontbijten.'
Vastberaden beweeg ik mijn vork naar mijn bord.
'Je moet wachten tot iedereen heeft,' zegt een jongen.
Behalve een atletisch lichaam heeft hij ook een zenuwtic. Sinds ik tegenover hem zit, heeft hij al vier keer over zijn bovenlip gelikt.
'En dat bepaal jij?' vraag ik.
'Ik niet.' De jongen knippert zenuwachtig met zijn ogen en likt alweer. 'De leiding wil het zo.'
Die gast gaat nog flippen als ik een hap durf te nemen. Met tegenzin leg ik mijn vork neer en zoek afleiding bij het scherm. De naam Wren komt helaas niet voorbij. Waarschijnlijk heeft ze haar vita al opgehaald.
Het lijkt een eeuwigheid te duren, maar dan zwijgen de foodprinters en zegt een robotstem, dezelfde als van de carport: 'Smakelijk eten.'
Yes! In sneltreinvaart schuif ik mijn vita naar binnen. Vergeleken met de ananasschijven uit de schuilkelder smaakt het naar niks, maar dat kan me niet schelen. Het enige wat telt is de boost aan energie die door mijn lichaam jaagt.
Jazz staart me intussen aan alsof ik een zeldzame reptielensoort ben.

'Wat?' vraag ik.
Ze trekt haar gepiercete rechterwenkbrauw op
'Ik heb sinds gistermiddag niks meer gegeten,' zeg ik. 'Nou goed?'
De jongen tegenover me houdt zijn vinger tegen zijn lippen en schudt zijn hoofd.
'Wat nu weer?' De dag is amper begonnen en ik ben nu al bekaf.
'Vita is een geschenk van de aarde,' antwoordt de Vlecht plechtig maar zacht. 'Door in stilte te eten kunnen we het de aandacht geven die het verdient.'
Ik vind het volkomen geschift klinken. 'Pardon?'
'Layla bedoelt dat het verboden is om tijdens de maaltijden te praten,' zegt Jazz.
'Wat kan mij dat nou schelen?' Ik kijk om me heen. 'Zolang er geen bewakers of verzorgers zijn...'
De Vlecht buigt zich naar me toe. Ik kan haar adem ruiken.
'De muren hebben hier ogen en oren,' fluistert ze dreigend.
'Pas maar op.'

PRISSY

Ik maai met mijn armen. Dat enge beest moet weg, weg, weg. Mo is ook bang. Tenminste, dat denk ik, want ik hoor hem paniekerig 'Prissy! Nee!' roepen. Dus haal ik opnieuw uit om het monsterlijke insect dat ons aanvalt van me af te slaan.

'Niet doen, idioot!' klinkt het kwaad van beneden.

Laşer. Ik had het kunnen weten. Volgens mij wóónt hij in de wormhole.

'Help dan!' schreeuw ik.

'Moet je me wel de kans geven.' Laşer schijnt met een zaklamp in mijn gezicht. 'Doe je armen omlaag en hou op met dat overdreven gedoe.'

'Overdreven...' Ik stik bijna in mijn woorden. 'Die angel...'

Mo's hand op mijn schouder is als een icepack op een verstuikte enkel. Ik blijf een beetje in elkaar gedoken staan en gebruik mijn hand om mijn ogen af te schermen van het felle licht.

'Was dat nou zo moeilijk?' Laşer richt de zaklamp nu op het insect, dat in een rechte lijn achteruit vliegt en op de betonnen vloer landt alsof het wordt bestuurd.

'Wat...' stamel ik.

'Het is geen levend organisme,' legt Laşer uit. 'Het is een ro-

bot. Een soort minihelikopter, zoals ze vroeger gebruikten om in oorlogssituaties vijandelijke gebieden te verkennen.'
In paniek om een robotinsect. Afgang! Wat zal Mo wel niet denken?
'Zeker in een of andere schuilkelder gevonden?' vraag ik om toch nog een beetje intelligent over te komen.
Laşer grinnikt alsof ik iets grappigs heb gezegd. 'Goh,' zegt hij tegen Mo. 'Ze heeft ook een keertje naar *History Channel* gekeken.'
Ik zou een camfie van hem op Fail Nail willen zetten. Laşer in zijn onderbroek. Of op de wc. Of...
'Goh,' zeg ik tegen Mo. 'Je vriend is zeker nog nooit in een echte schuilkelder geweest?'
Ik heb meteen spijt van mijn opmerking en hurk naast het robotinsect. Hoewel ik inmiddels weet dat het geen levend wezen is, vind ik het nog steeds behoorlijk griezelig.
'En jij wel zeker?' blaat Laşer op een treiterig toontje.
Niet reageren, denk ik. Vooral niet reageren.
Maar zodra ik Laşer vanuit mijn ooghoeken naar Mo zie grijnzen – zo van: wij begrijpen elkaar en zij is niet goed wijs – reageer ik toch nog: 'Ik niet. Maar mijn broer Holden wel.'
Ze vallen even stil. Kijken naar elkaar. Kijken naar mij, terwijl ik overeind kom.
'De conservenblikken?' vraagt Mo dan. 'Kwamen die uit een schuilkelder?'
Straks wil hij er nog heen!
'Zou kunnen.' Ik heb het gevoel dat ik over een catwalk van hete stenen loop.
'Weet je dan ook waar die kelder is?' zegt Mo.
Daar heb je het al!

‘Gelukkig niet. En als ik het wel wist, gingen we er nog niet heen,’ ratel ik. ‘Anders eindigen we straks net als Holden in het Cliffton.’

Laşers mond zakt een stukje open. ‘Je broer zit in een instituut voor gekken en criminelen?’

Nu hij het zo hardop zegt, klinkt het nog afschuwelijker dan het al is.

‘Mijn broer is geen crimineel,’ zeg ik. ‘En gek is hij ook niet. Alleen een beetje... apart.’

‘Oké.’ Maar Laşers gezicht staat op standje ongelovig.

‘Weet je wie er pas echt gestoord is?’ zegt Mo. ‘Degene die de regeltjes van het Cliffton heeft bedacht. Prissy en haar moeder mogen een maand lang niet met Holden praten.’

Laşer tilt zijn robotinsect op en aait even over de vleugels. Zo teder dat ik ondanks alle ellende zachtjes moet grinniken.

‘Wat?’ vraagt hij.

‘Je behandelt dat ding alsof het een lief konijntje is.’

‘Het is niet zomaar een ding.’ Hij zet de robot voorzichtig op een van de tafels. ‘Ze heet Dragonfly.’

Ze! Ik weet een tweede grinnik amper te onderdrukken.

‘Hij heeft haar zelf gemaakt,’ zegt Mo. ‘Dat schept een band.’

Ik denk aan Holden en de camera’s. Aan dat we Laşer waarschijnlijk heel hard nodig hebben.

‘Echt?’ Ik kijk hem bewonderend aan. ‘Knap van je.’

‘Ik zou geen auditie doen bij de filmacademie,’ zegt hij spottend, om vervolgens zijn aandacht weer op Mo te richten. ‘Ik dacht dat je haar eindelijk...’

Mo schudt snel met zijn hoofd.

‘Dat hij wat eindelijk?’ vraag ik.

‘Laşer lult maar wat.’ Mo slaat zijn arm om me heen. ‘Ze wil

weten of haar broer oké is. Daarom zijn we hier. Ik heb haar beloofd dat we de camera's van het Cliffton gaan hacken.'
Laşers wenkbrauwen gaan omhoog. 'O, ja?'
'Please?' smeek ik.
'Ze is ons vast enorm dankbaar straks,' zegt Mo.
Ik knik heftig. 'Zeker weten.'
'Vooruit dan maar weer.' Laşer gaat als zo'n ouderwetse vj achter zijn tafels staan.
Mo knipoogt naar me voordat hij zich omdraait en de computers hem totaal in beslag nemen.
Ik voel me verloren. Wat verwachten ze van mij? Dat ik net als gisteren in de kantine wacht?
Maar gisteren was de skatehal gesloten en kon niemand me lastigvallen met vragen of beleefdheidsgesprekjes.
Ik aarzel niet langer, mik mijn sporttas op de trap en stomp hem in model. Oké, hij heeft geen franjes, maar verder is hij best geschikt als kussen. Ik ga erop zitten en kijk gefascineerd naar Mo en Laşer, tot mijn camphone roept.
Het is Anna. Ze heeft een camfie van een bloedrode yummy gestuurd, met als ondertitel: Miss you!
Lief!
Ik jullie ook click ik terug.
Op de computerschermen zie ik allerlei vreemde tekens voorbijkomen. Ik leg mijn camphone neer en kijk naar Mo, die zijn vingers over het toetsenbord laat razen als een waanzinnig geworden pianist.
'Kom nou, kom nou.' Laşers rug lijkt nog langer dan normaal en dan...
'Shiiit!' roept Mo.
We staren alle drie naar de projectie op de wand. En daarna

naar de computerschermen. Overal staat in alarmerend rode letters dezelfde tekst: U BENT IN OVERTREDING – ALS U DEZE AANVAL NIET ONMIDDELLIJK STAAKT, STUREN WE HANDHAVING OP U AF.

HOLDEN

Ik laat mijn blik langs de muren en het plafond glijden, maar er is geen camera of afluistertap te bekennen. De Vlecht is geschift, zoals ik al dacht.

Tenzij...

Misschien bedoelt ze dat er een snitch onder de bewoners is!

Ik speur de rijen aan weerszijden van de tafel af. De man met de kruizen op zijn knokkels kijkt me chagrijnig aan.

'Een gevaarlijke psychopaat,' fluistert Jazz. 'Heeft ooit een medebewoner in elkaar geslagen omdat die hem iets te lang aankeek.'

Oké, nu ben ik ongerust.

Ik wend voor de zekerheid mijn blik af. Hoe lang zou die gast hier zitten? Ook al toen pa...

Een harde zoemer schalt door de zaal en meteen krijgt iedereen haast. De laatste vita wordt naar binnen gepropt. De lege borden worden doorgegeven en opgestapeld. De vorken erbovenop gelegd. Dan gaan de deuren van de eetzaal open en twee mannen en twee vrouwen komen binnen. Personeel, gok ik. Ze dragen tenminste geen joggingpakken maar gewone kleren en ze hebben allemaal een portable pad bij zich.

‘En wij moeten onze camphone inleveren,’ zeg ik verontwaardigd tegen Jazz.
‘Zo’n ramp is dat niet.’ Ze aait haar wang met het uitgeplozen uiteinde van haar hoodykoordje. ‘Zodra je bent afgekickt is het eigenlijk best relaxed. Niemand die je lastigvalt met debiele filmpjes of berichten. Geen klagende zeurpieten als je niet meteen reageert... Het enige wat ik mis zijn de spelletjes.’
‘Ik hou niet van spelletjes,’ zeg ik. ‘Ik gebruik mijn toestel om camfies te maken en het landschap dat ik hier gezien heb, smeekt erom.’
Jazz knikt naar de hulpverleners. ‘Dan jat je er toch eentje van hen.’
‘Een portable?’
‘Nee, een paar sokken, nou goed? Natuurlijk een portable. Wat anders?
‘Je bent gek.’
‘Jij zit hier anders ook niet voor je zweetvoeten,’ zegt ze onaangedaan.
‘Nee, ik heb gisteren vuurwerk afgestoken.’
Fuck, waarom zeg ik dat nou weer? Nu denkt ze dat ik zo’n macho ben die indruk op haar wil maken.
‘Met Happy Day.’ Er verschijnt een uitdagend lachje op haar bleke gezicht. ‘Ja, hoor.’
‘Toch is het zo.’
‘Laat eerst maar eens zien of je genoeg lef hebt.’ Jazz richt haar blik op de kleinste van de twee vrouwen. Of beter gezegd: de portable die de vrouw vasthoudt. ‘Er bestaat een klein kansje dat ik je dan geloof.’
‘Mensen met lef laten zich niet door anderen commanderen,’ zeg ik.

Ze lijkt even verbluft, een beetje onder de indruk zelfs, maar meteen daarna keert het uitdagende lachje weer terug. 'Zeg nou maar gewoon dat je niet durft.'
'Daar gaat het niet...'
'Stilte, graag!' De kleinste vrouw steekt haar hand met de portable omhoog. 'De volgende bewoners gaan met mij mee...' Ze noemt een aantal namen – helaas niet die van Wren – en verdwijnt vervolgens met het gezelschap naar de gang.
'Waar gaan ze heen?' vraag ik aan Jazz.
'Kring,' zegt ze. 'Dat is vaste prik na het ontbijt.'
Inmiddels heeft een van de mannen het woord genomen. Zijn wangen zijn rood, alsof hij constant bloost, en zijn hals is mager en lang.
De menselijke versie van een roodwangschildpad, denk ik.
'Joshua Banks, Jazz Hughes...' Na elke naam kijkt de man even op zijn portable. 'Holden Winters, Peter Wilson...'
P heeft je waarschijnlijk door, stond er op het briefje!
De jongen met de zenuwtic komt bij ons staan.
'Layla Haddon, Raiza Kapoor en Charles Mickelson...' Roodwang knikt. 'Mooi, dan zijn we compleet.'
Er zit geen Wren in ons groepje.
Zal ik naar haar vragen? Misschien dat Jazz haar kan aanwijzen. Nee, beter van niet. Jazz zal willen weten waar ik Wren van ken en ik wil mezelf niet verraden.
'Gaan jullie mee?' zegt Roodwang. 'We hebben vandaag de gele kamer tot onze beschikking.'
Peter likt voor de zoveelste keer over zijn schrale bovenlip.

De gele kamer is niet geel maar wit en heeft een raam van drie bij zes meter. Ik raak meteen weer overweldigd door het land-

schap, dat voorbij de toch al onmetelijke laagvlakte eindeloos door lijkt te gaan. De lucht is intussen van kleur veranderd en ik verwacht dat er elk moment een bui kan losbarsten.
'Je mond hangt open,' zegt een man met een harige moedervlek op zijn kin.
Ik zoek naar iets gevats om terug te zeggen, maar dan klapt Roodwang in zijn handen en gebaart naar de gele plastic stoelen, die in een kring staan opgesteld.
'Willen jullie zo vriendelijk zijn om een plaatsje te zoeken?'
Iedereen gaat zitten. Alleen Peter Wilson blijft nagelbijtend bij de deur staan.
'Kom je?' vraagt Roodwang.
'Ja, ja.' Even lijkt het of Peter een stap gaat zetten, maar hij trekt zijn voet meteen weer terug – zoals wanneer je met je teen aan het water voelt en het te heet of te koud vindt.
'Je kunt je angsten niet ontlopen,' oreert de Vlecht. 'Maar je kunt er wel tegen vechten.'
'Hoor je dat, Peter?' Jazz klopt uitnodigend op de lege stoel naast haar. 'Daarom hebben we speciaal voor jou een plekje bij het raam gereserveerd. Kun je van het uitzicht genieten.'
Nu begrijp ik het pas. Peter Wilson heeft hoogtevrees, zelfs achter een beschermende glaswand.
'Jazz,' waarschuwt Roodwang.
'Ja.' Ze kijkt rond, op zoek naar applaus. 'Zo heet ik.'
Ik vind haar bloedirritant, maar bewonder tegelijkertijd haar bravoure.
Intussen doet Peter er alles aan om maar niet naar buiten te hoeven kijken. Zijn ogen lijken wel vastgespietst aan het geknoopte wandkleed dat tegenover het raam hangt. Ik denk dat het een zon moet voorstellen, want het is rond en geel.

'Vooruit, Petertje,' zegt Jazz. 'Anders wordt de leiding boos.'
Roodwang werpt haar een vermoeide blik toe. 'Zo help je hem niet, Jazz.'
Peter knippert en likt. Op zijn neusbrug zie ik zweetdruppels verschijnen.
Is dit ook met het petekind van Chapman gebeurd? Is Lois zo erg getreiterd en onder druk gezet dat ze die pillen heeft genomen?
Ik kan het niet meer aanzien en loop naar Peter toe.
'Je mag op mijn plaats zitten,' fluister ik. 'Met je rug naar het raam.'
Hij knikt maar blijft staan.
Ik pak zijn onderarm vast. 'Als je je ogen dichtdoet, breng ik je.'
Voetje voor voetje komt hij met me mee.
'Ach, gossie,' zegt Jazz. 'Peter heeft een nieuw baasje gevonden.'
Niet reageren! denk ik. Maar mijn mond werkt sneller dan mijn hersens. 'Het lijkt me waanzinnig om een echte hond te hebben. Zo'n schapendoes die uit zijn dak gaat als je thuiskomt – en dan niet vanwege een of ander computerprogrammaatje in zijn buik, maar omdat hij werkelijk blij is je te zien.'
Volgens de nieuwe leiders gaven levende huisdieren te veel overlast in de stad, daarom zijn er alleen nog robotpets. Die kunnen niet bijten en poepen, en je hoeft ze ook nooit uit te laten.
'Hoor je dat, Peter?' vraagt Jazz. 'Holden wil dat je voor hem kwispelt.'
Roodwang valt eindelijk uit. 'Nog één zo'n opmerking, Jazz, en je mag naar de IR.'

Ik heb geen idee of hij een ruimte of een persoon bedoelt. Niet dat het iets uitmaakt. Ik weet bijna zeker dat Jazz nu opstapt of op zijn minst iets snerends zal zeggen.
Tot mijn verbazing bindt ze onmiddellijk in: 'Sorry. Ik zal me gedragen.'
'Nog een klein stukje.' Ik leg mijn hand op Peters gespierde schouder. 'Oké, we zijn er. Draai je maar om.'
Peter gaat op de stoel zitten, stijf als een plank en met zijn handen om de zitting geklemd.
'Je kunt je ogen weer opendoen,' zeg ik.
Hij gluurt door zijn wimpers en ontspant als hij het zonnetapijt herkent. 'Be-bedankt.'
'Dat zit wel goed, joh,' zeg ik, terwijl ik me op de enige overgebleven stoel laat zakken. 'Geen probleem.'
'Dat dacht Wren ook,' fluistert Jazz in mijn oor.

PRISSY

We zitten zwaar teleurgesteld op de trap in de wormhole – als een zwemteam dat zojuist een belangrijke wedstrijd heeft verloren.
'Jullie weten zeker dat ze ons niet komen halen?' vraag ik, terwijl ik mijn camphone als spiegel gebruik om de kelderdeur hoog achter ons in de gaten te houden.
'Honderd procent,' zegt Mo. 'Om te beginnen heb je veel meer tijd nodig om een computer te kunnen traceren. En dan hebben we ook nog een extra beveiliging ingebouwd.'
Laşer knikt. 'Een soort omleidinkje, zeg maar, dat ze de verkeerde kant op stuurt.'
Coach Guppy heeft gelijk: sport verbroedert, ook als je samen verliest – of misschien wel juist als je samen verliest. Het stoort me niet meer dat Laşer erbij is.
'Ik had je niet in de problemen mogen brengen,' zeg ik. 'Je kent Holden niet eens.'
'Voel je vooral niet schuldig,' zegt Mo. 'Laşer kickt op dit soort opdrachten.'
'En jij niet, zeker?' Laşer geeft hem een stomp.
'Stelletje nerds,' zeg ik hoofdschuddend. 'Spelletjes zijn te gek, maar wat er nou zo leuk is aan hacken...'

'Het gaat niet om leuk.' Laşer springt op en gaat voor zijn computers staan.
De waarschuwing is van alle schermen verdwenen toen hij de hele boel opnieuw heeft opgestart.
'Wij zijn hacktivisten,' zegt hij plechtig. 'We hacken voor gerechtigheid. Als bedrijven of organisaties hun macht misbruiken, pakken wij ze aan.'
'Is dat niet de taak van Internet Handhaving?' vraag ik.
Laşer lacht alsof ik iets megadoms heb gezegd. 'Dat stelletje amateurs heeft nog nooit iets wezenlijk veranderd.'
'En jullie met zijn tweetjes wel?'
Ik bedoel het spottend, maar Laşer knikt enthousiast. 'Nou ja, Mo en ik nog niet, maar andere hacktivisten wel. Ze hebben bijvoorbeeld een einde gemaakt aan het bankwezen.'
Even zie ik een echt wezen voor me. Een ontsnapte avatar die als een couchpotato bij iemand in de huiskamer zat, tot hij door een stel computerfanaten werd gekeeld.
Maar Laşer bedoelt natuurlijk het soort banken waar mensen vroeger hun geldzaken deden.
'Het hele systeem was ziek,' vertelt hij. 'Er werd gesjoemeld met hypotheken, en ze verkochten producten die zo ingewikkeld waren dat niemand ze snapte. Dat klanten hiervan de dupe werden, kon ze niks schelen. Die gasten waren alleen maar bezig met targets halen en bonussen verdienen.'
Ik moet moeite doen om niet te geeuwen. Geschiedenis is niet bepaald mijn lievelingsvak.
'Uit protest legde Anonymous, zoals de hacktivisten zich noemden, de websites van de banken geregeld plat.' Laşer legt zijn hand op een van de computers en geeft hem een

schouderklopje. 'Toen ze ook nog de pinautomaten over wisten te nemen, was dat het begin van het einde.'
'Pinautomaten?' vraag ik.
'Om geld uit de muur te trekken,' zegt Mo. 'In de Bange Jaren gebruikten ze nog cash.'
Laşer kijkt me hoofdschuddend aan. 'Jij weet ook niet erg veel, hè?'
Ik had nooit gedacht dat ik Brooklyn nog eens zou citeren: 'Je hoeft niet alles te weten, als je het maar weet te vinden. Waar zijn zoekmachines anders voor?'
Hij schiet in de lach. 'Zo lust ik er nog wel eentje. Je bent gewoon lui.'
'Niet,' zeg ik verontwaardigd. 'Ik heb alleen verstand van andere dingen. Mode, bijvoorbeeld.'
Laşer snuift. 'Ja, daar gaan we de wereld mee redden.'
'Een make-over kan anders wonderen doen.'
Hij fronst zijn voorhoofd.
'Verbeter de wereld, begin bij jezelf?' help ik.
Mo schiet in de lach.
'Die is niet van jou maar van Reese,' zegt Laşer.
Het moet even tot me doordringen: Laşer kijkt naar de vlogs van Reese! Ik ben zijn stomme opmerkingen acuut vergeten. De vrienden van Reese zijn ook mijn vrienden.
Maar Laşer verpest het meteen weer.
'Zij is nog erger dan dat waardeloze Supershoot,' zegt hij.
'Erger? Hoezo erger?' Mijn stem vliegt omhoog. 'En wat is er mis met Supershoot?'
Mo legt zijn hand op mijn knie om me te bedaren. 'Laşer bedoelt dat ze de boel manipuleren.'
Laşer is gek!

'Omdat ze zien wat ik online allemaal uitspook en daar hun advertenties op aanpassen?' Ik maak een tsss-geluidje. 'Dat besef ik heus wel, hoor.'
'Het gaat veel verder,' zegt Laşer. 'Supershoot verdient geld met de camfies die jij en je vriendinnen posten.'
'Nee, hoor,' werp ik tegen. 'Je kunt er gratis op.'
Hij grinnikt. 'Ik bedoel dat bijna alle grote bedrijven Supershoot betalen om bepaalde camfies een prominente plek te geven. Zoals bijvoorbeeld Under Armour en Nike. Een mooie sportcamfie waarop hun merk goed zichtbaar is, heeft meer effect dan hun eigen reclamefilmpjes. Juist omdat mensen denken dat het geen reclame is, en dus een oprecht oké product.'
'Ze doen het ook met yummy's, games, cinema's en zwembaden en zo,' vertelt Mo.
Ik denk aan mijn laatste camfie in Park Pool. Heb ik gratis reclame voor ze gemaakt zonder dat ik het wist?
'Maar bij Reese werkt het toch echt anders,' zeg ik. 'Die laat zich niet omkopen. Zij prijst alleen dingen aan die ze zelf super vindt.'
'Denk je?' Laşer zoekt op de computer. 'Leg dit dan maar eens uit.'
Reese vult de schermen en de muur. 'Haaai.' Ze wuift met allebei haar handen en glimlacht. 'Leuk dat je weer kijkt. Vandaag gaan we het hebben over Happy Day.'
'Ik ken deze vlog al,' zeg ik. 'Ik heb trouwens alle vlogs van Reese gezien.'
Mo knijpt zachtjes in mijn knie. 'Kijk nou gewoon even.'
'De vlinderjurk die vorig jaar dé grote hit was?' Reese beweegt haar wijsvinger heen en weer. 'Lekker in de kast laten hangen. Die kan echt niet meer.'

Vlinderjurk? denk ik.
'Pasteltinten zijn sowieso passé.' Reese buigt zich even voorover. 'En kwetsbaar. Terwijl er juist met Happy Day zoveel mis kan gaan. Iemand duwt je per ongeluk tegen een vieze muur of je knoeit met je make-up. Op een pastelkleurige outfit is elk vlekje als een uitroepteken. Voor je het weet zijn alle camfies met jou erop verpest.'
Het lijkt alsof ik in een rare droom gevangen zit. Een droom waarin ik naar een andere Prissy in een parallelle wereld zit te kijken, die op haar beurt samen met een andere Mo en een andere Laşer naar een andere Reese zit te kijken.
'Wat is dit?' Mo's hand op mijn been voelt ineens als een klem. 'Nemen jullie me in de maling of zo?'
'Wij niet,' zegt Mo. 'Reese.'
Laşer start een tweede vlog op.
'De catsuit die vorig jaar dé grote hit was?' Reese beweegt haar wijsvinger heen en weer. 'Lekker in de kast laten hangen. Die kan echt niet meer. Panterprints zijn sowieso passé.' Reese buigt zich even voorover. 'Een beetje ordinair, eerlijk gezegd. Straks wil niemand nog met jou op een camfie. Kies daarom voor...' Zodra Reese met haar vingers knipt, valt er een banner van Colourcompany uit de lucht. '...de nieuwe collectie van...'
Ik snap het niet.
'Bestel nu en ontvang je kostuum vandaag nog,' zegt Reese.
Ik wil het niet snappen.

HOLDEN

'Welke Wren?' vraag ik.
Het enige geluid komt van de regen die tegen het raam klettert. Niemand geeft antwoord. Ook Jazz houdt haar kaken stijf op elkaar.
Om me te treiteren, denk ik.
Maar dan zegt Roodwang: 'We praten nooit over bewoners als ze er zelf niet bij zijn, Holden. Dat is een van de kringregels.'
Jazz begon! wil ik al bijna zeggen. Gelukkig realiseer ik me nog net op tijd dat dat nogal kinderachtig zou zijn.
'Mensen.' Roodwang legt zijn portable onder zijn stoel. Het lichtje brandt, dus ik gok dat alles wat we zeggen wordt opgenomen. 'Zoals jullie zien, hebben we vandaag een nieuwe bewoner in ons midden. Laten we daarom eerst een voorstelrondje doen.' Hij glimlacht me bemoedigend toe. 'Welkom, Holden. Ik ben Dave. Psychotherapeut, en al een kleine vijf jaar werkzaam in dit instituut.'
Dan heeft hij pa vast gekend.
'In mijn vrije tijd teken ik graag, en ook zingen is een grote hobby.' Dave kijkt rond. 'Wie mag ik nu de beurt geven?'
Peter Wilson steekt aarzelend zijn hand op.

'Dapper van je,' zegt Dave met een goedkeurend knikje.
'Ik heet dus Peter.' Zijn tong flitst over zijn bovenlip. 'Ik ben zeventien jaar en ik zit hier om aan mijn angsten te werken.'
Jazz laat haar middel- en wijsvinger een denkbeeldige trap op klimmen en vervolgens de diepte in storten. Peter kijkt niet naar haar maar naar het wandkleed en heeft niets in de smiezen.
Dave ziet het wel. 'Jazz, wil jij iets over jezelf vertellen?'
'Mij best.' Ze praat op een vlakke toon alsof het haar geen bal interesseert. 'Mijn vader en moeder zijn jazzmuzikanten en daarom leek het ze wel grappig om hun dochter Jazz te noemen. Inderdaad: hilarisch. Ik haat jazzmuziek. Al achttien jaar.'
'En de reden dat je hier bent?' helpt Dave.
'Opgeruimd staat netjes,' zegt ze cynisch. 'Mijn ouders waren behoorlijk opgelucht toen ze me hier konden dumpen. Ze zien het Cliffton als een gratis kostschool om aandachttrekkers zoals ik weer in het gareel te krijgen. Volwassenen zijn nog erger dan kinderen. Ze verkloten de boel en geven een ander de schuld.'
Ik heb het een tijdje weten te onderdrukken, maar nu ploppen ma en Prissy toch weer in mijn gedachten naar boven. Ze zijn vast fucking ongerust.
'Niet alle volwassenen, Jazz.' Dave kijkt de kring rond. 'Wie volgt?'
'Layla Haddon,' stelt de Vlecht zich voor. 'Poppengod heeft mij naar het Cliffton Instituut geroepen zodat ik de dolende zielen hier kan helpen.'
Poppengod? Dat een kleuter zoiets verzint, oké. Maar uit de mond van een oude vrouw klinkt het behoorlijk gestoord.

Misschien wel gestoord genoeg om iets met de dood van Lois te maken te hebben.
'Verder leef ik me graag uit tijdens creatieve therapie.' De Vlecht glimlacht trots naar me. 'Wat vind je van ons wandkleed?'
'Een zon, toch?' Als ze maar niet denken dat ik hier ga zitten handwerken.
'Je moet "goed gedaan" zeggen,' vindt de Vlecht.
Ik onderdruk de neiging om mijn tong naar haar uit te steken en mompel iets onduidelijks.
'Nu jij, Charles,' zegt ze tegen de man naast haar.
'Mickelson,' bromt hij chagrijnig. 'Vijfenveertig jaar.'
Zijn getatoeëerde hand ziet eruit als de hand van een skelet, alleen kronkelt er ook nog een slang doorheen.
'En verder?' vraagt Dave.
'En verder vier ik volgende week mijn tweejarige Clifftonjubileum.'
'En wat is de reden dat je hier zit?' dringt Dave aan.
'Het komt allemaal door die kloothommel.' Mickelson balt zijn hand tot een vuist. 'Had hij maar niet in de weg moeten gaan staan.'
De Vlecht en Peter krimpen in elkaar. Jazz grinnikt, maar haar ogen doen niet mee.
'Wij zijn hier om je te helpen, Charles,' houdt Dave vol. 'Je weet hoe belangrijk het is om de waarheid te erkennen en je verantwoordelijkheid te nemen. Laten we samen even tot tien tellen.'
Tot mijn stomme verbazing doet iedereen mee. 'Een, twee...' Het lijkt hier wel een fucking crèche.
'Vijf, zes...'

En het werkt nog ook! Met elke tel oogt Mickelson minder opgefokt.
'Negen, tien...'
De vuist is verdwenen. Mickelsons hand rust met gespreide vingers ontspannen op zijn bovenbeen. Een inktzwarte hand met witte botjes. Het is alsof ik naar een röntgenafbeelding kijk.
'Het leek een simpele inbraak,' zegt Mickelson. 'Ik was getipt dat de bewoners de hele avond weg zouden zijn. Helaas. Ze kwamen veel vroeger thuis dan beloofd en zagen mij met een tas vol sieraden de trap afkomen. De vrouw was zo verstandig om te vluchten en handhaving te bellen, maar haar man vond het nodig om de held uit te hangen en vertikte het om me te laten gaan. Hij zei dat ik de stad naar de verdoemenis hielp en dat mensen zoals ik verbannen zouden moeten worden. Nou, toen heb ik hém naar de verdoemenis geholpen.'
'Hij heeft hem doodgeslagen,' fluistert Jazz.
Zo ziet een moordenaar er dus uit. Er gaat een rilling langs mijn ruggengraat, en tegelijkertijd voel ik iets van sensatie.
'Bedankt dat je het met ons wilde delen,' zegt Dave.
Ik weet niet wat ik erger vind. Zijn braakneigingwekkende woorden, of het feit dat hij ze nog lijkt te menen ook.
'Zal ik dan maar?' vraagt een man die de hele tijd zit te sniffen alsof hij verkouden is.
Dave knikt.
'Raiza Kapoor. Achtentwintig jaar.' Hij kijkt me niet aan. 'Mijn hobby's zijn...'
Voorlopig kom ik niet te weten wat zijn hobby's zijn. De deur van de gele kamer schuift open en daar staat Spider-Woman

met een blik in haar ogen alsof ze zojuist een geest heeft gezien. 'Dave, je moet nu komen.'
Verstoord kijkt hij om. 'Maar ik zit midden in een kringge...'
'Code twee,' zegt ze.

PRISSY

'Met Happy Day willen alle meiden een nieuwe outfit,' zegt Mo. 'Daarom bestookt Colourcompany ze met advertenties van afgeprijsde kostuums. Gevolg: juist die kostuums verkopen als een gek. En omdat veel van die meiden geabonneerd zijn op het kanaal van Reese...'
Ik wil mijn vingers in mijn oren stoppen en keihard gaan zingen.
'...kon Colourcompany nog een truc met ze uithalen.'
'Reese heeft bij elk afgeprijsd kostuum een andere vlog gemaakt.' Laşer knikt naar het filmpje, waarvan hij het geluid heeft uitgezet. 'Colourcompany koppelde alle content en kon er zo voor zorgen dat iedereen de juiste vlog te zien kreeg. Die waarin je nieuwe aankoop wordt afgekraakt, zoals jouw koninginnen...'
'IJskoninginnenjurk,' verbeter ik hem.
Boeien, zie ik hem zo overduidelijk denken dat ik het zelfs zonder emoticon onmiddellijk snap.
'Ze mikken erop dat je geluksgevoel verdwijnt,' gaat hij verder. 'En dan komt Reese met dé oplossing: je moet gewoon een ander kostuum kopen. Bij Colourcompany.'
Zoals ik heb gedaan. Na de camchat.

En Anna waarschijnlijk ook, realiseer ik me opeens. Wij mochten vooral niet op het idee komen dat ze een modeflater had geslagen. Daarom was ze over die vlinderjurk begonnen, toen Brooklyn die stomme – OMG, je gaat als ijskoningin! – grap maakte.
'We zijn van plan om de vlogs onder alle internetgebruikers te verspreiden,' zegt Mo. 'Zodat iedereen het ware gezicht van Colourcompany kan zien.'
En dat van Reese. Ze heeft van mij een dief gemaakt. Ik voel het tot diep in mijn maag – alsof ik verraden ben door mijn beste vriendin – en kan geen minuut langer meer in de kelder blijven.
'Wat ga je doen?' roept Mo me achterna.
'Ik heb frisse lucht nodig.'
'Wacht!' Laşer sjeest de trap op. 'Mo moet je nog iets belangrijks vragen.'
Of ik verkering met hem wil?
Ik blijf acuut stilstaan, alleen mijn hart rent nog door.
'Nu niet, gast,' mompelt Mo.
Hij vraagt het natuurlijk liever als we ergens alleen zijn. En niet in de wormhole maar op een romantisch plekje.
'Nu niet, gisteren niet.' Laşer tilt zijn armen op en laat ze dan weer slap naar beneden vallen. 'Als het aan jou ligt komt het er nooit van. We hebben haar al twee keer geholpen. Nu is zij aan de beurt.'
Mijn hart gaat teleurgesteld liggen. 'Aan de beurt voor wat?'
'Gast,' zegt Mo dringend.
Maar Laşer praat gewoon door. 'Mo heeft niet zomaar contact met je gezocht.'
Nee, omdat hij me leuk vond toch?

‘Het heeft te maken met een soort van...’ Laşer staart naar de muur, alsof hij daar het woord kan vinden dat hij zoekt. ‘...challenge.’

Het is alsof ik meedoe aan dat spelletje: *Ontdek de code.* Je wordt online opgesloten in een huis. In alle kamers zitten aanwijzingen verstopt, maar dat heb je niet meteen door, want alles ziet er doodgewoon uit. Tot je de code ontrafelt en alles op zijn plaats valt, zoals nu.

Bluffy's – de yummy met de beste bite.

Ik was de hack-challenge waarmee Laşer en Mo die doos yummy's hebben gewonnen. Daarom hebben ze ingebroken op mijn camphone.

De trap lijkt onder me vandaan te schuiven. Mo geeft helemaal niks om me. Hij deed maar alsof vanwege een of andere stomme wedstrijd.

Mo komt overeind. ‘We...’

Ik laat hem niet uitpraten. ‘Ben je überhaupt wel eens in het City-museum geweest?’

‘Mo?’ Laşer schiet in de lach. ‘Die heeft helemaal niets met kunst. Een schilderij van een paard is voor hem pas geslaagd als het net een camfie lijkt. Hij snapt niets van schilders die de snelheid en de vrijheid van zo'n dier in abstracte beelden willen vangen.’

‘Jullie zijn nog erger dan Reese,’ zeg ik.

‘Toe nou, Pris.’ Mo kijkt me – smekend, denk ik – aan. ‘Ik kan het uitleggen.’

Elk luikje in mijn lichaam gaat dicht. Ik laat me niet nog een keer door hem inpalmen. Half op de tast vanwege mijn tranen, graai ik naar de klink. De deur van de wormhole knalt open en ik geloof dat ik Mo mijn naam hoor roepen, maar mijn benen staan al in de automatische versnelling en ik vlucht de kantine in. In de haast stoot ik me hard aan een van de banken, maar de pijn kan me niet schelen, niks kan me nog schelen, zelfs de nieuwsgierige blikken van de skaters interesseren me geen zier, ik loop gewoon verder, de skatehal in, en ik worstel me tussen de bezoekers door naar de uitgang, terwijl hun blije gezichten en de vrolijke muziek op me inhakken.

Ik weet zeker dat ik nooit meer gelukkig zal zijn.

HOLDEN

Ik wist niet dat hulpverleners ook wel eens vloekten. Dave staat op, grist zijn portable mee en loopt met Spider-Woman de gang op. Ze fluisteren – zo irritant zacht dat ze niet boven het geluid van de regen en de wind uitkomen.
'Het spijt me, maar we moeten de kring voortijdig afbreken,' zegt Dave daarna tegen ons. 'Ik verzoek jullie naar de slaapzaal te gaan en daar te wachten.'
'Wat is er?' vraagt Peter zenuwachtig.
'Ja,' zegt botjeshand-Charles. 'Dat wil ik ook wel eens weten.'
'Later, mensen. Later.' Dave steekt zijn arm nog even op en stuift dan weg door de gang.
'Gaan jullie mee?' vraagt Spider-Woman.
Ik ben de gele kamer al uit als ik Peter Wilson hoor jammeren.
'Je puppy roept,' zegt Jazz met haar bekende grijns.
'Weet jij wat code twee betekent?' vraag ik.
'Niet precies, maar...' De grijns verandert in een pijnlijke grimas. 'De laatste keer dat ik het iemand hoorde zeggen, was toen ze Lois vonden.'
'Lois, die een overdosis pillen heeft ingenomen?'
'Je kende haar?' Jazz is even perplex. 'Waarvan dan?'

Mijn gedachten razen alle kanten op. Hoe red ik me hier nou weer uit?
'Holden?' Peters stem balanceert op de rand van paniek.
'Eerst even iemand redden,' zeg ik tegen Jazz om tijd te winnen.
Ze haalt haar schouders op. 'Zelf weten, als je maar niet komt klagen straks. Ik heb je gewaarschuwd.'
Peter sluit zijn ogen en ik leid hem de gele kamer uit, naar de raamloze gang, terwijl ik broed op een antwoord dat Jazz tevreden zal stellen. Voorlopig schiet me niets te binnen.
'Jongens!' Spider-Woman staat een eindje verderop met de rest van de bewoners en gebaart dat we moeten komen.
Peter kijkt me vragend aan alsof hij eerst toestemming van me verwacht. Hij lijkt echt op een puppy, want zodra ik voor de lol 'ga dan' zeg, sprint hij ervandoor. Ik slenter op mijn gemak achter hem aan, terwijl ik de omgeving goed in me opneem.
'Boe!' Jazz duikt op uit een zijgangetje met kapstokken en wc's.
Ik schrik me het leplazerus. 'Stomme koe.'
'Als ik stom was zou ik niet kunnen loeien,' zegt ze. 'Of praten.'
'Stom heeft meerdere betekenissen.'
Ze vertikt het om te reageren. 'Zou je stomme koeien gebarentaal kunnen leren?'
'Lijkt me nogal lastig voor een dier dat niet op zijn achterpoten kan staan,' zeg ik. 'Moet het steeds gaan liggen als het iets wil vertellen.'
Ze schiet in de lach.
'Wist je dat moederkoeien twee soorten gesprekken voeren?' vraag ik. 'Als ze in een lage frequentie loeien, willen ze contact

met hun kalf, dat in de buurt is. Kunnen ze hun kind niet zien, dan maken ze een ander geluid...'
Jazz doet alsof ze vreselijk moet geeuwen.
'Dan niet.'
'Sorry, hoor,' bindt ze in. 'Maar de enige koeien die ik tegenkom zitten in animatiefilms of computerspelletjes. Vertel me liever waar je Lois van kent.'
Spider-Woman loopt al verder met ons groepje. Peter kijkt om of we wel volgen en ik steek ter geruststelling mijn hand even op.
'Nou?' zegt Jazz.
Ik weet niks beters te verzinnen dan de waarheid. 'Een van de twee handhavers die me hierheen brachten, heeft me over haar verteld. Lois was zijn petekind. Ik heb haar nooit gekend, maar jij dus wel?'
'Ze lag naast me op de slaapzaal.'
'Was ze depressief of zo?'
'Dat kun je wel zeggen. Ze was al niet bepaald vrolijk, maar die laatste dagen...' Jazz slaakt een zucht. 'Ze praatte niet meer en zat daar maar, als een schim op haar stoel. Alsof ze alle hoop had verloren om hier ooit nog weg te komen.'
'Hoe kwam ze dan aan die overdosis pillen? Ik bedoel, als ze zo depri was...'
Dokter Wendy zou haar dag en nacht met argusogen bekeken hebben.
Jazz draait het koordje van haar hoody zo strak om haar vingertop, dat die er wit van wordt. 'De rijdende dokter zal ze wel gegeven hebben.'
'De rijdende dokter?' Het klinkt als een internetserie. 'Hoe bedoel je?'

'Zo noemen we de robot die de medicijnen uitdeelt. Hij komt elke avond langs.'
'Kun je die pillen dan gewoon zelf pakken?' vraag ik verbijsterd.
'Natuurlijk niet, sukkel.' Jazz geeft me een klapje tegen mijn achterhoofd. 'De rijdende dokter is een soort kast op wielen. Elk vakje zit op slot en is beveiligd. Het gaat pas open als de scanner je ID-brace én je gezicht herkent.'
Ik gok dat ze alle antidepressiva heeft opgespaard en die op een dag allemaal tegelijk heeft ingenomen.
'Holden!' roept Peter aan het eind van de gang.
'Ja-ha! We komen.'
'Hij ergert je nu al, hè?' zegt Jazz niet zonder leedvermaak.
Ze heeft gelijk, maar dat ga ik dus echt niet toegeven.
Spider-Woman en de bewoners verdwijnen uit het zicht.
'Is dat daar de slaapzaal?' vraag ik.
Jazz geeft geen antwoord. Ze knikt naar een openstaande deur, links van ons. Iemand heeft een gordijn voor de opening geschoven, maar niet erg zorgvuldig. De spleet is zo'n vijf centimeter breed. Meer dan genoeg voor Jazz en mij om naar binnen te kunnen gluren.
Voorlopig zie ik niet veel. Alleen de rug van Dave en nog een andere persoon.
'Het vierde incident in nog geen drie maanden,' hoor ik hem zeggen.
Dan zet hij een stapje opzij en...
Daar ligt iemand!
Ik wil niet kijken, maar ik kan niet anders. Het is alsof haar hoofd met de uitpuilende ogen me gevangen houdt. Uit haar halfgeopende mond komt een baard van schuim, alsof er zojuist duizenden spuugbeestjes uit gekropen zijn.

'Wren,' fluistert Jazz.
Die volgens mij voor Chapman en Miller spioneerde. Net als ik.
De harde, smalle vingers van Jazz zoeken steun aan mijn arm. 'Ik voel me niet zo lekker,' fluistert ze met een lijkbleek gezicht. Dan draait ze zich om en verdwijnt in de richting van de wc's.
Ik zou haar achterna moeten gaan, maar mijn voeten en ogen en oren lijken wel vastgeniet.
'We moeten handhaving inschakelen, Vera,' zegt Dave. 'Stel je voor dat het geen kwestie van toeval is en we een levensgevaarlijke bewoner in ons midden hebben.'
Nu zie ik pas wie de ander is. De onvermoeibare directrice Paine, die me gisteravond in dat kamertje heeft opgesloten. Ik herken haar aan haar sandalen.
'Die is na het eerste incident meteen al ingeschakeld,' zeg ze. 'Wren was hier undercover. Ze deed zich voor als een bewoner maar was in werkelijkheid een handhaver. Niemand op het Cliffton wist ervan. Behalve ik.'
En Boyd Swis dan? denk ik. Hij heeft dat briefje achter de papierhouder verstopt.
Pas op Wren. P heeft je waarschijnlijk door.
Dat ik dat niet eerder heb bedacht. Paine begint ook met een P!
Is Wren net als ik door Chapman en Miller ingezet om alles en iedereen stiekem te observeren? Zonder medeweten van de directrice, omdat de handhavers haar niet vertrouwen. Stel dat ze gelijk hebben, en Vera Paine was verantwoordelijk voor Lois' dood. Dan heeft ze een behoorlijk goede reden om een rondneuzende handhaver zoals Wren uit de weg te ruimen...

Achter me hoor ik iemand kokhalzen. Jazz heeft de wc's blijkbaar niet meer gehaald. Als ik me omdraai, zie ik haar voorovergebogen in de gang staan, terwijl ze met haar hand houvast zoekt aan de muur en alles onderkotst.

PRISSY

Stelletje leugenaars.
Mijn schoenen dreunen op de stoep. Ik moet lopen, lopen, lopen. Dat is het enige wat me nog overeind houdt.
Misschien geeft Flow ook niet echt om me. Of Anna.
Misschien wel niemand.
Met nietsziende ogen steek ik in één streep de straat over.
Mijn hele leven bestaat uit leugens. Ik vertrouw niemand meer, nooit m...
Het luide getoeter van een auto rukt me uit mijn gedachten en dan sta ik toch nog stil. Een beetje wezenloos staar ik naar de bumper vol sensoren, die me bijna heeft geraakt.
Een vrouw met paars gestifte lippen en dito nagels stapt uit.
'Meisje toch. Gaat het?'
En dan begin ik keihard te huilen.
'Ben je zo geschrokken?' De vrouw legt haar hand op mijn rug. 'Zal ik je naar huis brengen?'
Ik kan alleen nog knikken.

Even later zit ik met opgetrokken benen op onze bank in de woonkamer en staar naar de zebravisjes waarmee ik mijn brace heb versierd.

VITA ONVOLDOENDE WERKZAAM.
Ik heb geen trek. Zelfs niet in yummy's.
'Zeur niet,' mompel ik en ik zet de brace-verlichting uit.
De stilte en de eenzaamheid grijpen me bij mijn keel. Normaal gesproken zou ik een vlog van Reese bekijken om me op te peppen, maar nu word ik al depressief als ik alleen aan haar denk.
Was mama maar thuis.
Ik check de tijd op mijn camphone. Nog een kwartiertje, dan is ze klaar met haar werk en...
Wacht, er komt een berichtje van mijn vriendinnen binnen.
Je weet niet wat je mist!
Ze hebben een camfie meegestuurd, waarop ze een scène uit onze favoriete serie *Girlfriends* imiteren – met servetten op hun hoofd en een haarlok bij wijze van snor tussen hun bovenlip en neus geklemd. Omdat haar eigen haar te kort is, gebruikt Brooklyn dat van Anna.
Zodra ik naar hun blije gezichten kijk, voel ik me nog meer alleen.
Nee, jullie hebben iets gemist! click ik. *Ik heb iets ontdekt, over Reese.*
Hun interesse is meteen gewekt. Ik hoor er weer helemaal bij.
Camchat! verschijnt er op mijn schermpje.
Ik druk op accepteren.
'Wat weet je van Reese?' vraagt Anna meteen.
'Nog even niks zeggen!' roept Brooklyn. 'Ze heeft verkering.'
'Met Janx.' Flow stottert van opwinding. 'H-hebben we het goed?'
Ze kunnen hun ogen niet van me afhouden.
'Het is iets ergs,' zeg ik om tijd te rekken.

'OMG!' Brooklyn legt haar hand op haar hart. 'Ze is toch niet dood?'
Zelfs op het kleine schermpje kan ik zien hoe bleek Anna wordt.
'Nee, en ze is ook niet ziek,' zeg ik vlug. 'Maar ze heeft wel iets verschrikkelijks gedaan.'
'Reese?' vraagt Flow ongelovig.
En dan begin ik te vertellen. Hoe Reese haar vlogs heeft gebruikt om Anna en mij een nieuw kostuum te laten kopen en dat ze door Colourcompany betaald werd om zoiets walgelijks te doen. Intussen zie ik hoe rood Anna wordt, hoe Brooklyn steeds harder begint te fronsen en Flow met haar hoofd schudt. Zij vinden het natuurlijk ook verschrikkelijk wat Reese heeft gedaan, denk ik opgelucht.
Blijkbaar heb ik toch niet zo'n lichaamstalenknobbel, want Brooklyn vraagt koeltjes: 'En hoe weet je dat allemaal?'
'Van Mo en zijn vriend Laşer,' geef ik met tegenzin toe. 'Ze hebben me de vlogs laten zien.'
'Waarom zeg je dat nu pas?' Anna's hese stem heeft iets verwijtends.
'Omdat ik er nog maar net ben achter gekomen.'
'Ik wist het,' zegt Flow. 'Je ging niet naar huis vanwege je moeder. In plaats daarvan ging je naar je stalker, die blijkbaar interessanter is dan wij.'
'Over leugenaars gesproken.' Brooklyn kijkt me hooghartig door haar mascarawimpers aan.
Ik voel me met de seconde kleiner worden. 'Zo zit het helemaal niet. Ik wilde wel zeggen dat ik naar Mo ging, maar ik durfde niet. Ik was bang dat jullie me zouden proberen tegen te houden.'

'Logisch toch?' zegt Anna. 'Stalkers deugen niet.'
Ik voel de tranen weer oprukken. 'Daar ben ik inmiddels ook achter.'
'Volgens mij zijn het nepvlogs,' denkt Flow hardop. 'Hebben Mo en die vriend de beelden van Reese gemanipuleerd, zodat het lijkt alsof zij al die dingen zegt.'
Tot mijn verbazing beginnen ze alle drie heftig te knikken.
'Maar jij hebt toch die vlinderjurk gekocht?' vraag ik aan Anna. 'En daarna kreeg je toch die vlog te zien waarin hij werd afgekraakt?'
'Dat wel, maar...' Ze kijkt weg van haar camphone.
'Zelfs als het waar zou zijn,' zegt Brooklyn met de nadruk op áls. 'Reese is tenminste geen dief.'
Zoals ik, bedoelt ze.
'Het was een lening.' Ik kijk smekend naar Flow. Zij zal het toch wel voor me opnemen?
Flow zucht alsof ze een moeilijke puzzel moet oplossen. 'Wat is er de laatste tijd toch met je aan de hand, Pris? Ik ken je niet meer. En dan dat gedoe met Holden...'
Is dat het? Willen ze me lozen omdat Holden in het Cliffton zit? Ik dacht dat het na alle leugens van Reese en Mo niet meer erger kon worden, maar dat kan dus wel.
'Fantastische vriendinnen zijn jullie,' weet ik nog net uit te brengen.
Camchat beëindigen! Ik gooi het toestel van me af.
Op dat moment gaat de deur open en komt mama binnen.
'Lieverd,' zegt ze. 'Wat zie je bleek.'
Voor één keer is mama's bezorgdheid als een warm bad. Ik strompel op haar af en laat me huilend in haar armen vallen.

HOLDEN

Er komt een schoonmaakrobot om het braaksel van Jazz op te ruimen.
'Je houdt wel je bek,' zegt ze tegen me. 'Anders is mijn reputatie naar de maan.'
We voegen ons bij de andere bewoners op de slaapzaal. Het derde bed is blijkbaar voor mij – iemand heeft er tenminste mijn kleren van thuis op gelegd. Ik stop ze in het kastje naast het hoofdeinde en test de matras uit. Jazz komt ongevraagd naast me zitten. Iets wat Peter zo te zien ook wel zou willen, want hij cirkelt om ons heen als een mot rond een lamp.
'Wel eens van privacy gehoord?' snauwt Jazz.
Peter likt zijn bovenlip en kijkt me vragend aan.
'Ik zie je straks weer,' zeg ik. 'Oké?'
Hij druipt met afhangende schouders af naar zijn eigen bed.
Bij de deur staat Dave met Spider-Woman te fluisteren. Ik doe mijn best om iets op te vangen, maar het enige wat ik kan verstaan is 'zo gewoon mogelijk' en 'geen onrust'.
Dan laat hij zijn portable een alarmpiepje produceren, zodat we allemaal opkijken.
'Zoals jullie van Jazz en Holden inmiddels wel begrepen hebben, is onze medebewoonster Wren Cosby overleden,' zegt

hij. 'Toen we haar vanmorgen uit de individuele relaxruimte ophaalden, leek het wat beter met haar te gaan, maar helaas... We hopen dat ze nu de rust heeft gevonden die ze zocht.'
'Heeft ze zichzelf...' Charles maakt een snijbeweging langs zijn hals. Dezelfde Charles die al eerder iemand heeft vermoord.
Het vierde incident in nog geen drie maanden.
Zou hij er soms achter zitten?
Maar hij zat gewoon in de kring toen het gebeurde.
'Volgens mij is ze vergiftigd,' zegt Jazz.
De directrice zat niet in de kring. Zij kan rondlopen waar ze maar wil, zonder aan iemand verantwoording af te hoeven leggen.
'Daar kunnen we geen uitspraken over doen,' zegt Dave. 'Het is persoonlijke informatie, en dus voorbehouden aan de familie. Uiteraard geven we jullie wel de gelegenheid om afscheid te nemen. Morgen vindt er beneden in de aula een bijeenkomst plaats voor personeel en bewoners.'
Beneden! Waar de dooie brievenbus hangt.
Dave overhandigt zijn portable aan Spider-Woman. 'Neem jij het verder over?'

We volgen het gewone dagprogramma alsof er niemand is doodgegaan. Dus zit ik even later bij creatieve therapie met een homp klei voor mijn neus, terwijl ik het beeld van Wren uit mijn kop probeer te krijgen. Peter staat in de schilderhoek en moet tot zijn ergernis eerst het doek afmaken waar hij gisteren al aan begonnen is – een berglandschap met een piepklein poppetje op de top.
'Raar onderwerp voor iemand met hoogtevrees,' zeg ik tegen Jazz, die naast me zit.

Ze boetseert een enorme lul die als een paal overeind staat. 'Tip van Crea Lea.' Ze wijst met haar kin naar de begeleidster. 'Als we onze angsten en problemen in onze werkstukken stoppen, kunnen we ze beter verwerken, denkt ze.'
'Dus jij hebt je seksuele frustratie in die piemel gestopt?' Ik knik naar haar oranje haar. 'Vandaar die korte stekeltjes, zeker? Je bent een jongen in een meisjeslichaam.'
'Verkeerde diagnose, meneer de psychiater,' zegt ze. 'Deze lul staat symbool voor mijn vader.'
'Dat is een flinke lul dan.'
'Een enorme lul. Van mij mag hij...' Ze tilt haar werkstuk op, houdt het naast de tafel en laat het grijnzend los. '...doodvallen.'
Haar botte humor werkt niet alleen op mijn lachspieren. Ik voel ook mijn hart even verkrampen en duw mijn nagels diep in de klei.
Jazz heeft adelaarsogen. 'Ach, een vaderskindje.'
'Ik heb geen vader meer,' zeg ik zacht. 'Hij is niet doodgevallen maar verbrand, ergens in dit gebouw.'
'Ja, hoor.' Ze hurkt naast de gesneuvelde lul en legt de grootste stukken op tafel.
'Ik meen het.'
'Tuurlijk, joh.' Zonder me aan te kijken, schraapt ze de achtergebleven klei van de vloer.
Hoewel Jazz me mateloos intrigeert, is en blijft ze een pestkop. Dat alleen zou al genoeg moeten zijn om me geen ruk van haar mening aan te trekken, maar om de een of andere duistere reden doe ik dat wel.
'Ze zeggen dat hij voor zijn werk op het Cliffton moest zijn,' fluister ik tegen haar gebogen hoofd. 'Er was iets met de foodprinters, geloof ik.'

Misschien hoort ze aan mijn stem dat het menens is, want als ze omhoogkomt, is haar blik veranderd. Ik zie dat ze me gelooft.

'Wat is er gebeurd?' vraagt ze.

'Het enige wat ik weet, is dat hij tijdens een brand is omgekomen. En dat iedereen geheimzinnig begint te doen zodra ik verder vraag.'

'Dan heeft hij er waarschijnlijk zelf een eind aan gemaakt,' zegt Jazz ijskoud. 'Net als Lois. Mensen praten niet graag over zelfmoord. Ze schamen zich of voelen zich verantwoordelijk.'

'Onzin.' Ik stomp in de klei. 'Mijn vader was niet depressief.'

En hij zou ons nooit zomaar achterlaten. Toch?

'Dat staat er aan de buitenkant niet op, hoor.' Jazz peutert met haar wijsvinger in de resten van haar werkstuk. 'Mensen kunnen heel vrolijk overkomen, terwijl ze vanbinnen doodgaan.'

'Lukt het hier een beetje?' Crea Lea staat ineens naast ons, in haar gebloemde schortjurk.

'Uitstekend,' zegt Jazz met een uitgestreken smoelwerk. 'We zijn aan het overleggen hoe we samen één kunstwerk kunnen maken.'

'Dan laat ik jullie.' Crea Lea ziet eruit alsof ze elk moment van verrukking kan opstijgen. 'Als je me nodig hebt, ben ik daar.'

Zodra ze naar de schilderhoek is verdwenen, buig ik me over naar Jazz. 'Weet jij of hier wel eens brand is geweest?'

'Ik niet, maar onze huispyromaan misschien wel.' Ze knikt naar Raiza, die een tafel verder aan een mozaïek van rode en gele steentjes werkt. 'Hij is geobsedeerd door vuur en kickt erop om over branden te praten.'

'Alleen praten?'

'Hij heeft verschillende auto's in de fik gestoken voordat hij hierheen werd gestuurd.' Jazz gooit een balletje klei naar zijn hoofd. 'Hé, pssst, Raiza.'
Hij kijkt opzij. 'Wat?'
'Is er wel eens brand geweest in het Cliffton?'
'O, ja.' In zijn ogen gaan een soort van waakvlammetjes aan. 'In het appartement van hare majesteit. Schitterende fik was dat.'
'Hare majesteit?' vraag ik aan Jazz.
'Bijnaam van de directrice,' zegt ze. 'Paine werkt hier niet alleen, ze woont hier ook.'
'Op de bovenste verdieping.' Raiza hijgt bijna van opwinding. 'De vlammen kwamen door het raam naar buiten. Het hele instituut werd ontruimd en ze namen ons mee naar het strandje bij de rivier, waar we een fantastisch zicht op de brand hadden.'
'Hoe lang is dat geleden?' vraag ik.
'Bijna twee jaar.'
Rond die tijd is pa inderdaad gestorven. Maar wat deed hij in hemelsnaam in Paines appartement? Het ging toch om de foodprinters?
Of zocht hij soms een plek om rustig met Chapman te kunnen praten. Een betere, veiligere plek dan de gang. En is pa toen naar Vera Paine gegaan om te vragen of hij haar appartement mocht gebruiken? Maar dan is het wel ongelooflijk sterk dat er precies op dat moment een brand uitbrak. En waarom heeft de directrice het wel overleefd, terwijl pa...
'Weet je hoe de brand is ontstaan?' vraag ik.
'Tsja.' Raiza grijnst gelukzalig, alsof hij hem zelf heeft gesticht.

Voor een pyromaan is het vast een koud kunstje, maar ik kan me er weinig bij voorstellen. Tenzij er een raampje of brievenbus in Paines voordeur zit, zodat je een met een of ander brandbaar middel doordrenkte lap naar binnen kunt proppen en aansteken.

'Lach niet zo stom,' snauwt Jazz tegen Raiza. 'Er is wel iemand bij omgekomen, ja.'

Ik zie het levenloze gezicht van Wren weer voor me en een afschuwelijke gedachte haakt zich vast in mijn brein. Wie weet is het allemaal al veel eerder begonnen en is pa niet verongelukt maar vermoord. Was die brand enkel en alleen bedoeld om de sporen uit te wissen en het op een ongeluk te laten lijken. Dan is het ook niet zo gek dat Vera Paine heelhuids aan de vlammen is ontsnapt. Misschien wist pa iets over haar, wat hij niet aan Chapman mocht vertellen en heeft ze hem daarom voor altijd en eeuwig het zwijgen opgelegd. Zoals ze nu ook met Wren heeft gedaan.

PRISSY

Aan de kant van mijn vriendinnen blijft het pijnlijk stil, terwijl Mo me aan de lopende band berichtjes stuurt.

Het spijt me. Ik snap dat je razend bent.

Mijn fout! Ik had het anders aan moeten pakken.

Kunnen we nog een keer afspreken? Ik wil het graag uitleggen.

Ik delete ze stuk voor stuk, zonder te antwoorden.

'Hier.' Mama zet een shake voor me neer. 'Meteen opdrinken, dan voel je je zo weer beter.'

Ik leg mijn camphone opzij en neem een slokje.

'De boodschapper krijgt wel vaker de schuld,' zegt mama. 'Je vriendinnen moeten er gewoon even aan wennen dat Reese niet zo geweldig is als ze altijd dachten. Ik weet zeker dat Flow je morgen al clickt.'

Brooklyns stem echoot in mijn hoofd: *Over leugenaars gesproken...*

'Ik heb je nog niet alles verteld,' flap ik er uit.

Mama komt naast me zitten. 'Hoe bedoel je?'

Ik kan haar meelevende blik niet aanzien en praat tegen de bank en de vloer en de tafel en de stoelen. Of misschien ben ik gewoon te laf om haar aan te kijken.

'Dus toen heb ik stiekem je brace gebruikt om af te rekenen,' zeg ik ten slotte. 'Ik heb er echt heel veel spijt van.'
Mama slaat haar arm om me heen en aait mijn haar. Een golf van liefde slaat door me heen. Ik had huisarrest verwacht. Tien jaar geen zakgeld of op zijn minst een donderpreek.
'Ben je niet boos?' Mijn stem klink hoog en dun.
'Ik vind het juist fijn dat je alles eerlijk hebt opgebiecht.' Ze kust mijn kruin alsof ik nog een klein meisje ben en ik vind het onwijs fijn om weer even dat meisje te zijn.
'Ben je ook niet boos op Holden?' vraag ik.
Ze schudt haar hoofd. 'Hij kan het niet helpen dat hij zo is.'
'Hoe bedoel je?'
Mama aarzelt even. 'Onze huidige samenleving is met al haar strenge voorschriften geen gemakkelijke plek voor iemand met Holdens karakter.'
Alsof het voor mij zo gemakkelijk is.
Maar dan zegt mama: 'Ik heb hem niet eens meer kunnen zeggen dat ik van hem hou,' met zo'n breekbare stem dat ik er een brok van in mijn keel krijg.
Ik pak mijn shake en probeer mijn emoties weg te spoelen.
'Heb je nog met mevrouw Adams gesproken?' vraag ik dan.
Mama knikt. 'Ze zei dat ze het allemaal heel vervelend vindt, maar dat ze voor Holden echt geen uitzondering kan maken. En eigenlijk snap ik het ook wel. De minister van Veiligheid en Volksgezondheid moet betrouwbaar en integer zijn. Als ze ons helpt, zet ze haar carrière op het spel.'
Ik drink peinzend mijn beker leeg. 'Kunnen we niet stiekem naar hem toe gaan?'
'Was het maar waar.' Mama zucht. 'Het instituut ligt buiten de hekken.'

En de poorten gaan alleen open voor mensen met een e-visum in hun brace. Dat weet ik nog van papa. Hij had er eentje aangevraagd toen hij voor zijn werk een paar keer buiten de stad moest zijn. 'Ik zou meteen doorrijden naar zee,' had Holden gezegd. Maar papa zei dat dat onmogelijk was omdat alle auto's die van de afgesproken route afwijken, automatisch worden stilgezet. Voor de veiligheid, zodat je niet in de wildernis kunt verdwalen of wordt aangevallen door een beer.
'Dan moeten we maar gewoon over het hek klimmen,' zeg ik.
Mama kan toch nog lachen. 'Je hebt te veel actiefilms gezien, schat. Weet je wel hoe hoog die dingen zijn?'
'Bijna zes meter boven de grond en bijna twee meter onder de grond,' ratel ik. 'Zodat je er geen tunnel onderdoor kunt graven.'
'Zo.' Mama kijkt me bewonderend aan.
'Pas behandeld met geschiedenis,' zeg ik.
Het begon in de Bange Jaren met een muur aan de Mexicaanse grens. Een maf ideetje van de toenmalige president om alle illegalen buiten de deur te houden. Ook in Europa zocht men naar mogelijkheden om de aldoor groeiende stroom aan asielzoekers tegen te gaan. Afspraken liepen nergens op uit en de oorspronkelijke bevolking voelde zich steeds meer bedreigd door al die vreemde nieuwelingen. Er kwamen partijen aan de macht die bedachten dat ze hekken konden neerzetten. Hekken die hoog genoeg waren om iedereen buiten te houden die ongewenst was. Daarna kwamen er weer andere leiders die de hekken wilden neerhalen, maar intussen was de Grote Ommekeer begonnen en herstelden de natuur en het milieu zich. De wildpopulatie nam toe en dezelfde hek-

ken leken ineens toch wel handig omdat ze gevaarlijke dieren op afstand konden houden.
Ze staan daar dus om ons te beschermen, heb ik ooit wel eens aan ons kleine neefje uitgelegd. Holden had spottend gelachen en zei dat die zogenaamde veiligheid alleen maar een excuus was om ons op te sluiten.
Ik begin te denken dat hij gelijk heeft.

HOLDEN

Ik kan Jazz horen ademen en in een van de achterste bedden ligt iemand behoorlijk hard te ronken. Verder is het stil in de slaapzaal. Ik ga op de rand van mijn bed zitten en trek zo zachtjes mogelijk mijn schoenen aan.

'Holden?' klinkt het ineens.

Peter Wilson, natuurlijk. Ik zou zijn aanhankelijke en tegelijkertijd dwingende stem uit duizenden herkennen.

'Hou je kop, man,' fluister ik. 'Iedereen slaapt.'

'Maar ik ben mijn pilletje kwijt.'

Nu zie ik pas dat hij niet ín maar half ónder zijn bed ligt.

'Ik heb het laten vallen en toen is het, denk ik, weggerold.'

Peter tast nu ook de vloer naast zijn bed af.

'Je had toch een nieuwe kunnen vragen?' zeg ik zacht.

'Dat snapt de rijdende dokter niet.' Peter praat op een verongelijkt toontje. 'Hij is zo geprogrammeerd dat hij er maar eentje mag geven.'

'Dan neem je die stomme pil toch gewoon een keertje niet in.' Ik heb die van mij in het borstzakje van mijn pyjama gestopt, zodat ik hem dadelijk in de wc kan dumpen. Zolang ik niet weet hoe Wren is vergiftigd...

'Maar dan kan ik niet slapen.' Peters tastende hand raakt mijn rechtervoet. 'Waarom heb jij je schoenen aan?'

'Ik haat koude voeten.' Om van zijn gezeur af te zijn, hurk ik naast hem en haal intussen de roze tablet uit mijn borstzakje. Dan aai ik even over de vloer en zeg zogenaamd verrast: 'Ik heb hem gevonden.'
'Top!' Hij neemt het pilletje van me over, stopt het in zijn mond en kruipt in bed. 'Wat ga je eigenlijk doen?'
In gedachten smoor ik hem met een kussen. 'Pissen. En dat kan ik heel goed alleen.'
Dus waag het niet om me achterna te komen.
Wc's zijn de enige plekken in dit gebouw waar ik me onbespied waan. Tegenover de slaapzaal is geen wc-ruimte, maar er zijn wel twee op zichzelf staande wc's die direct op de gang uitkomen. Dat ik daar 's nachts gebruik van maak, is niet meer dan logisch en dus volkomen onverdacht.
Zodra ik de deur op slot heb gedaan, schop ik mijn sneakers uit. Ik verwijder de inlegzolen en de echte zolen en haal het papier en de pen tevoorschijn. Dan ga ik op het deksel van de wc-bril zitten.
Het is lastig schrijven met onwennige vingers en alleen nachtverlichting.
waarom hebben jullie me niet verteld dat er nog iemand voor jullie spioneerde? Nou, die is dood. Misschien zelfs wel vergiftigd door de directrice. Paine beweert dat zij als enige wist dat wren een handhaver was. maar Boyd Swis wist het ook. Ik vond zijn briefje aan wren in de dode brievenbus. Stomme plek trouwens, aangezien ik op unit 3 zit. Hoe is het met ma en Prissy? Ik post niks meer tot ik iets van ze hoor.
Zo, nu moeten Chapman en Miller wel iets regelen.

Ik stop het briefje zolang in mijn linkersneaker, de pen weer in mijn rechtersneaker en verlaat de wc. De gang is nog altijd uitgestorven en ik hoor geen enkel geluid.
Waarom zou ik eigenlijk niet meteen naar beneden gaan? Hoe sneller mijn bericht in de dode brievenbus zit, hoe eerder het gelezen wordt.
En die ogen en oren dan? vraagt pa.
Ik ben al op weg en praat in gedachten verder: Zie jij bewakingscamera's? Ik zie geen camera's. En ook geen bewakers trouwens. Die Vlecht met haar poppengod is gewoon episch gestoord.
De glazen lift hoef ik niet te proberen. De therapeuten en verplegers bedienen hem altijd met hun brace. Ik vestig mijn hoop op de trappenhal. Als dit de enige nooduitgang is, mogen ze die absoluut niet afsluiten.
Ik duw tegen de rode deur. Waarschijnlijk zit er een dranger op, want hij geeft niet erg mee. Maar zelfs als ik mijn schouder gebruik om meer kracht te kunnen zetten, krijg ik hem niet open. Als er brand uitbreekt, zitten we als ratten in de val.
De klootzakken! Ik geef de deur een keiharde trap.
De opluchting duurt maar even. Dan komen de zenuwen en weet ik zeker dat ze me komen halen.
Er gebeurt niets. Voor mij op dit moment misschien een mazzeltje, maar ik vind het vooral eng. We kunnen hier blijkbaar levend verbranden of door de rook stikken zonder dat iemand het merkt.
En nu? vraagt pa.
Terug naar de slaapzaal, er zit niks anders op.
Mazzeltje twee: Peter ligt te maffen als een marmot.
Ik gok dat de roze pil een slaapmiddel is.

De volgende ochtend zit iedereen zwijgend aan het ontbijt. Ik staar naar de uitsloverige vita op mijn bord. Hij is goedgekeurd door mijn brace toen ik die bij de printer hield, maar na het overlijden van Wren ben ik zo achterdochtig als wat. Nou ja, ik zal wel moeten. Pilletjes kun je onopvallend laten verdwijnen, maar een complete maaltijd is een ander verhaal. Bovendien gromt mijn maag.

Terwijl ik eet, dwalen mijn gedachten weer naar Vera Paine. Als zij Wren inderdaad heeft vergiftigd... Hoe dan?

Het lijkt me behoorlijk lastig om iemand onopvallend een dodelijke injectie te geven. Als ik een bewoner zou willen vermoorden, zou ik het gif in een shake, een yummy of vita stoppen.

Hoewel dat hier nog een behoorlijke uitdaging zou zijn. Wren was trouwens niet eens in de eetzaal...

'Die individuele relaxruimte,' zeg ik tegen Jazz. 'Wat moet ik me daarbij voorstellen?'

'Ssst,' sist Peter, die een plek in mijn buurt heeft weten te veroveren.

Ook de Vlecht kijkt me aan alsof ik haar poppengod zwaar heb beledigd.

'Er is maar één manier om daarachter te komen,' fluistert Jazz in mijn oor. 'Je moet gewoon een hoop stennis maken. Reisje IR gegarandeerd.'

Nooit zomaar in het diepe springen, heeft dokter Wendy me wel duizend keer ingeprent. Bedenk eerst wat de gevolgen zullen zijn.

Mijn frontale hersenkwab werkt zelden mee.

Ik leg een hoopje vita op mijn vork en schiet het naar de vrouw die tegenover me zit.

'Doe normaal!' roept ze, terwijl ze het nepvoedsel van haar gezicht veegt.
Opnieuw gebruik ik mijn vork als katapult en bekogel een man verderop. En daarna nog een andere man en de Vlecht. Er klinkt gemopper en gelach en de muren hebben echt ogen en oren, want plotseling gaan de deuren open en komen er mannen en vrouwen in paarse pakken met zilveren knopen naar binnen gestormd. De bewakers! Ik kan het niet laten en neem de dichtstbijzijnde onder vuur.
Bulls eye! Nou ja, het oog van de bewaker dan.
Inmiddels gooien ook andere bewoners met hun vita en wordt het een behoorlijk lollige boel. Tot Vera Paine binnenkomt.
'Hij is de kwade genius.' De Vlecht wijst met haar hekserige vinger naar mij.
Zodra Paine knikt, zie ik twee bewakers op me afkomen.
'Ik ga wel uit mezelf mee,' zeg ik vlug.
Niet vlug genoeg. Ze hebben mijn armen al op mijn rug gedraaid en klemmen hun handen om mijn polsen.
'Er is niets om bang voor te zijn,' zegt Paine. 'Ze brengen je alleen maar even naar de IR zodat je kunt kalmeren. Intussen kunnen wij hier de rust herstellen.'
'Meekomen,' bromt de grootste van de twee.
Ik doe mijn best om hun tempo bij te houden. Als het even niet lukt, duwen ze mijn handen tot aan mijn schouderbladen omhoog en krepeer ik van de pijn. Ze slepen me de gang door, naar een stalen deur helemaal achterin. De kleinere bewaker opent hem met zijn brace en de grote helpt me naar binnen. Dan stapt hij weer naar buiten, schuift de deur achter me dicht en ben ik alleen.

Voor een relaxruimte ziet het er maar saai uit. Kale wanden en een matras met een kussen, waarop een afstandsbediening ligt. Nieuwsgierig raak ik het schermpje aan.

HOOFDMENU.

Omdat ik toch niks beters te doen heb, bekijk ik de mogelijkheden.

IN NOODGEVALLEN: TOETS ROOD.

TOILETBEZOEK: TOETS GEEL.

Heel grappig, meneer de programmeur.

GEESTELIJKE BIJSTAND NODIG?: TOETS ZWART.

HULPPROGRAMMA'S: TOETS GROEN.

Als ik op het groene knopje druk, kom ik opnieuw in een keuzemenu.

Onder het kopje ACTIEF ONTSPANNEN staat een rijtje opties. Ademhalingsoefeningen, yoga, mindfullness en andere hobby's voor zweefkezen. Ik tik op YOGA en dan gaat de muur tegenover me aan alsof ik in een privébioscoop zit.

'Hallo, ik ben Olga,' zegt een spijkerdunne yoga-instructrice in een strak hemdje en dito legging. 'We beginnen met de berghouding. Ga rechtop staan met je handpalmen tegen elkaar aan voor je borst...' Ze doet het voor. '...en je voeten op heupbreedte.'

Inderdaad ontzettend chill. Zeg maar gerust slaapverwekkend.

Ik tik op stop en keer terug naar het keuzemenu.

RELAXEN IN DE NATUUR. Dat klinkt beter. Er zijn verschillende thema's waaruit ik kan kiezen, zoals melkweg, oceanen en de groene aarde. Een echt raam zodat ik naar een echt landschap kan kijken, zit er jammer genoeg niet in. De groene aarde dan maar.

De relaxruimte vult zich met bladergeritsel en vogelgefluit en ik zie overal bomen, die zachtjes bewegen. Niet alleen op de wand tegenover me, maar op alle muren, het plafond en zelfs de vloer. Het is alsof ik in een groene, rustgevende doos zit.
Geen verkeerd filmpje.
Ik ga op de matras liggen, vouw mijn armen onder mijn hoofd en staar naar de levensechte takken op het plafond. Er zit een schitterende helmspecht op en...
Er gaat iets mis met de ontvangst. De specht verandert in bewegende abstracte webkunst vol blokken en vlekken en strepen. Ik wil de afstandsbediening pakken, maar dat hoeft al niet meer. De verbinding herstelt helemaal uit zichzelf.
Dat wil zeggen...

PRISSY

Het huis is leeg en stil. Mama moest al om halfzeven op haar werk zijn om Adams' gereinigde kleren af te leveren en een speech met haar door te nemen voor een of ander congres. Personal assistent mag dan cool klinken, in werkelijkheid is het een rotbaantje.

Ik heb nog een uur voordat ik moet inloggen voor Engelse les. Zonder mijn vriendinnen lijkt het eerder een jaar. Voor de zoveelste keer check ik mijn camphone, maar Flow heeft me nog steeds niet geclickt.

Er is wel een nieuw bericht van Mo: Sorry! Ik ben een eikel.

Inderdaad schrijf ik terug.

Het is jammer dat Holden niet stiekem kan meelezen. Ik weet zeker dat hij waarderend zou grinniken en dan zou ik me meteen beter voelen en niet meer zo'n faalhaas.

Om dichter bij hem te zijn, loop ik zijn kamer in. De conservenblikken heb ik eergisteren terug op hun plaats gelegd, maar zijn camphone ligt nog gewoon op zijn bed. De vergrendeling staat standaard op uit, omdat Holden zijn toestel meteen wil kunnen gebruiken.

'Je weet maar nooit wanneer hét gouden camfiemoment voorbijkomt,' heeft hij me verschillende keren uitgelegd. 'Dan wil ik meteen kunnen klikken.'

Met dat wapitihert is het anders toch nog mislukt.
Ik ga met mijn rug tegen het hoofdeinde zitten en bekijk de camfies die hij de afgelopen dagen heeft gemaakt. Happy Day ziet er door Holdens ogen ineens niet meer zo feestelijk uit. Geen indrukwekkende pruiken maar een meisje met plat haar op de achterkant van haar hoofd. Een man met een scheve plaksnor, een als engel verklede vrouw met een zuur gezicht en andere mislukkelingen. De rest bestaat vooral uit natuuropnames. Een paar vogels en een eekhoorntje. Een kikker op een waterlelieblad in de parkvijver en dan, op de volgende camfie...
Mijn hart stokt even als ik het bord bij het wildrooster zie.
VERBODEN TE BETREDEN. NATUURGEBIED.
Ergens in dat gigantische natuurgebied buiten de stad, heeft Holden gezegd.
Ik controleer de datum en de tijd.
Ja hoor, dit moet in de buurt van de schuilkelder zijn, waar hij dat afschuwelijke vuurwerk heeft gevonden. Ik voel me weer boos worden. Waarom heeft hij alles niet simpelweg opgebiecht en berouw getoond? Dan had de referee vast anders beslist en zat Holden nu niet in het Cliffton opgesloten.
Ik heb geen zin meer om de rest van zijn camfies te bekijken en pak mijn eigen toestel. Als het nog langer zo stil blijft, word ik gek.
Ik heb mama alles verteld click ik naar Flow. *Vergeef je me?*
Haar antwoord komt na tien minuten.
Alleen als je nooit meer tegen me liegt.

HOLDEN

Het bos en de specht zijn verdwenen. In plaats daarvan duikt er een stortvloed aan beelden en teksten over en onder en langs me heen, die gepaard gaan met gesis en geknal.
VEEL DIEREN ZIJN ANGSTIG VOOR VUURWERK. De zin danst in helgroene letters boven een doodsbange kat, die in een hoekje probeert weg te kruipen. Ik zie een hondje dat met de staart tussen zijn poten steeds hetzelfde rondje loopt, terwijl hij zenuwachtig piept.
Moet ik me nu schuldig gaan voelen of zo?
Ik dacht het niet. Robotpets schrikken niet van vuurpijlen. Dit is een filmpje uit de oude doos.
HET AFSTEKEN VAN VUURWERK LEIDT TIJDELIJK TOT EXTREME CONCENTRATIES FIJNSTOF. Op de muren en het plafond doemen vieze, donkere wolken op. Mensen met mondkapjes worstelen zich door mistige straten. Ik zie hoestende en rochelende mannen en vrouwen met tranende ogen, en door een raam: een meisje in een ziekenhuisbed dat zuurstof krijgt toegediend. Ze lijkt op Prissy, waardoor ik het plaatsvervangend ook een beetje benauwd krijg.
Ik ga rechtop zitten.
EN MAAR AL TE VAAK TOT ONGELUKKEN lees ik op de muur.
Om me heen vliegen vuurwerkfabrieken in brand. Ze explo-

deren met zo veel geweld en geknetter dat ik vrees dat mijn trommelvliezen zullen klappen.
Wat is dit? Wil de een of andere gestoorde psych mij een lesje leren of zo?
Ik heb er fucking genoeg van en graai naar de afstandsbediening.
DE VELE BRANDEN IN VUURWERKFABRIEKEN IN INDIA HEBBEN VOOR HONDERDEN DODELIJKE SLACHTOFFERS GEZORGD. De woorden lijken me toe te schreeuwen, terwijl het geluid juist verstomt. In mijn ooghoeken dringen zich halfverkoolde lichamen op.
Zag pa er ook zo uit?
Godzijdank heb ik eindelijk de afstandsbediening te pakken. Ik tik op stop en wacht tot het keuzemenu weer verschijnt. Maar nee, er rolt alweer een nieuwe tekst over de muur.
NEDERLAND, 23 DODEN, 947 GEWONDEN EN 1250 MENSEN DAKLOOS NADAT EEN VUURWERKDEPOT IN EEN WOONWIJK ONTPLOFTE. Ingestorte huizen, uitgebrande auto's, een man in een bebloed overhemd loopt huilend tussen de rokende puinhopen. DUIZENDEN LEVENS VERRUÏNEERD.
De afstandsbediening geeft nog steeds geen sjoege, maar tot mijn opluchting verdwijnen de gruwelijke beelden vanzelf. Op de muur verschijnt een ouderwets geklede jongen met een zonnebril. 'Ik ben Billy uit Oklahoma en het was mijn droom om piloot te worden. Toen ging ik naar het vuurwerk kijken.' Hij zet zijn bril af.
Ik ga bijna over mijn nek. Waar zijn linkeroog hoort te zitten, zit een gat.
'Oké, ik heb genoeg gezien!' roep ik, in de hoop dat iemand via een of andere camera toezicht houdt. 'Ik steek nooit meer vuurwerk af.'

De film dendert gewoon door. Ditmaal word ik toegesproken door een oude man in een rafelige tuinbroek. 'Mijn naam is John,' zegt hij op vlakke toon. 'Mijn buurman liep naar het midden van de weg en stak een vuurpijl aan. We zagen een rookwolk en hoorden een knal. Wil je zien wat er nog van hem over was?'

Nee, dat wil ik niet! Ik tik en tik, maar de batterij is vast leeg, want die kloteafstandsbediening werkt nog steeds niet.

John heeft een ouderwets soort camphone vast en draait die langzaam naar me toe. De camfie die op zijn schermpje staat, verschijnt levensgroot voor me. Ik wil niet kijken, maar de grote romp van de dikke man in het geruite overhemd is overal, zowel boven als onder als naast me. De romp, waar de armen nog aan vastzitten, en een stukje van de hals – een zwarte minikrater zonder nog iets erop.

Vol afschuw knijp ik mijn ogen dicht en smijt de afstandsbediening door de ruimte. Er klinkt een klaaglijk gehuil, en dan beginnen alle hoeken van de kamer zacht te kermen en komt er een soort van gillende paniek uit het plafond, en al die geluiden van pijn en verdriet knallen via mijn oren naar binnen, recht mijn hart in.

In noodgevallen: toets rood.

Moet een noodknop niet altijd werken? Ik gluur door mijn oogharen om de afstandsbediening op te sporen en ga bijna over mijn nek als ik de beelden op de vloer zie. Misvormde handen met vingers als gesmolten kaarsstompjes. Verminkte gezichten...

Niet kijken!

Struikelend en half op de tast bereik ik de afstandsbediening en ik druk zo hard als ik kan op het rode knopje en dan, eindelijk, stopt het kabaal en gaan de muren, de vloer en het plafond op zwart.

Ik trek mijn benen op en leg mijn bonkende hoofd op mijn knieën. Ook apparaten kunnen botte humor hebben; TE VEEL STRESSHORMONEN waarschuwt mijn brace.

De stalen deur schuift open. Zodra ik Dave en de verpleger zie, jank ik bijna van dankbaarheid. 'Haal me hieruit,' zeg ik. 'Alsjeblieft.'

'Wat is het probleem?' vraagt Dave, terwijl hij om zich heen tuurt naar wat het noodgeval zou kunnen zijn.

'Die fucking horrorfilm van jullie.' Ik sjoel de afstandsbediening naar hem toe. 'Afgerukte hoofden, ontplofte handen. En de batterij is trouwens op.'

Ze staren me aan alsof ik wartaal uitsla.

'We gebruiken hier alleen goedgekeurde relaxuitzendingen.' Dave raapt het apparaatje op en veegt over het scherm. 'Volgens mij werkt het prima.'

Onmogelijk!

Ik kom omhoog en focus op de openstaande deur om mijn kalmte te bewaren.

'Welk filmpje keek je?' vraagt hij stoïcijns.

'De groene aarde.'

Zodra Dave op de afstandsbediening tikt, staan we met zijn drieën in een bos. Als ik naar het plafond kijk zie ik de helmspecht zitten.

'Heel rustgevend, toch?' zegt Dave.

'Wacht maar,' zeg ik. 'Zo meteen gaat hij storen en dan komt het...'

Na vijf minuten zijn de beelden nog altijd loepzuiver. Dave

zet de film uit en laat zich op de matras zakken. 'Laten we even gaan zitten, Holden.'

Ik wil niet meer zitten, ik wil weg.

Dave klopt volhardend op de matras. 'Kom. Dat praat wat gemakkelijker.'

Ik schuif met tegenzin naast hem. Zijn kleren stinken naar oud zweet.

'Waarschijnlijk is je verbeelding met je op de loop gegaan,' zegt hij op de professioneel geruststellende toon van een hulpverlener. 'Heb je wel eens gehoord van een psychose? Dan hoor je bijvoorbeeld stemmen in je hoofd. Of je omgeving komt ineens heel bedreigend over omdat je de dingen anders ziet dan ze in werkelijkheid zijn.'

'Ik ben niet gek!'

'Dat zeg ik ook niet.' Hij legt de afstandsbediening neer, vouwt zijn handen op zijn schoot en zoekt even naar woorden. 'Het is niet verwonderlijk dat je van streek bent. Je hebt in een zeer korte periode een aantal heftige dingen meegemaakt. Weg van thuis, een gedwongen opname in een nieuwe omgeving, en dan ook nog het overlijden van Wren. Was dit de eerste keer dat je met een dode in aanraking kwam?'

Pa was zo ernstig verbrand dat we hem niet meer mochten zien, maar nu zie ik hem in mijn gedachten toch nog voor me: zwartverkoold en onherkenbaar, net als de lichamen in het filmpje. Mijn lippen beginnen te trillen alsof ik het koud heb.

'Holden?' vraagt Dave. 'Gaat het?'

Het is mijn brace die reageert. Hij piept en het woord STRESSHORMONEN licht weer op. Ik zet vlug het geluid af en de verlichting uit, maar Dave knikt al naar de verpleger. 'We kunnen hem beter iets kalmerends geven.'

Straks word ik nog vergiftigd, net als Wren!
‘Het gaat wel weer,’ zeg ik, terwijl ik vanbinnen bijna in elkaar stort. ‘U hebt vast gelijk. Het is me allemaal even te veel geworden.’
Dave legt zijn klamme hand op mijn been. ‘Weet je het zeker?’
‘Absoluut.’
‘Goed dan.’ Hij staat op en loopt naar de deur. ‘Ik stel voor dat je je actief gaat ontspannen. Bij sommige bewoners doet yoga wonderen. Mocht je toch medicatie nodig blijken te hebben, kan dat altijd nog. De verpleger komt elk kwartier even kijken hoe het met je gaat.’
Ik geloof mijn oren niet. Als ik dokter was, zou ik iemand in mijn toestand nog geen seconde alleen laten.
‘Dag Holden.’ Ze verdwijnen doodleuk naar de gang en de deur schuift weer dicht.
Als ik me niet zo ellendig voelde, zou het bijna grappig zijn.
Denk jij dat ik gek ben? vraag ik in gedachten aan pa.
Omdat je met je dooie vader praat? Hij lacht. Ga die filmpjes nou maar controleren.
Voor het eerst sinds ik in het Cliffton zit, voelt hij weer dichtbij en dat geeft me voldoende kracht om de afstandsbediening te pakken en alle filmpjes een voor een af te spelen.
Een man die ademhalingsoefeningen voordoet, de yoga-instructrice en alle andere zweefkezen komen een voor een voorbij. Af en toe buigt de verpleger zijn hoofd om het hoekje en steek ik mijn duim op. Hij brengt me een bordje vita, maar ik weiger iets te eten wat mijn brace niet bij de printer heeft kunnen goedkeuren. Intussen zie ik het heelal aan me voorbij zweven, een oceaan met vissen en koralen in een zoemende stilte, het bos en de fluitende vogels...

Ik draai het complete menu af, maar het antivuurwerkfilmpje dat ik gezien heb, zit er niet meer bij. Heeft iemand daarnet de afstandsbediening of het uitzendkanaal soms gehackt? Als onderdeel van een zieke, nieuwe opvoedingsmethode. Een agressieve persoonlijke aanpak, die Vera Paine heeft bedacht, om alle bewoners in het gareel te krijgen. Hebben dit soort beelden Lois gepusht om die overdosis te nemen? En Wren misschien ook.

Ik wil naar huis. Nu al.

Als je je niet veilig voelt, halen we je meteen weg, heeft Miller beloofd. Een seintje aan Boyd Swis is genoeg. Maar hoe kan ik Swis inseinen als ik niet eens weet hoe hij eruitziet? Ja, via zo'n stom briefje in de wc. Alleen kan ik daar voorlopig onmogelijk komen en dan nog is het de vraag of en wanneer die gast het leest.

Het idee dat ik hier nog dagen opgesloten moet zitten, ligt als een steen in mijn maag. Uitgeput ga ik op de matras liggen, met mijn handen aan weerszijden van mijn bonkende hoofd, waar de woorden van Dave toch weer rondzingen.

Stel je voor dat hij gelijk heeft en ik hier zelf de gestoorde ben.

PRISSY

De rijdende afvalbak kondigt zijn komst aan met een muziekje en flitslichtjes. Zodra ik de klep aanraak stopt hij naast me. Ik gooi er mijn papieren zakdoekje in en dan rolt hij weer verder door het voetgangersgebied.
'Moet je daar zien,' zegt Flow met een knikje naar een man die in het voorbijgaan een lege shakebeker op een elektriciteitskastje achterlaat. 'Wat een aso.'
De camera's hebben het ook geregistreerd. Op het scherm aan de gevel verschijnt een levensgrote camfie van het moment van overtreding met het gezicht van de man duidelijk zichtbaar in beeld. We moeten vreselijk lachen als hij op een holletje terugkeert en de beker alsnog in de afvalbak gooit.
'Gezellig,' zeg ik als we gearmd weer verder lopen. 'Zo met zijn tweetjes, bedoel ik.'
Flow kijkt op haar camphone. 'Brooklyn vraagt of we naar Natasja's komen. Anna is er ook.'
Als ik mijn toestel check, zie ik alleen een bericht van mama.
Fijn dat het weer goed is met Flow. Waar ben je?

Tegen de tijd dat we bij Natasja's nagelstudio zijn, is mijn maag in één grote zenuwknoop veranderd. Ik heb de anderen nog niet gezien of gesproken sinds die afschuwelijke laatste camchat. Misschien zijn ze nog steeds kwaad op me.

Ben ik nog steeds kwaad op ze...

'Hé,' zegt Anna blij verrast als ze me ziet.

Ik kan haar wel omhelzen. Nou ja, dat kan ik dus niet, want ze zit met alle tien haar vingers in een nagelbadje. 'Hoi.'

Van Brooklyn krijg ik alleen een hooghartig knikje.

Flow merkt het niet eens en stormt op Natasja af. 'Heb je die toffe blauwe steentjes weer binnen?'

'Speciaal voor jou besteld.' Natasja neemt haar mee naar de laatste vrije tafel.

Een nieuw meisje, dat volgens haar T-shirt Rose heet, vraagt of ik op de bank bij de shakeautomaat wil wachten tot er een plekje vrijkomt. Ze geeft me een portable. 'Dan kun je vast een leuke stempel uitkiezen. Als ik jou was, zou ik voor bloedrood gaan. Dat kleurt fantastisch bij je choker.'

Ik ben al blij dat ik de goedkoopste behandeling kan betalen. 'Alleen gellak en vijlen, alsjeblieft.'

'Zoals je wilt.' Ze wandelt overdreven heupwiegend weg en is net op de stoel tegenover Anna gaan zitten als mijn camphone pingt.

Alweer een berichtje van mama. *Weet jij waar die handdoek met klaprozen is gebleven? Hij zit niet in de wasmand, dus ik dacht dat hij nog in je sporttas zat, maar die kan ik ook al nergens vinden.*

Omdat ik hem in de wormhole heb laten liggen! Flow heeft gelijk, ik ben mezelf niet meer. Hoe heb ik zo dom kunnen zijn? Nu moet ik wel terug, of ik nou wil of niet.

Vergeten! click ik. *Ik ga hem nu meteen halen.*

'Sorry, ik moet gaan,' zeg ik tegen zowel Natasja als mijn vriendinnen. 'Iets ophalen voor mama.'

'Eerlijk?' vraagt Flow.
Ik houd mijn camphone omhoog. 'Wil je het zien?'
'Natuurlijk niet.' Ze staart naar een plekje ergens boven mijn rechterschouder. 'Ik geloof je heus wel.'
Brooklyn zegt niets, maar haar ogen spreken boekdelen. Ik ga met mijn rug naar haar toe staan, groet Flow en Anna, en maak dat ik buiten kom.
De elektrische rail is drie minuten lopen. Ik houd mijn brace bij de lezer en stap in op lijn zeven. Ik heb tien haltes de tijd om een ijzerlaag om mijn hart te smeden en zo onverschillig mogelijk te leren kijken, met behulp van het weerspiegelende raam. Als ik bij de grijze doos kom, knikken mijn knieën tot mijn ergernis toch nog. Er is ook een meevaller: de skatehal is open. Ik hoef niet voor de camera boven de deur te smeken of ik naar binnen mag.
De muziek bonkt nog even hard, alsof die sinds mijn laatste bezoek nooit meer is opgehouden. Ik manoeuvreer tussen de skaters door naar de kantine, waar met behulp van de oude beamer *Skatefeaver* wordt afgespeeld – een draak van een film van zo'n tien jaar geleden – en klop op de deur van de wormhole.
Geen reactie. Ze zijn er niet of ze horen me niet, of ze willen me niet horen.
Ik klop harder. Bonk met mijn vuist.
De enige die opkijkt is een meisje dat met een koptelefoon op de bank zit.
Toch maar clicken dan. Met tegenzin zoek ik het nummer van Mo.
Ik sta voor de wormhole.
Na een paar minuten wordt de deur van binnenuit geopend. Niet door Mo maar door Laşer.

'Ik kom mijn sporttas halen,' zeg ik. 'Die heb ik hier gisteren laten liggen.'
Hij knikt. 'We hebben hem voor je bewaard.' Dan daalt hij de trap weer af.
Opnieuw wacht ik een paar minuten, maar hij komt niet meer terug.
Hork! Met tegenzin ga ik naar beneden, waar Laşer met een e-pen een hamer op het grote wandscherm tekent.
'Mo is er niet?' Domme vraag, Pris. Hij heeft zich heus niet onder de tafel verstopt.
'Nee.' Laşer sleept een portret van Reese tevoorschijn en plakt het onder de hamer.
'Hoe wist je dan dat ik hier was?'
'Mo clickte me.' Laşer gebruikt de pen nu als dirigeerstok. Met elke beweging die hij maakt, beweegt de hamer synchroon op en neer en raakt Reese op haar hoofd. Het ziet er niet alleen onwijs grappig uit, maar ook superprofessioneel. Niet dat ik hem dat aan zijn neus ga hangen.
'Hij heeft er echt spijt van,' zegt Laşer.
'Mooi zo.'
'Ben jij altijd zo hard?'
'Had hij maar niet moeten liegen.'
Laşer grinnikt. 'En jij liegt natuurlijk nooit.'
Ik haat het dat de vlammen uit mijn wangen slaan. 'Waar is mijn tas?'
'Wil je niet weten waarom hij je heeft gehackt?'
'Die stomme challenge, bedoel je?' Er gaat een pijnscheut door me heen. 'Dat weet ik allang. Voor mijn part stikt hij in zijn gewonnen Bluffy's.'
'Je denkt dat...' Laşer draait zich om. 'Hoe kom je daar nou bij?'

'Omdat het zo is,' zeg ik niet meer zo zeker.
'Welnee.' Laşer prikt met de pen in mijn richting. 'We moesten je camphone hacken omdat je de dochter van Jack en Eliza Winters bent.'

Deel 3

BIT'S A MYSTERY

Per slot van rekening is de menselijke ziel nu eenmaal zo ingesteld dat eerder de schijn dan de werkelijkheid haar imponeert.

– *Erasmus, Nederlands humanist en filosoof, 1469-1536*

HOLDEN

Dave staat in de deuropening van de IR. 'Wil je bij de herdenkingsbijeenkomst zijn? Dan mag je nu meekomen.'
Ik loop gauw naar de gang, bang dat hij zich zal bedenken, en probeer intussen uit te rekenen hoeveel tijd ik in de IR heb doorgebracht, wat niet meevalt als je kop bijna uit elkaar barst. Tussen de vijf en zes uur, schat ik. De Individuele Rampenruimte. Nooit meer, neem ik me voor.
'Heeft Wren de hele nacht in de IR gezeten?' vraag ik.
'Wat denk je nou, Holden?' Dave schudt afkeurend zijn hoofd. 'Dat we de gegevens van onze bewoners met jou gaan delen?'
Natuurlijk! Ergens in dit gebouw moet een plek zijn waar onze dossiers worden bewaard. Als het me lukt om die te bekijken...
Kun je lezen hoe gek je zelf bent, zegt pa.
Ik duw de gedachte zo diep mogelijk weg en concentreer me op mijn schoenen. Naar beneden gaan, de wc opzoeken en een bericht achter Jumbo verbergen. Dat is voorlopig mijn belangrijkste missie.
We gaan in groepjes met de glazen lift.
'Hoe was het?' vraagt Jazz.
Haar lachje verraadt haar. Geen wonder dat ze op wonder-

baarlijke wijze in een brave bewoner transformeerde toen Dave tijdens de kring met de IR dreigde.
'Bitch,' grom ik tussen mijn tanden. 'Waarom heb je me niet tegengehouden? Je wist dat me iets vreselijks te wachten stond.'
'Je had me toch niet geloofd,' zegt ze schouderophalend. 'Ik geloofde het zelf al amper en dacht dat ik krankzinnig werd.'
Ze had aan zichzelf getwijfeld, net zoals ik. Het is alsof ze een ventieltje heeft opengedraaid, zodat de woede en ongerustheid uit me weg kunnen stromen. Ik ben niet gek.
'Waar ging jouw horrorfilm over?' vraag ik zacht.
'Gaat je geen bal aan,' zegt ze.
De lift stopt. Dave draagt ons over aan Spider-Woman en gaat weer omhoog om de volgende lichting te halen.
'Kan ik intussen even naar de wc?' vraag ik. 'Aangezien we toch op de anderen moeten wachten.'
Spider-Woman rolt met haar ogen. 'Je weet waar je moet zijn.'
In gedachten schrijf ik een briefje voor Boyd Swis: HAAL ME HIER WEG.
Maar dan zal pa's dood voor altijd een raadsel blijven.
Tegen de tijd dat ik voor de dode brievenbus sta, heb ik me voldoende moed ingepraat. Een paar dagen houd ik heus nog wel vol, nu ik weet dat de horrorfilm geen waanbeeld maar echt was. Ik haal het bericht dat ik de afgelopen nacht heb geschreven uit mijn schoen en stop het in de holte. De volgende keer dat ik hier terugkom, hoop ik op een reactie van Prissy en ma.

In de aula branden tientallen elektrische kaarsen en er klinkt stemmige muziek. De bewoners die Wren goed gekend hebben, zitten vooraan, onder wie Peter en Jazz. Ik heb me op de achterste rij geïnstalleerd, links van het gangpad, naast een bewoner die ik nog nooit heb ontmoet. Boven het podium hangt een scherm waarop een bewegende camfie van Wren is geprojecteerd. Ze ziet er heel anders uit zonder schuimbaard en uitpuilende ogen. Haar trekken zijn fijn en ze heeft een stralende glimlach.

De verplegers, herkenbaar aan hun blauwe broeken en jasjes, zitten her en der tussen de bewoners verspreid. Ik vraag me af of Boyd Swis er ook is.

De violen zwijgen en Vera Paine betreedt het podium. 'We zijn hier bij elkaar om afscheid te nemen van onze medebewoonster Wren en haar te gedenken. In de korte tijd dat ze hier was, heeft ze een onuitwisbare indruk achtergelaten...'

De woorden glijden langs me heen. Ik ben niet langer in de aula van het Cliffton, maar in die van Yarden, toen we afscheid moesten nemen van pa. Er waren 3D-filmpjes uit zijn jeugd en tienerjaren, maar vooral van ons gezin. Oom Jeff speelde pa's lievelingsnummer op de saxofoon en ma las een gedicht voor. Prissy legde met rode ogen van het huilen een bloem bij zijn portretcamfie, maar ik was vanbinnen bevroren. Via een liveverbinding konden we volgen hoe pa een paar honderd mijl verder werd uitgestrooid. Ma had in samenspraak met ons voor een bosrijke omgeving gekozen. De drone bleef hangen boven een open plek tussen de dennenbomen en het zakje ging open. Een hoopje poeder – dat is alles wat er van je overblijft na een resomatie.

De directrice gaat naast het podium zitten en de loepzuivere stem van Janx vult de ruimte. Iedereen luistert zwijgend, de blik naar voren gericht. Alleen mijn buurman kijkt even opzij als ik geruisloos de rij uit schiet.

PRISSY

Ik vergeet mijn tas en laat me op de trap zakken. 'Wat hebben mijn ouders in hemelsnaam met mijn camphone te maken?'
Laşer legt de elektronische pen neer en leunt tegen de computertafel. 'Wat ik je nu ga vertellen moet wel tussen ons blijven. Het is een ongeschreven regel dat je niet met buitenstaanders over Bit's a mystery praat.'
'Wat is dat dan?'
'Een geheim genootschap van hackers, gamers, programmeerders, internetdesigners en andere nerds.' Laşer zet zijn beanie af en harkt met zijn vingers door zijn donkerbruine haar. 'Het is niet zomaar een club, waar iedereen lid van kan worden. Je kunt je niet eens aanmelden. De mensen van Bit's a mystery benaderen jou zelf. Als ze tenminste denken dat je getalenteerd genoeg bent, wat op zich al een enorme eer is.'
Ik kan me er weinig bij voorstellen. Als je nou gescout wordt door Supershoot of zo...
'Vervolgens krijg je een challenge,' zegt hij. 'Een bijna onmogelijke uitdaging, waarmee je jezelf moet bewijzen. Weet je nog dat ik je van Anonymous heb verteld? Dat er door hun toedoen geen banken meer bestaan. Zoiets dus.'

Ik voel mijn voorhoofd fronsen. 'Alsof het hacken van mijn camphone zo bijzonder is.'
'Dat was slechts het begin.' Laşer glijdt nog een keer met zijn hand door zijn krullen en verbergt ze dan weer onder zijn beanie. 'Op die manier konden we gemakkelijk en snel contact met je leggen en een hoop over je te weten komen, terwijl het genootschap kon meekijken.'
Niet alleen Mo heeft me bespied. Ze hebben me onder een microscoop gelegd en bestudeerd alsof ik een hoopje vita in een laboratorium ben.
'We moesten je overhalen om met ons mee te doen,' zegt Laşer. 'Maar we wisten dat het niet gemakkelijk zou zijn. Uit je camfies, posts en berichten bleek dat je niet graag buiten de lijntjes kleurt.'
'Zoals alle normale mensen,' werp ik tegen.
Laşer doet alsof hij me niet hoort en praat gewoon verder. 'Toen kwam je in de problemen door die jurk.'
Je tas pakken en wegwezen! zegt een alarmerend stemmetje in mijn hoofd.
Maar dan zal ik nooit te weten komen wat er precies aan de hand is, dus blijf ik zitten en sla mijn armen als een beschermend dekbed om me heen.
'We kregen meteen weer een bericht van het genootschap.' Laşer tekent met zijn middel- en wijsvingers aanhalingstekens in de lucht. 'Als ze ons niet helpt, posten we alles op Supershoot. Zeg dat maar tegen Prissy.'
Het idee dat iedereen zou weten dat ik...
'Lekker clubje is dat.' Ik weet zeker dat ik van schaamte gestorven zou zijn.
'Mo wist ze ervan te overtuigen dat chantage averechts zou

werken,' zegt Laşer. 'Het leek hem beter als we je zouden helpen, en mij ook. Voor wat, hoort wat, dacht ik. Als we Prissy's probleem oplossen, helpt zij ons daarna ook wel. Maar Mo bleef het maar uitstellen. Hij wilde meer tijd om jullie band te verstevigen en het pas later aan je vragen.'

Als ik blind van verliefdheid was?

Maar hij heeft me wel van de ondergang gered!

Laşer kreunt van ergernis. 'Prissy is er nog niet klaar voor, zei hij steeds. Als we het nu al vragen, weigert ze zeker.'

Ik houd mijn handen als kommetjes omhoog. 'Ga je me ook nog een keer vertellen wat ik dan had moeten doen?'

Hij wipt met zijn voet. 'Het gaat om Adams.'

'De minister?' vraag ik stomverbaasd. 'Wat heeft zij in hemelsnaam met een genootschap voor nerds te maken?'

'Ze heeft iets belangrijks in haar bezit,' hoor ik iemand achter me zeggen.

Mo. Ik zou zijn sexy stem uit duizenden herkennen.

Hij daalt de trap af en komt naast me zitten. 'Iets waarmee we onze nieuwe leiders kunnen ontmaskeren.'

Ik denk aan de film die ik laatst heb gezien: *Reptielen uit de ruimte*. 'Want eigenlijk zijn het buitenaardse wezens?'

'Heel grappig,' zegt Laşer. 'Wacht maar tot we openbaar maken wat ze allemaal in hun schild voeren. Dan lach je echt niet meer.'

'En dat is jullie uitdaging?'

Hij knikt. 'Maar daar hebben we dus wel dat voorwerp van Adams bij nodig.'

Mo's been raakt dat van mij.

Ik probeer de bliksemschicht die recht naar mijn hart schiet te negeren. 'Welk voorwerp?'

‘Dat mogen we pas zeggen als je besluit om met ons mee te doen,’ zegt Mo.

Ik tik tegen mijn slaap. ‘Ja, da-hag.’

Laşer komt op zijn hurken voor me zitten. ‘Voor jou is het gemakkelijk. Je haalt je moeder op van haar werk en kunt zo naar binnen. Maar als Mo en ik in Adams appartement willen komen, zullen we moeten inbreken.’

‘Doe normaal!’ val ik uit. ‘Straks sturen ze jullie ook nog naar het Cliffton.’

‘We hebben geen keus,’ zegt Mo. ‘Als jij ons niet helpt...’

Over chantage gesproken!

Ik schuif zo ver mogelijk van hem vandaan als ik kan, wat niet zo heel ver is. ‘Natuurlijk heb je een keus. Zeg gewoon tegen Bit’s a mystery dat je hier niet aan meedoet.’

Laşer en Mo kijken elkaar even aan.

‘Je vader deed anders wel mee,’ zegt Laşer dan.

HOLDEN

Twee stappen, een half rondje om de pilaar heen en ik ben uit het zicht. De deuren tussen het voorportaal van de aula en de gang staan gewoon open. Zolang mijn buurman van daarnet geen stennis begint te maken, is er geen mens die iets hoort.
De muren hebben hier ogen en oren...
Ik probeer het unheimische gevoel van me af te schudden en haast me door de gang. Toen ik naar de wc ging, heb ik alle bordjes op de deuren gescand en op de derde van links stond het pictogram van een poppetje achter een bureau met een computer. Ik hoop dat daar het kantoortje is waar de dossiers worden bewaard.
Soms zit het mee. Zodra ik voor de deur sta, opent hij automatisch. Ik stap vlug naar binnen, met mijn smoes – ik kan de wc niet vinden – al paraat voor het geval er toch iemand zit.
Dit is mijn geluksdag. Iedereen is in de aula zoals ik al hoopte, en er gaat ook geen alarm af.
Er bestaat ook nog zoiets als een stil alarm, zegt pa.
Ik negeer hem en kijk opgewonden om me heen.
In de hoek naast de deur staat een oplaadkast voor elektronische apparaten. Daartegenover leunt een tafel met zijn smalle kant tegen de muur. Er staan drie bureaustoelen omheen, elk

met uitzicht op een computerscherm. Op een ervan zie ik een soort van sneeuwvlok voortdurend van vorm veranderen. BACK-UP staat eronder. RESTERENDE TIJD: 5 MINUTEN EN 46 SECONDEN.
Een back-up waarvan? vraag ik me af. De dossiers van de bewoners?
Was ik maar zo'n nerd die fluitend op elke computer kan inbreken en meekijken.
Boven de tafel hangt een ontruimingsplattegrond met de mogelijke vluchtwegen in rood gearceerd. Die heeft pa alvast geen ruk geholpen toen er boven brand uitbrak.
Ik bekijk het plakkaat dat ernaast is geplakt: WAT TE DOEN BIJ STROOMUITVAL? Behalve een camphonenummer voor noodgevallen, staat er ook een veiligheidsnummer vermeld. OM DE DEUREN HANDMATIG TE OPENEN: TOETS 3333.
'En waar zitten die toetsen dan?' mompel ik.
Bij de nooddeuren heb ik geen enkel display of knopje gezien.
'Kan ik u helpen?' klinkt het plotseling naast me.
Ik schrik me kapot en kijk opzij.
Godzijdank! Het is geen mens maar een kantoorrobot. Dat stomme apparaat beweegt zich net zo geruisloos als een vliegende uil.
'Nogmaals: kan ik u helpen?' Hij staart me met een geel ooglichtje aan.
'Het dossier van Holden Winters graag,' zeg ik, half voor de lol, omdat ik natuurlijk niet echt verwacht dat...
'Ogenblikje.' De kantoorrobot draait om zijn as en maakt contact met de computer aan de andere kant van de tafel. 'Gaat u zitten.'
Serieus?

Ik loop aarzelend naar de geactiveerde computer. Het is vast een grap met een verborgen camera voor Fail Nail. Of de therapeuten willen me uittesten. Misschien staat er al een groepje bewakers klaar om me naar de IR af te voeren als ik nu doorga.
'Gaat u zitten,' herhaalt de kantoorrobot.
De virtuele map op het scherm is net een magneet. Zonder nog langer over de consequenties na te denken, plof ik neer, rol de bureaustoel naar voren en plant mijn gespannen benen onder de tafel. 'Open dossier.'
Onder de map verschijnt een hokje met daaronder: ENTER CODE.
Shit! Het was ook te mooi om waar te zijn.
'Weet jij hem toevallig?' vraag ik aan de kantoorrobot.
Zijn ooglichtje knippert. 'U kunt de code invoeren.'
'Het is de bedoeling dat je mensen helpt,' mopper ik. 'Hier heb ik dus geen reet aan.'
Mijn blik gaat weer naar het plakkaat. *Om de deuren handmatig te openen: toets 3333.* Ik geloof niet dat het ook toegang tot computers verschaft, maar ik weet zo gauw niks beters te verzinnen, dus tik ik vier keer op de 3 in het cijferpaneeltje op het scherm.
Er verschijnt een sip kijkende emoticon.
'U kunt de code invoeren,' herhaalt de kantoorrobot – nogal pesterig, als je het mij vraagt.
'Dan kan ik juist niet, sukkel.' Ik scan de ruimte op eventuele geheugensteuntjes zoals een memoprintje of...
Wacht eens even! Na de dood van Wren droeg Dave ons groepje over aan Spider-Woman. En toen gaf hij ook zijn portable pad aan haar! Blijkbaar was het niet *zíjn* portable, maar eentje van het instituut. Omdat het personeel alleen de elektronische apparaten van het Cliffton mag gebruiken? Bij

Vita ging het ook zo, dat heeft pa me ooit verteld. Voor de veiligheid, zodat alle informatie binnen het gebouw zou blijven. Overal stonden detectiepoortjes om te voorkomen dat iemand een portable of zelfs maar een usb-stick mee naar binnen of naar buiten zou smokkelen.
Stel dat ik gelijk heb, en de computers en portables worden hier ook door de werknemers gedeeld... Dan kan ik met de code van de directrice inloggen!
Ik concentreer me op het cijferpaneeltje en probeer de avond dat ik op het Cliffton aankwam terug te halen. Paine had haar portable zo gedraaid dat ik niet op het schermpje kon meekijken, maar ik weet nog wel wat ik dacht toen ze inlogde: de z van Zorro.
Ik tik met mijn wijsvinger 1-3-7-9 op het scherm en wacht.
Twee sip kijkende emoticons. En daarachter: U HEBT NOG ÉÉN KANS.
Fuck! Ik pijnig mijn hersens. Dat de cijfercombinatie de vorm van een z heeft, weet ik zeker. Maar er zijn natuurlijk nog veel meer mogelijkheden dan ik dacht. Een blokje van vier cijfers, bijvoorbeeld, zoals 1-2-4-5.
Nee, daar waren Paines gebaren te groot voor.
Blijven alleen nog de blokjes met zes cijfers over. De horizontale lijnen die ze in de lucht tekende leken langer dan de verticale lijnen. 1-3-4-6 zou dus kunnen, maar ook 4-6-7-9.
Fucking hell! Wat moet ik nou kiezen?
Het blijft sowieso gokken, zegt pa. Een directrice heeft vast een eigen portable en de computers een eigen inlogcode.
Houd je kop! Met gesloten ogen visualiseer ik het moment dat Paine haar vinger voor de eerste keer op de portable zette. De plek was eerder hoog dan laag.

Ik haal diep adem en tik de cijfers 1-3-4-6 in.
Een smiley!
Mijn blijdschap wordt meteen weer de kop ingedrukt als er een vierkantje op het scherm verschijnt: CONTROLE DUIMAFDRUK.
Dat was het dan. Die dossiers kan ik verder wel vergeten en...
Ik spring bijna uit mijn stoel van schrik als ik achter me de deur hoor opengaan. Mijn hand zwabbert naar het scherm.
Programma sluiten!
'Wat doe jij hier?' klinkt het streng.
Vera Paine. Die misschien wel levensgevaarlijk is.

PRISSY

‘Papa zou nooit een geheim genootschap helpen dat mensen chanteert.’ Ik sla mijn armen demonstratief over elkaar.
Laşer is niet onder de indruk. ‘Sterker nog: hij was lid.’
‘Ik geloof je niet,’ zeg ik. ‘Als dat echt zo was, zou papa het heus wel aan ons verteld hebben. Ongeschreven regel of niet.’
‘Of hij heeft het met opzet verzwegen.’ Laşer komt omhoog en steekt zijn handen in zijn zakken. ‘Om jullie niet in gevaar te brengen.’
‘Gevaar.’ Een zenuwachtig lachje ontsnapt uit mijn keel.
‘Maak je niet druk,’ zegt Mo op sussende toon. ‘Het was vast een ongeluk.’
‘Wat? Waar hebben jullie het over?’
‘De brand.’ Hij wil mijn hand pakken, maar bedenkt zich. ‘Waarbij je vader is omgekomen.’
‘Natuurlijk was het een ongeluk!’ roep ik uit.
Al deed iedereen er wel erg geheimzinnig over.
‘Hoe weet jij trouwens van die brand? Ik heb er nooit iets over ge...’ Ik knijp in het sterretje dat aan mijn choker hangt. ‘Bit’s a mystery zeker?’
Mo knikt zonder me aan te kijken.
Dat stomme genootschap weet nog meer over ons gezin dan

ik! Mijn hoofd is inmiddels net een grote gonzende bromtol, en dan begint mijn camphone ook nog te piepen.
Mama: Waar blijf je?
'Ik moet naar huis,' zeg ik.
Maar Laşer is nog niet klaar. 'Je kunt ons wel met iets anders helpen.'
'Ik zei toch...'
'Je hoeft er niet voor te stelen,' zegt Mo. 'Je vader heeft voor de brand een ring gekregen, die eigenlijk aan het genootschap toebehoort.'
'Nog meer onzin.' Ik ga staan en speur de wormhole af. 'Papa droeg nooit ringen. Zelfs geen trouwring, want mama heeft een hekel aan sieraden. En nu wil ik mijn tas.'
Mo reageert niet en is druk met zijn camphone.
Daar! Ik slalom om Laşer heen en sleur mijn sporttas onder de achterste computertafel vandaan.
Mo trekt zich aan de trapleuning omhoog en houdt zijn camphone voor me. 'Ken je deze gast?'
Met mijn rechtervoet op de onderste trede en mijn tas om mijn schouder kijk ik naar de filmbeelden op het schermpje. Daar is papa! Mijn hart zwelt op van verdriet. De opname is gemaakt tijdens Happy Day. Hij draagt zijn gangsterpak en kijkt recht in de camera. Naast hem staat een man in een Elviskostuum. Hij leunt met zijn hand op papa's schouder en praat met hem. Door de harde muziek kan ik niet verstaan wat hij zegt, maar ik zie wel zijn koortsachtige blik en dat hij papa iets toestopt. Daarna komt mama ook nog even in beeld, voor de helft en alleen van de zijkant, in haar dirndljurkje.
'Hoe komen jullie hieraan?' vraag ik schor.

'Beveiligingscamera,' zegt Laşer alsof dat alles verklaart.
'Maar...'
'We kregen het toegestuurd. Sommige leden van het genootschap zitten bij cameratoezicht, vandaar.' Mo tilt zijn camphone even op. 'Ken je die gast nou of niet?'
'Hij ziet eruit als de reïncarnatie van Elvis Presley.'
'Haha,' doet Mo.
'Hij heet Phill Rogers,' zegt Laşer. 'Je vader heeft met hem samengewerkt.'
Waar hebben ze mij dan nog voor nodig? Als ze het toch zo goed weten.
'Kijk nog eens.' Mo speelt het filmpje opnieuw af, terwijl hij met zijn duim en wijsvinger het beeld vergroot. 'Zie je wat Rogers aan je vader geeft?'
Het is blauw en het schittert in de zon.
'Zijn pooierring!' Mijn wangen worden warm van de opwinding en de schrik. 'Ik denk dat het papa's pooierring is.'
'Ik zei het toch,' zegt Laşer.
'Holden heeft hem een paar dagen geleden gevonden,' ratel ik. 'Je kunt de steen er afschroeven. Hij bleek vanbinnen hol te zijn en er zat een briefje in.'
Twee paar ogen zuigen zich aan me vast. Het heeft iets griezeligs. Alsof Laşer en Mo van plan zijn de woorden desnoods met geweld uit mijn mond te trekken.
'Wat stond erop?' vraagt Mo.
'Geen idee. Ik heb het niet gelezen.'
'Maar je kunt het nog wel opzoeken, toch?'
'Ik vrees van niet.' In gedachten zie ik ons weer in de keuken staan. 'Mama heeft het papiertje in de shredder gestopt.'
Laşer loopt van me weg en schopt tegen iets wat naast de ta-

fels staat. Een doos met yummy's waarschijnlijk, want als hij omvalt, zie ik er een paar in het rond vliegen.
Mo kreunt van teleurstelling en gaat op de trap zitten. Dezelfde Mo, die me gered heeft toen het genootschap mijn geheim openbaar dreigde te maken.
'Maar misschien kan mama zich nog herinneren wat erop stond,' zeg ik.

'Eindelijk,' moppert mama, terwijl ze mijn handdoek en sportkleren uit mijn tas haalt. 'Waar bleef je zo lang?'
'Ik moest onderweg honderd camfies van versierde nagels liken.'
Ze grinnikt.
'En ik kwam een filmpje tegen.'
'Filmpje?'
'Van Happy Day.' Ik kijk hoe ze de spullen in de wasmachine stopt. 'Papa staat erop, samen met nog iemand.'
Ze sluit het patrijspoortje en masseert haar voorhoofd. 'Lieverd...'
'Hij heet Phill en hij geeft de pooierring aan papa.'
'Is dat zo?' Mama's stem klinkt onecht.
'Jij zei dat je niet wist hoe papa aan die ring kwam.'
'Je vader vertelde mij ook niet altijd alles.'
'Ik heb je gezien op het filmpje! Je was er zelf bij!'
De wasmachine zoekt automatisch het meest geschikte programma en begint te draaien. Mama staart naar het groene lichtje op het display.
'Wat stond er op dat briefje?' vraag ik.
'Dat weet ik niet meer,' zegt ze. 'Het leek me niet belangrijk, dus heb ik het niet onthouden.'

‘Ik geloof er niks van. Waarom stopte je het dan meteen in de shredder?’

Mama zucht. ‘Wat heb je toch? Het lijkt wel een kruisverhoor.’

Ze praat al net als Flow. Alsof het aan mij ligt dat ik me anders gedraag, en niet aan hen.

‘Ma-am,’ zeg ik zo smekend mogelijk. ‘Dat is geen antwoord op mijn vraag.’

Ze zwijgt even. ‘Goed, dan. Als het zo belangrijk voor je is.’

Mijn maag verandert in een strak gespannen trommelvel.

‘Toen we Phill Rogers tegenkwamen, deed hij vreselijk nerveus,’ zegt mama. ‘Hij keek steeds over zijn schouder en drukte halverwege het gesprek ineens die ring in Jacks hand. “Voor als er iets met mij gebeurt,” zei hij. En: “Iemand moet hem stoppen.” Voor we verder konden vragen, verdween hij in de mensenmassa. We hebben hem nooit meer teruggezien.’

HOLDEN

'Ik hoop dat je een goed excuus hebt,' zegt Paine. 'Het is behoorlijk gênant om tijdens een herdenkingsdienst de aula te moeten verlaten.'

Mens! Was dan gewoon blijven zitten!

'Hoe kwam u erachter dat ik weg ben gegaan?'

'Iemand merkte dat je stoel leeg was en kwam dat melden.'

Ze kijkt me met samengeknepen ogen aan. 'Sommige bewoners houden zich namelijk wel aan de regels.'

De jongen die naast me zat, valt af. Anders was ik meteen al verlinkt en niet pas na tien minuten. Maar wie was het dan wel? Peter Wilson, gok ik. Die gast houdt me constant in de gaten en is doodsbang om de regels te overtreden.

Het bloed bonkt in mijn slapen. Als ik die rotzak te pakken krijg.

'Nou?' zegt Paine.

Dadelijk stuurt ze me nog naar de IR!

De gedachte geeft me zo veel stress dat het gebonk zich uitbreidt naar mijn schedel.

'Mijn moeder trekt dit niet,' bedenk ik ter plekke.

De directrice lijkt even in de war.

'Toen ik hierheen werd gebracht, mocht ik van de handhavers

niet meer met haar praten. En de komende maand ook niet, is me verteld.' Ik draai de bureaustoel en sta op. 'Dit kunnen jullie haar niet aandoen. Sinds de dood van mijn vader is ze toch al een wrak.'
'Wat wil je nou eigenlijk zeggen?' vraagt Paine met opgetrokken wenkbrauwen.
'Dat ik mijn moeder een berichtje moet sturen dat ik oké ben.'
Haar wenkbrauwen zakken naar hun normale hoogte. Betekent dit dat ze erin trapt?
'Je verdoet je tijd,' zegt ze. 'Mailen is niet mogelijk vanaf deze computers. Het enige contact met de buitenwereld verloopt via een plek waar jij niet kunt komen.'
En via de Jumbo-papierhouder in de wc, denk ik.
Ze wenkt met haar hoofd. 'Kom mee.'
'Waarheen?' vraag ik, terwijl ik achter haar aan spurt.
Zonder iets te zeggen, loopt ze in de richting van de glazen lift en opent hem met haar brace.
Het indrukwekkende landschap kan me vandaag gestolen worden. Ik houd mijn ogen op de lichtgevende cijfers boven de deuren gericht. De 1 wordt een 2 en daarna komt de 3...
Nu gaat hij vast en zeker stoppen.
Maar nee, de lift gaat nog verder omhoog en de 4 verschijnt!
Godzijdank. We zijn de IR voorbij.
Maar dan besef ik dat Paine op de bovenste verdieping woont. Dezelfde verdieping waar pa levend is verbrand.
Of heeft ze hem eerst de hersens ingeslagen?
'U weet dat ik op unit drie zit?' vraag ik met een laf stemmetje.
Een schokje. De deuren gaan open en Paine stapt uit.
Schreeuwen, vechten, de noodknop indrukken. Allerlei mo-

gelijk levensreddende scenario's razen met de snelheid van het licht door mijn bonkende kop.
Ook ik verlaat de lift. Ik heb geen keus. Als ik erachter wil komen wat er met pa is gebeurd...
We staan in een portaal met slechts één deur. Ik zie nergens een raampje of een brievenbus. Al zou Raiza nog zo graag willen, het lijkt me onmogelijk om vanaf hier het appartement in brand te steken... Ook als je een geoefende pyromaan bent.
'Hier woon ik,' zegt Paine.
Het is een ouderwetse deur, die je zelf moet openduwen. Binnen hangt een metalen kastje. De directrice haalt er een zwart apparaatje uit en legt er haar brace voor in de plaats.
'Doe die van jou er ook maar in,' zegt ze.
Weet zij veel dat er geen tracker in zit.
Ik open mijn polsband en leg hem naast die van Paine. Zodra ze het kastje heeft gesloten, zet ze het zwarte apparaatje aan. Aan de bovenkant gloeit een groen lichtje en aan het uiteinde zit een soort van antenne, die ze op de muren, de vloer en het plafond richt. Net zoals die man in die spionagefilm van laatst, toen hij verborgen microfoontjes en camera's wilde opsporen.
'Is het een afluisterdetector?' vraag ik nieuwsgierig.
De directrice humt instemmend. 'Ik ben nogal op mijn privacy gesteld.'
Of ze is iets vreselijks met me van plan. Iets wat niemand mag weten...
Paine controleert alle zijkamers – een badkamer, een slaapkamer en nog een ruimte die ik niet kan zien omdat de openstaande deur me het zicht ontneemt. Op het moment dat ik

een paar passen opzij zet om toch te kunnen kijken, komt ze alweer naar buiten.

'Alles in orde,' zegt ze opgewekt. 'We gaan in de woonkamer zitten.'

Ik volg haar met een keel vol scheermesjes.

Misschien loop ik mijn dood wel tegemoet.

PRISSY

‘Ik heb nooit goed begrepen waarom Phill Rogers die gekke ring aan je vader gaf,’ zegt mama. ‘En waar zijn opmerking op sloeg? Ik heb nog altijd geen idee. Maar toen Holden met dat briefje aankwam, snapte ik meteen dat het daarom ging. Niet de ring was belangrijk maar de boodschap die erin zat.’

‘Je hebt nog steeds niet gezegd wat erop stond.’

‘Omdat ik dat echt niet meer weet.’ In mama’s voorhoofd verschijnen denkrimpels. ‘Het was geen zin maar een woord. Een naam misschien, maar dan wel van iemand die ik niet kende. Of een code. Hoe dan ook... Ik kon er geen touw aan vastknopen, dus vergat ik het meteen weer.’

‘Je had het niet in de shredder moeten stoppen,’ mopper ik.

‘Ik zou het zo weer doen.’ Ze bijt op haar lip. ‘Als Phill zo nerveus deed vanwege dat briefje en het verband hield met zijn verdwijning, wil ik er niets mee te maken hebben.’

‘Je had het ook naar handhaving kunnen brengen.’

‘En alles weer oprakelen?’ zegt mama.

‘Hoezo oprakelen?’ vraag ik. ‘Ik heb nooit iets gemerkt. Papa en jij spraken er nooit over.’

‘Niet waar jij bij was, nee. Dat lijkt me logisch. Je was amper dertien, schat.’
‘Maar was de verdwijning wel in het nieuws?’ Want ook daar kan ik me niets van herinneren.
‘Nauwelijks.’ Mama tikt met haar nagels op de wasmachine. ‘Daar zijn ze goed in. Dingen geheimhouden. Als het in het belang van het bedrijf is...’
‘Wat bedoel je?’
‘Niks,’ zegt mama.
Echt wel!
‘Hoe dan ook.’ Ze veegt met haar hand door de lucht, alsof ze daarmee alle problemen kan wegvegen. ‘Zolang die ring op zolder lag te verstoffen, liet iedereen ons met rust. En dat vond ik wel prima. Per slot van rekening weten ze nog steeds niet wat er met Phill is gebeurd. Het is niet eens zeker of hij nog leeft, want zijn brace geeft geen signaal meer.’
Ik voel de haartjes in mijn nek overeind komen. ‘Wist papa dat er een briefje in de ring zat?’
‘Als dat al zo was, dan heeft hij het me nooit verteld,’ zegt mama. ‘Ik merkte wel dat er iets speelde. Maar als ik ernaar vroeg, zei hij dat het zijn werk betrof en dat hij zich aan zijn zwijgplicht moest houden.’
Aan de zwijgplicht van Vita of aan die van het geheime genootschap?
‘Hoe kom jij eigenlijk aan dat filmpje?’ vraagt mama ineens.
‘Gewoon. Iemand dacht dat ik het wel interessant zou vinden, omdat papa erop staat.’
‘Iemand.’ Mama’s stem en blik zijn idioot ongerust.
En dan heb ik haar nog niet eens over Bit’s a mystery verteld.
‘Ga nou niet meteen hysterisch doen,’ zeg ik à la Holden.

Mama's schouders blijven hoog en stijf. 'Je kunt niet voorzichtig genoeg zijn. Soms sturen mensen je camfies en filmpjes om iets van je gedaan te krijgen.'
Zoals bijvoorbeeld het opsporen van een pooierring met een briefje erin.
Ik schrik er een beetje van dat mama gelijk heeft. En als ík er al van schrik...
'Waar komt dit nou weer vandaan?' vraag ik zo luchtig mogelijk.
'Ik had er niet over moeten beginnen.'
'Waarover?'
Mama zucht. 'De camphone van Phill Rogers is wel gevonden. Hij lag in het park tussen de struiken en er stonden gruwelijke filmpjes op. Volgens handhaving is hij daarom gevlucht.'
'Wat voor filmpjes?'
'Iets met misbruik en veel te jonge meisjes,' zegt ze onwillig. 'Waarschijnlijk werd hij gechanteerd, dus toen jij over dat filmpje begon...'
Ik steek mijn handen op en laat ze weer vallen. 'Maar ik ken die hele Phill niet eens.'
'Sorry, lieverd,' zegt ze. 'Je hebt gelijk. Soms haal ik me van alles in mijn hoofd.'
Of niet.
'Je zei dat Phill met papa samenwerkte,' zeg ik. 'Is papa soms ook gechanteerd?'
'Doe niet zo raar!' roept mama iets te hard.
In de maffiaserie *Bonanno* wordt iedereen die niet meewerkt door de afpersers afgeknald.
'En de brand?' vraag ik. 'Had die er iets mee te maken?'

'Natuurlijk niet.' Mama's stem blijft even hangen. 'Het was een bedrijfsongeval, dat weet je toch?'
Ik denk aan alle vaagheden en smoesjes en medelijdende blikken, die Holden en ik na papa's dood over ons uitgestrooid kregen. 'Was het eigenlijk wel een ongeluk?'
'Hij heeft geen zelfmoord gepleegd, als je dat soms denkt!'
Ik schrik van haar uitval. Zo ken ik mama niet.
'En het was ook niet zijn schuld dat er brand uitbrak,' vervolgt ze zachter. 'Er schortte iets aan een foodprinter van het Cliffton. Toen Jack het apparaat wilde onderzoeken, is het ontploft.'
'Het Cliffton?' De wasmachine wordt vloeibaar en ook de muur erachter lijkt te golven. 'Papa is in het Cliffton gestorven en dat vertel je me nu pas?'
Mama fluistert bijna. 'De directrice van het instituut wilde niet dat het bekend zou worden. De brand veroorzaakte een enorme onrust onder de bewoners en hun familie. Als ze zouden horen dat er ook nog een dodelijk slachtoffer bij gevallen was...'
Iemand moet hem stoppen.
Stel je voor dat papa heeft ontdekt wat Phill bedoelde.
Wie Phill bedoelde.
Dat papa daarom dood moest...
'Hoe heb je Holden ooit naar het Cliffton kunnen laten gaan?' roep ik uit. 'Terwijl je wist dat het daar niet veilig is.'
Mama krimpt in elkaar. 'Ik wilde ze wel tegenhouden, maar...'
'Straks gebeurt er nog hetzelfde met hem als met papa!' Ik weet dat ik onredelijk ben, maar ik kan niet ophouden. 'En dat is dan jouw schuld!'
Mama kijkt me met waterige ogen aan en vlucht naar haar slaapkamer.

Ga haar dan troosten, zegt mijn innerlijke stemmetje.
Ik loop langs haar slaapkamerdeur zonder naar binnen te gaan.

HOLDEN

Er is iets vreemds met het appartement van Paine. Ik kan niet meteen benoemen wat, maar het voelt alsof er iets ontbreekt.

'Neem plaats,' zegt ze, met een knikje naar de ronde tafel bij het raam.

De lucht is kraakhelder. Ik gok dat we aan de noordkant van het gebouw zitten. Beneden zie ik geen laagvlakte of indrukwekkende steenmassa's maar een langgerekt lint van bomen en een rivier. Misschien heeft pa ook op deze plek gezeten en naar hetzelfde landschap gekeken. Alleen niet op deze stoel, en ook niet met die vergeelde potplant naast hem.

'Raiza vertelde dat hier brand is geweest,' zeg ik.

'Klopt.' Paine loopt met de afluisterdetector door de keuken. 'De schade was enorm, maar gelukkig is alles weer netjes opgeknapt.'

Ze weet heus wel wie ik ben. Waarom vertelt ze niet over pa?

'Wat doe ik hier?' vraag ik.

Paine legt de afluisterdetector op de bar en maakt een keukenla open. 'Je wilde je moeder toch geruststellen?'

Zodra ze een schrijfblok en een pen tevoorschijn haalt, weet ik wat ik hier mis. In de hoge, witte ruimte is geen enkel slim apparaat te vinden. Geen foodprinter, homepad of computer. Zelfs geen camphone of beeldscherm. Op de koelkast ontbreekt het display en een robotstofzuiger kan ik ook nergens ontdekken. Daarom ziet die plant er natuurlijk zo belabberd uit – hij moet zonder automatische watervoorziening zien te overleven.

'Wifi is sneller,' zeg ik, als ze de spullen voor me neerlegt.

'Maar niet zo veilig.' Paine schuift de pen naar me toe. 'Als jij een brief naar je moeder schrijft, zorg ik ervoor dat ze hem krijgt.'

Ik kan het niet laten: 'En dat is wel veilig?'

'Ik zoek een envelop voor je,' zegt Paine onaangedaan. 'Eentje die je kunt dichtplakken.'

De vraag brandt op mijn tong. 'Doet u dit voor alle bewoners?'

Ze kijkt me aan. Aarzelt. 'Ik heb je vader gekend. Hij zou dit gewild hebben.'

'U hebt mijn vader gekend!' Ik probeer verrast te klinken. 'Waarvan dan?'

'Onze relatie was werkgerelateerd,' zegt ze. 'Er waren hier wat problemen met een foodprinter en je vader heeft die verholpen.'

Waarom verzwijgt ze dat hij bij de brand is omgekomen? Omdat ze schuldig is aan zijn dood?

Categorie deprimerende manieren van sterven: vermoord worden en alle geheimen meenemen in je graf.

Ik klem de pen tussen mijn duim en wijsvinger.

Hoi ma, en Prissy

Het papier is dun en van een slechte kwaliteit. Als ik het blaadje optil, zie ik een indruk van de door mij geschreven letters op het onderliggende vel. Met een beetje moeite kun je lezen wat er staat. Veilig? Mijn reet! Ik weet zeker dat Paine straks mijn tekst controleert.

Ik hoop dat jullie je niet al te ongerust maken. Van de handhavers mocht ik geen afscheid van jullie nemen, maar de directrice is heel aardig. Van haar mag ik dit bericht sturen, terwijl de andere bewoners de eerste maand geen contact met hun familie mogen hebben. Het schijnt dat ze pa heeft gekend. Dat hij hier is geweest.

Over de brand durf ik niet te beginnen. Misschien wil Paine wel stiekem testen hoeveel ik weet. Laat ze me daarom deze brief schrijven.

Ik werk hier aan mijn problemen – braak! – *krijg therapie en heb al een paar vrienden gemaakt. En het uitzicht is episch. Ik wilde dat ik mijn camphone bij me had, maar die zijn hier niet toegestaan. Hopelijk mag ik vandaag eindelijk een keer naar buiten. Gisteren was er onweer en dan is de luchtplaats verboden terrein. Moesten we in de sportzaal rondjes lopen.*

'Schrijf jij lekker verder,' zegt Paine. 'Dan ga ik op die envelop uit.'

Een maand is zo voorbij. No worries!

Holden

Zodra Paine de kamer heeft verlaten, leg ik mijn pen neer. Ik hoor haar voetstappen in de hal, een deur die opengaat en wat gestommel. Al snel komt ze weer terug, en dan loopt ze weer de hal door. De voordeur...

Ik hoor de voordeur!

Mijn hersens bonken bijna mijn hoofd uit. Dit is mijn kans!

Ik open de deur op een kier. De hal is leeg en uitgestrekt en ik kan de stilte bijna horen.
Voor geheime cameraatjes en afluisterapparatuur hoef ik niet bang te zijn. Opschieten!
Haastig ruk ik alle laden en kasten in de keuken open. Ik weet niet wat ik precies zoek – dodelijke pillen, een flesje met gif of een injectienaald – maar ik ben ervan overtuigd dat ik het zal herkennen zodra ik het vind.
Voorlopig zie ik alleen shakebekers, dozen met yummy's en een emmer met poetsdoekjes, maar geen aanwijzingen.
Hijgend kijk ik om me heen. In het woongedeelte staat alleen een open kast met vaasjes, beeldjes en andere troep. Misschien kan ik beter eerst een andere kamer doorzoeken.
Die kamer die ik niet mocht zien...
Als ze je nog een keer betrapt, zijn de rapen gaar, waarschuwt pa.
Ik schiet de hal in, open de voordeur op een spleetje en kijk naar de lichtgevende cijfertjes boven de liftdeuren. De enveloppen zullen wel in het kantoortje beneden liggen, want de lift is gestopt op de begane grond. En zolang hij stilstaat...
Ik smak de voordeur weer dicht en hol naar de geheimzinnige kamer. De klink plakt aan mijn vingers. De deur staat nog maar op een kier, of ik zie hem al staan: een groot grijs bureau met vijf veelbelovende laden.
Ik stap naar binnen, mijn arm al uitgestrekt...
Als aan de grond genageld blijf ik staan. Alleen mijn ogen jakkeren langs de muren. Van links naar rechts en van hoog naar laag.
What the fuck?
Dit is het werk van een psychopaat.

PRISSY

De nieuwe vlog van Reese **clickt Flow.** Kijk nu.
Eigenlijk wil ik niet kijken, maar elke afleiding is welkom, en als ik het geluid hard genoeg zet, hoef ik niet meer te horen dat mama huilt.
Ik ga met de surprise-yummy's van Supershoot op mijn bed zitten, stop er eentje in mijn mond en zet mijn 3D-projector aan.
Een filmpje van Reese. Over die vlinderjurk.
Een oude vlog dus click ik naar Flow. *Ik zei het toch.*
De verschillende versies komen voorbij, precies zoals ik ze in de wormhole heb gezien. Maar dan volgt er een animatie...
Een hamer beukt op het hoofd van Reese tot ze sterretjes ziet. Daarna verandert hij in een vogel met een lange snavel, die in haar haren pikt. Haar perfecte coupe verandert in een woeste bos, die de vogel voor een nest aanziet. Hij legt er tenminste een ei in. Vervolgens wordt Reese aangevallen door bijen en krijgt gifbulten op haar wangen, zo groot als tennisballen.
Ik moet lachen, en tegelijkertijd kan ik wel huilen.
LACHEN MAG staat er in een praatwolkje bij Reeses mond. IK HEB HET VERDIEND OMDAT IK MIJN VOLGERS VOOR DE GEK HEB GEHOUDEN.
Ik heb Laşer zwaar onderschat. Onder die maffe loserkleren

schuilt een alleskunstenaar. Nu moeten Flow, Anna en Brooklyn me wel geloven.
Grappig en tegelijkertijd vernietigend click ik.
De reactie komt vrijwel meteen: Camchat!
'Wat een waardeloze actie,' vindt Brooklyn.
'Hallo!' roep ik uit. 'Reese heeft ons voorgelogen en gebruikt. Het is juist goed dat ze ontmaskerd is.'
'Misschien heb je gelijk.' Anna kijkt erbij alsof ze net heeft gehoord dat er iemand dood is. 'Maar eerlijk gezegd wilde ik dat het nooit was gebeurd.'
'Een rotstreek,' moppert Flow. 'Volgens mij zijn de makers gewoon jaloers op het succes van Reese.'
Ik snap het niet. Zijn dit de vriendinnen die ik mijn leven lang al ken?
'Zitten die stalker van jou en zijn vriend er soms achter?' vraagt Brooklyn.
Tot mijn verbazing schiet ik meteen in de verdediging. 'Mo en Laşer, bedoel je?'
'Sorry, Pris.' Flow knippert zenuwachtig met haar oogleden. 'Maar ik heb het idee dat zij tegenwoordig belangrijker voor je zijn dan wij.'
'Natuurlijk niet!'
'Waarom doe je dan zo?' snauwt Brooklyn. 'Heb je wel door dat die gasten ons leven verpesten?'
Mo en Laşer? Volgens mij is Reese de schuldige.
Anna knikt. 'Alles was perfect, tot vanavond...'
Ze willen een droom. Geen onprettige waarheid maar een droom. En ik herken het. Vorige week dacht ik ook nog zo. Maar toen zat Holden niet in het Cliffton en wist ik nog niet dat mama me had voorgelogen over papa's dood.

'Blijkbaar is de wereld niet zo perfect als we dachten,' zeg ik. 'Wen er maar aan.'

Anna bestudeert haar perfecte nieuwe nagels. 'Ik weet niet of ik dat wel wil.'

'En kunnen we er nu over ophouden,' moppert Brooklyn. 'Negatieve energie is slecht voor je gezondheid. Ik merk het altijd aan mijn haar als ik stress heb, dan is het veel sneller vet.'

Dat ene woord waarvan ik altijd heb gedacht dat ik het nooit zou durven zeggen, glipt uit mijn mond: 'Aanstelster.'

Brooklyns ogen worden groot en hoog. Ze kijkt langs me heen, naar Flow en Anna in hun chatkadertjes. 'Sorry. Ik heb hier even geen zin meer in.'

Het split screen verandert van vorm. Het beeld bestaat niet langer uit vier, maar uit drie hokjes.

'Ik denk dat ik ook wil stoppen,' zegt Anna zacht.

En dan zijn alleen Flow en ik nog over.

'Dat was niet erg aardig,' zegt ze.

'Ik mocht toch niet meer liegen?'

Flow slaakt een diepe zucht.

Maar ze is er nog!

Ik haal een yummy uit het doosje en houd hem in beeld. 'Sorry, ik wil er wel eentje aanbieden, maar dat is een beetje lastig via de camphone.'

'Welke smaak is het?' vraagt ze, blijkbaar blij met de afleiding.

'Dat staat er niet op.' Ik leg hem terug in zijn bedje, zodat ik Flow het doosje kan laten zien. 'Het zijn surprise-yummy's van Supershoot.'

'Sinds wanneer sturen die cadeautjes?'

'Weet ik veel. Omdat ik vijf jaar lid ben of zo?'

'Ik zit ook al vijf jaar bij Supershoot, maar ik heb nog nooit iets gekregen.'
'Misschien vinden ze mijn camfies leuker,' zeg ik met een grijns.
Flow steekt haar tong uit. 'Of ze zijn niet van Supershoot, maar van Mo.'
'Waarom zou die mij in hemelsnaam yummy's sturen?'
'Dat kun je beter aan hem vragen.' Ze schudt ineens woest met haar hoofd. 'Of nee, doe toch maar niet. Als ik jou was, zou ik voortaan uit zijn buurt blijven. Dat filmpje kan best goed bedoeld zijn, maar hij is en blijft een hacker.'
'Nu klink je net als mama.'
'Ik ben gewoon eerlijk,' zegt Flow. 'Hij heeft een slechte invloed op je. De Prissy die ik ken, zou nooit stiekem een jurk bestellen met de brace van haar moeder.'
'Alsof Mo dat kan helpen.' Ik speel met het doosje, draai het rond en rond. 'Toen had ik hem nog niet eens ontmoet.'
'Maar het kwam wel door hem dat je plotseling verdween met Happy Day. En dat je...'
Flows woorden glijden langs me heen. Het is alsof ik in een monorail zit die terug in de tijd rijdt. Een week geleden was mijn leven nog volkomen normaal en voelde ik me al schuldig bij alleen het idee dat ik iets verkeerds zou durven doen.
Mijn hand valt stil.
Het is zes dagen geleden dat ik een doosje surprise-yummy's kreeg toegestuurd.

HOLDEN

De wanden van Paines werkkamer zijn behangen met honderden beschreven vellen papier en portretcamfies. Ik herken een aantal bewoners, maar ook een paar verplegers en therapeuten. Bij sommigen van hen is het voorhoofd met een prikspeld doorboord. De prikspelden hebben verschillende kleuren en houden een wirwar van gespannen draden op hun plaats, die bijna allemaal naar een plattegrond van het Cliffton leiden. Het heeft iets van een reusachtig spinnenweb dat niet helemaal goed is gelukt en...

Die dikke zwarte draad komt uit bij een camfie van pa!

Jack Winters, extern medewerker heeft iemand erbij gezet.

Dat handschrift! Ik graaf in mijn zakken naar het briefje dat ik in de dode brievenbus heb gevonden. *Wees voorzichtig, Wren. P heeft je waarschijnlijk door.*

Als ik de teksten naast elkaar houd, weet ik het zeker. Ze zijn geschreven door een en dezelfde persoon, en aangezien ik in de werkkamer van de directrice sta...

Maar waarom zou ze Wren eerst waarschuwen en vervolgens vergiftigen? Alles wat ik eerder heb bedacht, lijkt ineens niet logisch meer.

Terwijl ik het briefje wegstop, kijk ik naar het vertrouwde

gezicht van pa. Paine heeft er een soort van ontploffing met vlam bij getekend. *Ongeluk of aanslag?* En daarachter de onheilsdatum. Mijn hersens beginnen weer te bonken. De halve wereld is nep, maar de ergste fucking klotedag van mijn leven moest zonodig echt zijn.

Ik raak pa's camfie even aan. De speld in zijn voorhoofd houdt niet een maar twee draden vast. Als ik de zwarte draad naar de plattegrond volg, kom ik uit in Paines appartement. De dunnere gele draad brengt me bij een andere camfie. Die van mij!

Holden Winters staat er op het begeleidende papier, gevolgd door de opnamedatum.

Gehaast lees ik verder:

Letterlijk en figuurlijk grensoverschrijdend gedrag. Moeite met regels en autoriteit. Waarschijnlijk immuun.

Wat bedoelt Paine? Dat ik immuun ben voor bepaalde ziektes of afwijkingen? Maar dat is toch niks bijzonders? Sinds de gentherapie wordt bijna niemand nog ziek.

Behalve pechvogels als Lois Chapman.

Het is niet moeilijk om haar camfie te vinden. Ze heeft dezelfde droevige ogen als haar oom.

Overgevoelig heeft Paine erbij geschreven, gevolgd door de datum van overlijden. *Doodsoorzaak: overdosis tijdens depressie. Hoe kwam ze aan die slaapmiddelen? Hulp van andere bewoners of personeel?*

Ik laat mijn ogen langs de draden reizen. Lois is bepaald niet de enige bewoner die in het Cliffton is gestorven. Ik lees over een allergische reactie met dodelijke afloop, alweer twee jaar geleden – *Ongeluk of opzet?* Tijdens een buitenactiviteit viel zo'n anderhalve maand terug een gast van het klif – *of werd*

hij geduwd? – en er is een vrouw uitgegleden in de natte toiletruimte, met haar hoofd op een wastafel.
Het lijkt erop dat Paine hier in haar eentje probeert uit te zoeken wat er met de bewoners van het instituut is gebeurd. Waarom geeft ze alle informatie niet gewoon door aan handhaving? Die hebben speciale computers om dit soort data in te voeren en kunnen veel sneller verbanden leggen. Zonder spelden en draden.
Of heeft Paine geen vertrouwen in handhavers?
Maar wel in Wren. Met wat ik nu weet, neem ik tenminste aan dat de directrice haar zelf heeft ingeschakeld. En niet Chapman en Miller, zoals ik eerst dacht.
Ik herken Wrens gezicht van de camfie die tijdens de herdenkingsdienst werd getoond. Haar draad voert van haar portret naar de kamer waar ik haar heb zien liggen met dat schuim om haar mond. *Vergiftiging of hartaanval?*
Ik wilde dat ik mijn camphone bij me had om alles vast te leggen en...
De voordeur!
Het zachte klikje klinkt in mijn hoofd als de alarmroep van duizenden vogels. De krankzinnig volle muren lijken me in te sluiten en mijn blik galoppeert paniekerig rond, maar de enige uitgang blijft de deur naar de hal, en als ik die neem, ziet Paine me uit haar werkkamer komen.
Ik hoor haar gehaaste voetstappen. Wat kan ik doen? Ik moet iets doen!
Wachten tot ze in de woonkamer is en dan razendsnel naar de badkamer oversteken?
Er is geen tijd om te bedenken wat er allemaal mis kan gaan. Ik duw de klink omlaag, sluip de hal in, sluit de deur en...

‘Wat deed jij in mijn werkkamer?’ vraagt Paine met een stem van ijs.

Ik staar naar de envelop in haar rechterhand. ‘Sorry, ik... eh... zocht de wc.’

‘En toen je naar binnen keek, dacht je: dit ziet er wel uit als de badkamer.’

Ze heeft gelijk. Het is een waardeloze smoes.

‘Zodra ik al die dingen aan de muur zag hangen, werd ik nieuwsgierig,’ geef ik toe.

Ik druk mijn nagels in mijn handpalmen. Nu stuurt ze me vast toch nog voor straf naar de IR.

‘Ik had je niet alleen mogen laten.’ Paine tikt zo hard met de envelop op de palm van haar linkerhand dat een van de hoeken kreukt. ‘Ga maar gauw.’

‘Naar de unit?’ vraag ik opgelucht.

Ze fronst haar wenkbrauwen. ‘Je zocht de wc toch? De badkamer is daar.’

PRISSY

Ik lees de vetgedrukte letters op het doosje.

WAARSCHUWING: EET NIET MEER DAN TWEE YUMMY'S PER DAG.

Vanwege het aantal calorieën heb ik al die tijd gedacht, maar nu...

'Luister je wel?' vraagt Flow. 'Ik zei dat ik naar pianoles ga.'

'Veel plezier,' zeg ik afwezig.

Op het moment dat ik mijn camphone wil neerleggen, komt er een berichtje van Mo binnen.

En? Wat zei je moeder?

Stel je voor dat Flow gelijk heeft. Dat Mo me die yummy's heeft gestuurd. Niet omdat hij me leuk vindt, maar omdat hij wil dat ik me minder snel schuldig voel. Zodat ik eerder geneigd ben om hem en Laşer te helpen.

Camchat! click ik. *Nu!*

Mo's hoofd verschijnt op mijn schermpje. 'En?'

Duurde het daarom zo lang tot hij over die challenge begon? Wilde hij wachten tot de yummy's echt goed zouden werken?

Ik houd het doosje voor de cam. 'Komen deze van jou?'

'Nooit eerder gezien,' zegt Mo. 'Wat zei je moeder?'

'Je kijkt niet eens.' Ik laat het doosje heen en weer dansen. Als

dit een animatie was, zou het nu handjes krijgen en zwaaien en dan zou Mo eindelijk opletten.
'En jij geeft geen antwoord.'
'Mama weet niet meer wat er op het briefje stond,' zeg ik. 'En dit is belangrijker.'
'Want?' vraagt Mo.
Hij lijkt van niks te weten. Zit ik er dan toch volkomen naast? Of was het Laşer? Heeft hij in zijn eentje...
Ik hoor hem op de achtergrond praten.
'Dat filmpje over Reese was onwijs grappig!' roep ik tegen hem.
Laşers gezicht komt nu ook in beeld. 'Slijmbal.'
'Ik meen het,' zeg ik. 'Alleen mijn vriendinnen dachten er anders over. Maar dat komt waarschijnlijk doordat ze geen surprise-yummy's hebben gegeten. Uit dit doosje.'
We hebben het pas nog geoefend met social class: herken de emotie. Ik zet al mijn zintuigen op scherp.
'Want daar is iets mee?' vraagt Laşer.
'Ze komen ook niet van jou?'
'Prissy, alsjeblieft,' moppert Mo. 'Vertel nou gewoon wat er aan de hand is.'
Ze zien er extreem onschuldig uit.
Oké, dan.
'Het klinkt vast gestoord, maar...' Ik kauw op mijn bovenlip. 'Het is niks voor mij om stiekem een jurk te kopen of met een onbekende jongen mee te gaan. Mijn vriendinnen en mama zeggen ook dat ik me anders gedraag dan normaal. En nou dacht ik...'
'Dat het door het eten van die yummy's komt?' vraagt Mo. 'Maar waarom zouden wij jouw gedrag willen veranderen?'

‘Omdat ik jullie eerder zal helpen als ik meer durf. Met Adams en zo, bedoel ik.’ Nu ik het hardop zeg, lijkt het ineens een belachelijk idee.
‘Waarschijnlijk zijn het yuppers,’ zegt Laşer. ‘Hartstikke verboden, maar je komt ze steeds vaker tegen op blackweb. Ze zien eruit als normale yummy’s maar er zitten uppers in waar je losser van wordt.’
‘Stond er geen afzender op de verpakking?’ vraagt Mo.
Ik schud mijn hoofd. ‘De koerier zei dat het van Supershoot kwam, maar Flow is al net zo lang lid en die heeft niks gekregen.’
‘Supershoot, zei je?’ Laşer steekt zijn wijsvinger op. ‘Ogenblikje.’
Ik ben weer alleen met Mo.
‘Sorry,’ zeg ik. ‘Ik was er even van overtuigd dat jullie...’
‘Geeft niks.’
Ik voel mijn lichaam ontspannen en schuif achteruit, tegen mijn kussens. Eigenlijk zou ik de franjes er af moeten knippen – als een soort van ritueel om afscheid te nemen van Reese.
‘Zitten er nog veel yummy’s in?’ vraagt Mo.
Het wantrouwen krabt weer aan mijn deur. ‘Hoezo?’
‘Omdat ik niet wil dat je er nog van eet voordat je weet wat erin zit. Als er al iets in zit.’
‘En hoe kom ik daarachter?’
‘Door ze te laten onderzoeken,’ zegt Mo. ‘Ik zal wel eens rondvragen.’
Laşers hoofd duikt weer op. ‘Ik heb contact gehad met die gasten van Supershoot. De yummy’s kwamen niet van hen, dus de koerier heeft tegen je gelogen. Weet je nog wanneer hij ze precies heeft bezorgd?’

Zodra ik de datum en het tijdstip heb genoemd, verdwijnt Laşer weer uit beeld.
'Oké.' Ik knik naar Mo. 'Fijn als je rondvraagt.'
'Oké.'
Er valt een ongemakkelijke stilte.
'Balen dat je moeder niks meer weet,' zegt Mo dan.
'Ze weet nog wel wat Phill tegen papa zei,' bedenk ik ineens. 'Toen hij die ring aan hem gaf.'
'En dat zeg je nu pas!' Mo kruipt bijna in zijn camphone. 'Wat dan?'
Hup – daar is Laşer weer.
'Is dit hem?' Hij laat me zijn toestel met een camfie van een jongen in een rood-blauw uniform zien.
Ik herken de beugel en het opvallend rode elastiek dat zijn blonde haar als een knotje bijeenhoudt. 'Zeker weten.'
'Less Harding,' zegt Laşer. 'Hij werkt bij Pakketservice en over een halfuur is zijn shift voorbij. We zouden hem daar kunnen opwachten.'
Mo en ik knikken.
'Ik click je het adres.' En weg is Laşer weer.
'Iemand moet hem stoppen,' zeg ik.
'Laşer?' vraagt Mo.
Ik schiet in de lach. 'Nee, joh. Dat is wat Phill tegen papa zei. Ik heb alleen geen idee wie die "hem" is.'
'Waarschijnlijk heeft je moeder het niet goed verstaan,' zegt Mo. 'Gebruikte Phill niet het woord "hem" maar "hen".'
'Dus?'
'Bedoelde hij de nieuwe leiders.'

HOLDEN

Ik sta in de badkamer van Paine. Terwijl ik mijn opgefokte ademhaling probeer te bedaren, doorzoek ik de spiegelkast die boven de wastafel hangt. Gezichtscrème, bodylotion, parfum en allerlei andere vrouwendingen. Een elektrische tandenborstel en een tube tandpasta. Een haarborstel...
Ja, daar staat wat ik zocht. Een potje met aspirines om die rottige koppijn te tackelen. Lijkt me stukken veiliger dan pijnstillers van de rijdende dokter of een verpleger. En hoewel ik niet langer geloof dat Paine degene is die Wren heeft vergiftigd, betekent dat nog niet dat ik haar vertrouw. Iemand die haar werkkamer zo toetakelt, is toch een soort van lijp. Vraag ik om aspirines, geeft ze me straks nog een middel dat mijn geheugen aantast, zodat ik haar gestoorde muurkunst vergeet.
Ik neem twee tabletten in en laat het potje in mijn zak glijden voor later.
Lang leve de wijde joggingbroeken van het instituut – er is niks van te zien.
Ik sluit de kastdeurtjes en spoel de wc door.

Paine staat nog steeds in de gang te wachten. Wat is ze met me van plan?

‘Ik ga niet naar de IR,’ zeg ik opstandig. ‘Dat kunt u me niet nog een keer aandoen.’
‘Voor de meeste bewoners is het anders heel rustgevend.’ Ze wappert zich koelte toe met de envelop. ‘Wat jij daar hebt gezien, bestaat alleen in je fantasie. Volgens Dave heb je een soort psychose gehad.’
Dave kletst uit zijn nek.
‘Die plattegrond en die camfies op uw werkkamer...’ zeg ik. ‘U zoekt toch een dader? Nou, misschien is het die Dave wel. Speelt hij op zijn eigen houtje die horrorfilms af, zodat hij de bewoners daarna kan wijsmaken dat ze gek zijn. Heeft hij Lois daardoor zover gekregen dat ze die pillen nam. En toen Wren erachter kwam, besloot hij haar te vergiftigen.’
Ik weet dat ik doordraaf, maar mijn woorden zijn net van die vallende dominostenen. Nu ik eenmaal begonnen ben, is er iets in gang gezet wat ik niet meer kan stoppen.
‘Wie weet heeft hij zelfs mijn vader vermoord,’ dender ik verder.
Paine opent haar mond als een vis op het droge. ‘Holden...’
‘Mijn vader had iets ontdekt. Hij stond op het punt om het aan een handhaver te vertellen, die hier in het Cliffton was. En toen ineens durfde hij niet meer. Omdat hij merkte dat die Dave-gast stiekem stond mee te luisteren misschien?’
De directrice steekt haar hand met de envelop omhoog om me te laten stoppen. ‘Hoor je wel wat je zegt? Dit past precies in het plaatje dat Dave al schetste. Je ziet de dingen niet zoals ze werkelijk zijn.’
‘Bullshit!’ Ik voel de drift door mijn lijf schieten en mijn hoofd explodeert bijna. ‘Het zijn juist de volwassenen die de waarheid telkens weer verdraaien. Mijn vader is niet bij Vita veron-

gelukt, zoals me altijd is verteld, maar in dit appartement. Door een foodprinter, zeggen ze, maar die hebt u niet.'

Ik ben groter dan Paine. En breder. Ze probeert onaangedaan te lijken, maar als ik een stap dichterbij zet, krimpt ze toch een beetje in elkaar.

'Oké,' vervolg ik wat rustiger. 'Dave hoeft niet per se de dader te zijn, maar iemand anders is dat wel. En ik weet dat u dat ook denkt.'

Boven haar wenkbrauw klopt een adertje. Haar handen verfrommelen de envelop.

'Was u erbij toen mijn vader doodging?' vraag ik.

Het enige wat uit haar keel komt, is een slikgeluidje.

'Ik heb het recht om te weten wat er gebeurd is!' schreeuw ik tegen haar oor. 'Hij was verdomme mijn vader!'

En dan, eindelijk, kijkt Paine op.

'Goed dan,' zegt ze schor. 'Ik zal je vertellen wat ik weet.'

We zitten in de woonkamer naast de verdorde potplant.

'Het was geen foodprinter, maar mijn computer,' zegt Paine. 'Ik had toen nog geen aparte werkkamer, en zat meestal hier. Vanwege het uitzicht.'

Het uitzicht kan me geen ruk meer schelen.

'Je vader meldde via de intercom dat hij naar boven kwam, dus zette ik de voordeur vast op een kier.' Paine staart langs me heen. 'Vijf minuten later stormde hij de woonkamer in en zei dat ik met hem mee naar buiten moest gaan. Had ik dat toen maar meteen gedaan. Dan had hij misschien nog geleefd.'

Categorie lullige manieren van doodgaan: verkeerde tijd, verkeerde plaats.

'Maar nee, ik wilde dat hij eerst even ging zitten om rustig te worden,' gaat Paine verder. 'Wat hij met tegenzin deed, aan dezelfde tafel waarop mijn computer stond, terwijl ik een kalmerende shake voor hem in de keuken maakte. Er klonk een harde knal en toen ik me omdraaide, zag ik een steekvlam uit mijn computer komen. Je vaders haren stonden in brand, en zijn kleren en... alles.' Paine knijpt gepijnigd haar ogen even dicht, alsof ze het allemaal weer ziet gebeuren. 'Ik heb mijn vest uitgetrokken en over hem heen gegooid om de vlammen te doven. Door de hitte klapte de ruit, wat het vuur nog meer aanwakkerde. Het is aan de sprinklers te danken dat de verdieping niet compleet is afgebrand. Ik heb het alarmnummer gebeld en wist je vader naar de hal te slepen. De ambulance was er vrijwel meteen, maar dat mocht niet meer baten.' Ze legt haar hand op die van mij. 'Het spijt me, Holden. Het was een vreselijk ongeluk.'

Ik trek mijn hand terug. 'Een ongeluk?'

Ze wordt bleek. 'Ik denk dat er iets mis was met de computer, waardoor er kortsluiting ontstond en het apparaat overhit raakte. De technische dienst zei tenminste zoiets.'

'Waarom denkt u dan toch dat het misschien een aanslag was?' vraag ik.

Ze verschiet als een kameleon van kleur – van wit naar roze naar rood als vuur.

'En waarom wilde mijn vader dat u mee naar buiten ging?'

'Ik kan wel merken dat je Jacks zoon bent. Die wist ook nooit van ophouden.' Paine doet haar best om een glimlachje te produceren, maar het resultaat is nogal zuur. 'Je vader zei dat hij iets belangrijks had ontdekt. Hij wilde het ons vertellen, meneer Chapman en mij, maar alleen op een veilige en stille plek buiten het gebouw. Ergens waar geen bewakingscamera's hingen.'

Ik kijk om me heen. 'Die zijn hier toch niet?'

'Nu niet meer, nee.' Paine kijkt even naar de potplant die net een geel blad heeft laten vallen. 'Na de brand heb ik alle slimme apparaten naar beneden verbannen. Zelfs mijn food-printer en camphone.'

Ik denk aan onze braces in het metalen kastje en de afluister-detector waarmee ze het appartement rondging. Vera Paine is blijkbaar als de dood om bespioneerd te worden. Omdat ze denkt dat iemand pa heeft afgeluisterd? Dat die aanslag hem het zwijgen moest opleggen omdat hij een of ander belangrijk geheim wilde onthullen?

Maar hoe kon die aanslagpleger van tevoren weten dat pa naar het appartement van Paine zou gaan?

Met mijn knokkels masseer ik mijn kloppende voorhoofd. Ik had gehoopt dat ik eindelijk achter de waarheid zou komen, maar Paines verhaal roept alleen maar nog meer vragen op.

'Wat heeft mijn vader precies verteld?' vraag ik. 'Voordat die computer ontplofte?'

'Alleen dat hij het raadsel had opgelost.'

'En u hebt geen idee wat hij daarmee bedoelde?'

Ze kijkt me niet aan.

'Er was iets met de foodprinters,' zeg ik. 'Daarom was mijn vader op het Cliffton. Dat heeft Chapman me tenminste verteld.'

'Een van de bewoners werd doodziek na het eten van zijn vita,' geeft ze toe. 'We hebben je vader erbij gehaald en nog een paar mensen.'

'En wat hebben ze ontdekt?

‘Op dat moment niks.’
‘Maar mijn vader later wel?’
Paine knikt naar de tafel zonder iets te zeggen.
Ik kan haar wel door elkaar schudden. ‘Wat dan? Hij is heus niet zomaar vermoord.’
De drie seconden stilte voelen als drie jaar.
‘Hij zei dat hij wist hoe het allemaal in elkaar stak,’ zegt Paine.
Ik slik mijn adem in. ‘Hoe wat in elkaar stak?’
‘Daar probeer ik nog altijd achter te komen.’

PRISSY

Als ik mijn oor tegen mama's slaapkamerdeur leg, hoor ik niets meer. Ik laat hem een klein stukje openschuiven en gluur naar binnen. Ze ligt op haar rug op het bed, met een roodbehuild gezicht en haar mond een stukje open. De ronkende geluidjes die ze maakt, klinken geruststellend.
Ik ben nog even weg click ik naar haar camphone.

Ik neem de monorail naar Pakketservice. Mo en Laşer zijn er al.
'Less' shift is drie minuten geleden afgelopen, dus hij kan elk moment naar buiten komen,' zegt Laşer.
De poort naast het gebouw gaat open. Less slentert recht op ons af.
'Het zit er weer op?' vraagt Laşer alsof ze elkaar al jaren kennen.
'Gelukkig wel.' Less wil al doorlopen.
Weinig kans. Mo verspert hem de weg. 'We willen je wat vragen.'
Less houdt niet van vragen. Hij kijkt tenminste ongemakkelijk om zich heen.
'Ik trakteer je op een shake,' zeg ik. 'Als we even met je mogen praten.'

Hij frunnikt aan het knotje op zijn achterhoofd.
'Met een portie yummy's,' voeg ik eraan toe. 'Je mag zelf kiezen welke smaak.'
Hij begint te grijzen. 'Aan de overkant zit Yumbalaya.'

Ik schrik me rot als ik de prijslijst zie. Geen wonder dat Less zo grijnsde.
'Dit kan ik niet betalen,' fluister ik in Mo's oor.
Hij legt zijn hand even op mijn knie en geeft me een geruststellend knikje.
'Herken je Prissy?' vraagt Laşer zodra de bestelling is opgenomen – exotische yummy's voor Less en voor iedereen een shake.
Less bekijkt me met samengeknepen ogen. 'Het spijt me. Ik ben beter in adressen dan in gezichten.'
'Zes dagen geleden heb je een pakje bezorgd.' Ik noem onze straat en het huisnummer. 'Rond tien uur 's ochtends.'
'Oké.' Lee haalt zijn camphone tevoorschijn. 'Ik check de planner even.'
Een meisje met felblauwe ogen – overduidelijk lenzen – zet vier shakes en een schaal met yummy's op tafel. 'De groene bevatten flintertjes sprinkhaan en in de gele yummy's zitten meelwormen verwerkt. De zwarte zijn mijn favoriet. Ze zijn gevuld met een mix van mieren en wantsen.'
Bijna echt eten. Geen wonder dat het zo duur is.
'Ik heb inderdaad een pakje bij je afgeleverd.' Less legt zijn camphone neer, pakt een gele yummy uit de schaal en legt hem met een verzaligde blik op zijn tong.
'Maar weet je ook van wie het afkomstig was?' vraagt Laşer. 'Dat willen we weten.'

Less gebaart dat hij niet kan praten met volle mond. Ik heb zin om hem te schoppen.
'Met de groeten van Supershoot, zei je,' snauw ik hem toe. 'Maar het kwam helemaal niet van Supershoot.'
Hij heeft eindelijk zijn mond leeg en neemt een slokje van zijn shake. 'Ik doe alleen maar wat me verteld wordt. Zit er een speciale boodschap bij een pakketje, dan krijg ik dat van Fatima te horen.'
'Fatima?' vraag ik.
'De computer die alles regelt en verdeelt.'
'Hoe komen we met haar in contact?' zegt Laşer. 'We willen haar wat vragen stellen.'
'Onmogelijk.' Less bijt genietend in een groene yummy. 'Alleen de werknemers kennen het wachtwoord.'
'En dat is?' vraagt Mo.
Less verslikt zich bijna. 'Je denkt toch niet...'
In een opwelling gris ik de schaal voor hem weg.
Zoals hij kijkt! Alsof hij een klein kind is en ik zojuist zijn speelgoed heb afgepakt.
'Als je niet meewerkt, verdien je ook geen yummy's,' zeg ik.
Zijn ogen plakken vast aan de schaal. 'Ik wil mijn job niet kwijtraken.'
'Het wachtwoord.' Laşer geeft zijn camphone aan Less. 'Tik het hier maar in. Niemand hoeft erachter te komen dat je het aan ons hebt doorgegeven.'

Een halfuur later en bijna honderd dash armer – Mo dan – zitten we in de wormhole. Laşer logt met het wachtwoord in bij computer Fatima van Pakketservice. Gebruikersnaam: Less

Harding. Hij scrolt naar de afdeling pakketjes. Adressen en herkomst.
'Ik heb een naam,' zegt hij opgewonden. 'B. Swis.'
'En het adres?' vraag ik.
Laşers gezicht betrekt. 'Onbekend, staat er. Het lijkt erop dat die gast niet gevonden wil worden.'
'Logisch, zegt Mo. 'Als het een yealer is, riskeert hij vijf jaar Cliffton.'
Laşer staat alweer op het toetsenbord te hameren. Ik ben ineens doodmoe en ga op de trap zitten. Wie is die Swis en waarom heeft hij die surprise-yummy's naar mij gestuurd en niet naar Flow of Anna?
Ik kijk naar de yummy die ik op de computertafel heb gelegd. Mo heeft beloofd dat hij zal laten uitzoeken wat erin zi...
Er klinkt een alarmpiepje. Mijn brace, die voor de zoveelste keer waarschuwt dat de vita-opname in mijn bloed onvoldoende is en ik beter een arts kan bezoeken. Alsof ik daar ook nog tijd voor heb. Ik zet de tekstverlichting op de polsband uit en laat mijn linkerwang op mijn knie rusten. Een week geleden was mijn leven nog gemakkelijk en overzichtelijk. Mijn problemen gingen niet verder dan: wat trek ik vandaag aan en zal ik een groene of gele yummy nemen? Het lijkt allemaal zo onbelangrijk nu.
'Dit zocht ik!' roept Laşer. 'Het stadsregister met de namen en adressen van alle bewoners.' Zodra hij op de s klikt, rollen de data met een duizelingwekkende snelheid over het scherm.
'Stop!' roept hij. 'Stukje terug... Ja, ho.'
Met zijn drieën kijken we naar het bevroren beeld. Er wonen zo'n twintig Swissen in Paradise, maar er zijn er maar twee van wie de naam met een B begint!

BILLY SWIS, 33 GREEN HILL.
BOYD SWIS, 201 RIVERSIDE.
'Green Hill is hier vlakbij,' zegt Mo.
Terwijl hij de kortste route op zijn camphone zoekt, bekijk ik mijn binnengekomen berichten.
Mama heeft me drie keer geclickt om te vragen waar ik uithang, maar verder is mijn populariteit onwijs gekelderd. Geen woord van Brooklyn en slechts één camfie van Anna en een scheelkijkende Flow.
Lekker belangrijk!
Ik probeer het steekje in mijn borst te negeren en antwoord mama dat ik oké ben.
'Die van Riverside zit op Connectifier.' Laşer zwijgt twee seconden en roept dan: 'No way!'
'Wat?' vragen Mo en ik tegelijkertijd.
Laşer draait zich om. 'Die gast werkt in het Cliffton Instituut.'

HOLDEN

Paine kijkt op haar brace. ‘De herdenkingsdienst is bijna afgelopen. We kunnen beter naar beneden gaan.’
‘Maar ik wil nog veel meer weten.’
‘Je bent pas zeventien, Holden.’
‘Al zeventien!’
‘En bovendien een bewoner,’ gaat ze onverstoorbaar verder. ‘Wat betekent dat je onder mijn verantwoordelijkheid valt. Eigenlijk ben ik al ver buiten mijn boekje gegaan door zoveel met je te bespreken.’ Ze geeft me de envelop.
Ik stop er chagrijnig mijn brief in en plak de zaak dicht. Mijn nietszeggende brief. Als ik nu een nieuwe mocht schrijven...
‘Je moeder en Prissy zullen hem zo snel mogelijk ontvangen,’ zegt Paine. ‘En dan nog iets. Ik wil dat je vergeet wat je op mijn werkkamer hebt gezien. Kan ik erop vertrouwen dat je dat voor de andere bewoners geheimhoudt? Wrens overlijden heeft al genoeg consternatie veroorzaakt. Ik wil niet nog meer onrust in de tent.’
De camfies en papieren staan voor altijd in mijn geheugen gegrift. Net als Paines woorden.
We lopen naar het metalen kastje bij de voordeur.

'Handhaver Chapman wist dat mijn vader naar u zou gaan,' bedenk ik ineens.
'Je slaat weer door, Holden.' Paine geeft me mijn brace. 'Net als daarnet met Dave. Chapman is hooguit een slachtoffer, maar zeker geen dader. De arme man heeft zijn petekind verloren. Hij was dol op dat meisje.'
Ik geef het niet graag toe, maar het klinkt logisch. Waarschijnlijk is het juist andersom en vertrouwt Chapman de directrice niet.
'We doen er echt alles aan om uit te vinden wat er gebeurd is,' zegt Paine. 'Bovendien kan het ook nog altijd gewoon een ongeluk geweest zijn.'
'En Lois en Wren dan?'
'Ook daar zijn we nog mee bezig.'
'En tot die tijd moet ik maar gewoon hier blijven en hopen dat ik het zal overleven?'
'Zolang je geen rare dingen doet en in de buurt van de andere bewoners blijft, gebeurt er niks.' Ze geeft me een bemoedigend klopje op mijn arm. 'We passen heus wel op jullie.'
'Nou, dat heb ik gemerkt,' zeg ik schamper. 'Toen ik in de IR zat, kwam niemand die horrorfilm uitzetten.'
'Dat spijt me. Je brace had een signaal af moeten geven. We waren in de veronderstelling dat het goed met je ging.'
'Nou dat ging het dus niet. En toen wilde Dave me nog platspuiten ook.'
'Om je te helpen.' Paine sluit het kastje. 'We konden die zogenaamde horrorfilm niet terugvinden en alles werkte zoals het hoorde. Dan is het niet zo vreemd dat Dave aan een psychose dacht.'
Zogenaamde. Ze gelooft me dus nog steeds niet.

'Ik ben niet gek,' zeg ik zo kalm en overtuigend mogelijk. 'Jazz heeft hetzelfde meegemaakt.'
'Weet je wat?' Paine duwt me naar de hal. 'Zodra de dienst is afgelopen, roep ik alle therapeuten bijeen om te zeggen dat de individuele relaxruimte voorlopig niet gebruikt mag worden. Dan hoef je je daar alvast geen zorgen meer over te maken.'

De klanken van *See you in heaven* stromen ons in de gang tegemoet. Waarschijnlijk het slotlied, want de eerste mensen komen al uit het voorportaal, samen met een bewaker, die twee gigantische deuren tegenover de aula opent.
'Je kunt meteen naar de plaats,' zegt Paine. 'Het is tijd om te luchten.'
Yes!
'Wel binnen de lijnen blijven!' roept ze me na.
Ik heb wel eens een oud filmpje uit de Bange Jaren gezien over koeien die de hele winter op stal hadden gestaan en voor het eerst weer de wei in mochten. Die liepen niet gewoon. Ze renden, vlogen, dansten en sprongen.
Zodra ik buiten ben, voel ik me net als die koeien. Als ik in mijn eentje was geweest, had ik het echt gedaan. Nu durf ik alleen in mijn verbeelding over de vlakte te rennen.
Boven mijn hoofd zweeft een geluidloze drone – formaatje adelaar – voorbij om vervolgens aan de zuidkant van het instituut te verdwijnen. De luchtplaats grenst aan de noordzijde. Het voorste gedeelte is overkapt en geeft onderdak aan drie hometrainers. Ook staan er verschillende houten banken, met hun rug tegen de muur. Ze kijken uit over de rivier en de bomen in de verte. Dezelfde rivier en bomen die ik vanuit

Paines appartement heb gezien. Tot mijn verbazing zijn er geen hekken of bewakers te bekennen. Wie dat wil kan zo de wildernis in lopen.

Ík kan zo de wildernis in lopen.

Mijn benen bewegen al voordat ik er goed en wel over na heb gedacht. Ik steek in een rechte streep de vlakte over. Weg van de horrorfilmfanaat en van de gevaarlijke gek die Wren heeft vergiftigd. Achter me hoor ik iemand mijn naam roepen, maar ik wandel stug door. Voor pa hoef ik niet meer te blijven. Paine gaat me toch niks meer vertellen en als ik op Boyd Swis moet wachten...

'Stop!' Zenuwtic-Peter spurt me ineens voorbij en komt met wild zwaaiende armen voor me staan. 'Je mag niet verder.'

'Dat bepaal jij niet.' Ik bonk met mijn schouder tegen die van hem en vervolg mijn route.

Twee stappen, dan heeft hij me weer ingehaald en duikt boven op me, met zo veel geweld dat we samen op de grond rollen. De heup met de blauwgele plekken laat meteen van zich horen. Ik verbijt de pijn. No fucking way dat ik ga verliezen. Hij is atletischer, maar ik ben groter. Dat ik hem ook nog eens een irritante klootzak vind, geeft me net dat beetje extra kracht. Ik moet me enorm inspannen, maar weet hem onderop te krijgen en met zijn polsen op de grond te drukken.

'Toch jammer, hè?' hijg ik in zijn gezicht. 'Dat je nu niet naar de directrice kunt rennen om me te verlinken zoals net.'

'Het was voor je eigen bestwil.' Peters tong flitst langs zijn bovenlip. 'Weet je wel hoe gevaarlijk het is om in je eentje in het Cliffton rond te zwerven?'

'Bullshit!' zeg ik. 'Je bent gewoon een ordinaire verrader.'

'Zijn jullie uitgeknuffeld?' klinkt een bekende stem naast me.

Ik draai mijn hoofd opzij en kijk in Jazz' grijnzende gezicht.
'Die klootzak...'
'Heeft je gered,' zegt ze.
Dat heb ik vast niet goed verstaan. 'Wat?'
'Ik zal het je laten zien.' Ze steekt haar hand uit en trekt me omhoog.
Zodra ik rechtop sta, krabbelt Peter ook overeind. Hij voelt aan zijn polsen en klopt het zand van zijn broek. Mijn vuile blik lijkt hij niet op te merken.
Jazz wel. 'Let liever op de grond. Als je voorbij die witte streep komt...'
Ze hoeft haar zin niet af te maken. Ik vloek binnensmonds als ik de Steller's jay zie liggen. Bewegingsloos, met zijn zwartgekuifde vogelkop in een rare knik. Zijn vleugels gespreid, de blauwe veertjes trillend in de wind, alsof er nog leven in zit.
Mijn hoofd begint weer te bonken. 'Ik had net als die gaai wel fucking dood kunnen zijn!'

PRISSY

Ik sta met mijn voorraadje surprise-yummy's in de keuken. Eentje kan toch nog wel? lijkt het doosje te zeggen. De allerlaatste om het af te leren.
Wees verstandig, Pris. Weggooien is echt het beste. Wie weet wat voor troep erin zit.
Met mijn duim- en wijsvinger haal ik er eentje uit en houd hem boven de shredder.
Het voelt alsof ik op het punt sta om mijn geluksarmbandje te vernietigen.
Opnieuw praat ik mezelf moed in. Stel je niet aan! Dit is de enige manier om je gewone oude zelf te worden.
Maar wil je dat ook? fluistert een piepklein stemmetje in mijn hoofd.
Ik denk aan de honderdduizend sorry's die ik tegen Brooklyn zal gaan zeggen om het weer goed te maken. De schaamte en de angst om het verkeerd te doen zullen weer als een steen om mijn nek hangen. Vroeger wist ik niet beter, maar nu ik weet hoe het ook anders kan zijn...
De nieuwe Prissy bevalt me beter dan de oude. Een beetje raar, maar ook lekker – zoals het uittrekken van een onwijs strakke broek aan het eind van de dag.

Eentje kan heus geen kwaad.
Ik stop de yummy niet in de shredder maar in mijn mond.

'Zijn er eigenlijk nog meer dingen die ik niet weet over papa?' vraag ik tijdens het ontbijt.
Mama legt haar vork neer. 'Gaat dit nog steeds over het Cliffton? Ik dacht dat we dat gisteren hadden uitgepraat.'
'Andere dingen, bedoel ik. Was hij bijvoorbeeld lid van een geheime club?'
Met een fronsend voorhoofd pakt ze haar vork weer vast. 'Waar komt dit opeens vandaan?'
'Gewoon. Dochterlijke interesse.'
'Hij zat op handbal, maar dat weet je. Daar is niets geheims aan.' Ze neemt een hap van haar vita. 'Verder was hij vooral druk met zijn werk.'
Zie je wel. Papa heeft niets met Bit's a mystery te maken. Het is gewoon een verzinsel om mij zover te krijgen dat ik bij minister Adams zou...
Omdat je de dochter van Jack en Eliza Winters bent.
'Hoe is het trouwens op je werk?' vraag ik zo nonchalant mogelijk.
'Goed hoor.'
'Dat klinkt onwijs enthousiast maar niet heus.'
'Het is niet netjes om over je werkgever te roddelen.'
'Ik vertel het heus niet door, hoor,' zeg ik. 'Of vertrouw je me soms niet?'
'Natuurlijk wel.' Mama schraapt haar bord leeg en schuift het opzij. 'Mevrouw Adams is behoorlijk veeleisend, maar dat is ook logisch in haar positie. Een minister staat voortdurend onder druk.'

'Hoe kwam je ook weer aan die baan?' Ik rommel nog steeds met mijn vita zonder er echt van te eten. 'Dat het al snel na papa's dood was, weet ik nog wel, maar...'

'Ik denk dat de minister me daarom heeft aangenomen,' zegt mama. 'Vita en veiligheid zijn nauw met elkaar verbonden. Mevrouw Adams had regelmatig contact met Jack en was erg geschokt toen hij overleed. Waarschijnlijk had ik daardoor een streepje voor toen ik bij haar solliciteerde.'

'Had ze op dat moment nog geen personal assistent dan?'

'Die lag in coma.' Mama schudt haar hoofd. 'Echt een afschuwelijk verhaal. Hij stond op de roltrap in Macies toen dat ding plotseling op hol sloeg. Iets met de versnellingen, geloof ik. Hoe dan ook: de personal assistent viel achterover, brak zijn rug en liep hersenletsel op.'

Er gaat een rilling door me heen.

'Wel toevallig dat het net samenviel,' denk ik hardop. 'Papa's dood en dat ongeluk.'

Mama knikt. 'Als papa nog geleefd had, zou ik waarschijnlijk niet eens gesolliciteerd hebben en deed ik nog steeds vrijwilligerswerk bij Senior Plus. Maar helaas...' Ze geeft me een knipoogje. 'Pubers kosten kapitalen. Toen ik de personeelsadvertentie binnenkreeg heb ik geen moment geaarzeld.'

'Binnenkreeg?' vraag ik.

'Iemand had hem geclickt.'

'Wie?'

'Dat weet ik niet, lieverd,' zegt ze. 'Ik heb er ook niet echt op gelet. Het zag eruit als een gewone advertentie, dus ik had haar al bijna verwijderd toen het tot me doordrong dat het hier niet om reclame ging maar om een nieuwe toekomst voor ons drietjes.'

In mijn hoofd is een soort aardverschuiving aan de gang. Stel je voor dat Bit's a mystery die personeelsadvertentie heeft geclickt. Nerds hebben verstand van camphones en computers, dus waarom ook niet van roltrappen? Ben ik onderdeel van een vooropgezet plan? Zijn er mensen verongelukt om ervoor te zorgen dat ik in het appartement van Adams kan komen om dat mysterieuze voorwerp te stelen?
'Wat scheelt er?' vraagt mama.
Haar stem klinkt ver weg, alsof ze mijlenver van me afstaat.
'Niks.' Ik schuif de vita van me af. 'Beetje hoofdpijn.'
'Neem anders een pijnstiller en ga even liggen,' raadt mama aan. 'Wil je dat ik je ziek meld?'
'Graag.' Ik voel me echt beroerd, dus ik lieg niet.
Met benen vol lood ga ik de trap op.
Dat geheime genootschap deugt niet. Mo en Laşer voelen zich vereerd en willen met hun hackkunsten zo graag de wereld redden dat ze alles klakkeloos geloven.
Volgens mij zijn het niet de nieuwe leiders die kwaad willen, maar Bit's a mystery zelf. Proberen ze via hun computers de macht over te nemen. Die gasten zijn vast wel in staat om allerlei apparaten op afstand te besturen. Misschien hebben ze op die manier ook mijn surprise-yummy's bewerkt.

HOLDEN

'Dramaqueen,' zegt Jazz. 'Zo gauw ga je niet dood, hoor.'

'O, nee?' Ik volg de getrokken streep met mijn ogen. Een stukje verder liggen ook nog een dode eekhoorn, een muis en een kraai naast de plaats. 'Waarom ziet het er hier dan uit als een massagraf?'

Jazz grinnikt. 'Omdat zij niet zo groot en stoer zijn als jij.'

Ik lach nadrukkelijk niet met haar mee.

'Ja, sorry hoor,' zegt Jazz. 'Ik heb dit systeem niet bedacht. En natuurlijk vind ik het ook zielig voor die beestjes, maar het is voor onze veiligheid.'

'Sorry?'

'De plaats wordt omgeven door magnetische luchtvelden van het type waar je niet ongestraft doorheen kunt lopen.' Jazz imiteert zo'n Reese-type dat reclame maakt voor een of ander nieuw fantastisch onzinproduct. 'Hekken verpesten het uitzicht, maar een luchtveld is onzichtbaar. Bovendien kun je er niet overheen klimmen of er een gat in knippen om te ontsnappen. Ieder weldenkend mens laat het wel uit zijn hoofd om een luchtveld aan te raken. Je krijgt een elektrische schok, raakt waarschijnlijk bewusteloos en crepeert vast en zeker van de pijn.'

'En dat noem jij veilig?'
Jazz praat met een normale stem verder: 'Als hier een tastbaar hek of een muur zou staan en er breekt brand uit in het gebouw, kunnen we geen kant op. Maar nu wel. Zodra de sprinklers aangaan, wordt de stroom van de luchtvelden onderbroken en kunnen alle bewoners via de luchtplaats het terrein verlaten. Niet door een smal poortje, maar langs alle kanten, zodat niemand in het nauw hoeft te komen.'
Ik zie Peter staan luisteren als een haas met van die lepeloren, en draai mijn rug naar hem toe in de hoop dat die als geluidswal functioneert. 'Als het zo gemakkelijk is,' fluister ik tegen Jazz. 'Waarom laat niemand die sprinklers dan afgaan? Er zijn vast wel bewoners die willen ontsnappen.'
'Moet je wel een aansteker hebben, of lucifers of zo.'
Ik denk aan de aansteker uit de schuilkelder, die ik in mijn broekzak heb gestopt toen de handhavers aan de deur stonden. Met een beetje mazzel...
'Wat?' vraagt ze.
'Niks.' Ik kijk nog een keer naar de dode Steller's jay. Eeuwig zonde.

Ik weet inmiddels de weg en hoef niets meer te vragen. Terwijl de anderen na het luchten naar de glazen lift slenteren, glip ik de wc-ruimte in. Omdat de dode brievenbus zo'n herrie maakt, wil ik zeker weten of de andere hokjes leeg zijn. Als eerste controleer ik de wc achterin. Leeg. De volgende...
Shit, er komt iemand binnen!
'Holden,' zegt Peter op een toon alsof we beste vrienden zijn en elkaar een tijd niet hebben gezien.
Bloedzuigers hebben tien ogen en een mond met drie aparte

kaken. Elke kaak heeft een rij scherpe tanden, waarmee ze hun prooi kunnen doorboren. Ze willen je niet loslaten en ze willen je bloed.

Hij heeft je net een elektrische schok bespaart, zegt pa. Wees aardig.

'Peter,' zeg ik zo vriendelijk mogelijk.

Hij schiet het eerste hokje in. Het hokje waar de Jumbo-papierhouder hangt.

Ik kan hem wel wurgen.

PRISSY

Ik lig met mijn camphone op bed en bekijk mijn berichten. Eentje waarin Flow me beterschap wenst en een van Mo: Swis is thuis. Ga je mee?
Ik twijfel geen seconde.
Kun je me oppikken? Ik click het adres.

Zodra ik de blauwe coupé voor ons raam zie verschijnen, voel ik me beter. Nog een vluchtige blik op mijn camphone – ja, mijn haar zit oké – en ik kan naar buiten. O, wacht. Ik kan mama beter even clicken: *Voel me weer goed, ben toch naar school.*
Ze stuurt me een smiley en een opgestoken duim terug.
'Hoi,' zegt Mo als ik in de auto stap. 'Geen les vandaag?'
'Ziek.'
Hij grijnst. 'Je ziet er ook echt beroerd uit.'
Laşer zit op de achterbank en is vastgekluisterd aan zijn camphone.
'En jullie dan?' zeg ik. 'Gaan jullie eigenlijk wel eens naar school?'
'Zelden,' mompelt Laşer. 'Zonde van mijn tijd.'
Ik vermoed dat hij de schoolcomputer heeft gehackt, zodat hij de absentie- en cijferlijsten kan aanpassen.

'Kijk.' Als Laşer zijn toestel voor me houdt, zie ik een man aan een keukenbar vita eten.
'Is dit live?' vraag ik.
Laşer knikt. 'Swis is een ouderwetse bingewatcher. Hij heeft schermen in vrijwel elke ruimte van zijn huis, zelfs op de wc en in de badkamer. Ik hoefde alleen maar een programmaatje op zijn ontvangstbox los te laten om de beveiligingscode te achterhalen, waarmee ik alle cams kon aanzetten.'
Hij kijkt erbij alsof hij een complimentje verwacht.
'Oké, we weten dus dat hij thuis is,' zeg ik. 'Maar hebben jullie ook een plan?'
Mo haalt zijn schouders op. 'We confronteren hem gewoon met de verzendlijst van Pakketservice. En dan eerst maar eens zien hoe hij zich daaruit weet te lullen.'

Riverside is een dure naam voor een smalle straat met kleine huizen. Als Boyd Swis vanaf hier de rivier wil zien, zou hij op zijn dak moeten klimmen.
'Ik blijf in de auto zitten en volg alles op mijn camphone,' zegt Laşer. 'Mocht het nodig zijn, dan bel ik het alarmnummer.'
Mo geeft me een knipoog. 'Let maar niet op hem. Hij heeft te veel spannende games gespeeld.'
Toch lijken mijn benen van gummi als we naar de voordeur lopen.
'Ik doe het woord wel.' Mo houdt zijn hand voor de bel.
Door het matglas heen zie ik een schim op ons afkomen. De deur schuift open en dan staat er een man in een joggingbroek en een T-shirt met zweetplekken voor ons. Om zijn hals hangt een handdoek en hij heeft een pleister op zijn wang.

‘Meneer Boyd Swis?’ zegt Mo op de overdreven opgewekte toon van een autoverkoper.
‘Ja?’
‘Wij doen een tevredenheidsonderzoek voor Pakketservice.’
‘Geen interesse.’ Boyd wil de deur alweer sluiten.
‘Wacht!’ roep ik zonder erbij na te denken.
De ergernis spat van zijn gezicht, maar hij blijft toch staan.
‘Mogen we alstublieft even binnenkomen? Het zijn maar een paar vragen.’ Ik kijk hem met grote ogen smekend aan, zoals ik vroeger bij papa deed als ik mijn zin wilde doordrijven. ‘Het is mijn eerste bijbaantje en ik ben nog op proef.’
Mijn zielige-meisjesact werkt nog steeds. Boyd wenkt met zijn hoofd. ‘Even dan. Ik stond op het punt om te gaan douchen.’
Hij neemt ons mee naar de keuken, die ik daarnet nog op Laşers camphone heb bekeken. Als ik het scherm tegenover de eetbar zie hangen, moet ik me inhouden om niet naar het camoogje te zwaaien.
‘Ik heb maar twee barkrukken,’ zegt Boyd.
‘Hindert niet.’ Mo leunt tegen de koelkast. ‘Ik blijf wel staan.’
Boyd en ik gaan naast elkaar zitten.
Onder de bar doen mijn handen een wriemeldansje. ‘Dat doosje, dat u hebt verstuurd. Dat doosje met surprise-yummy’s...’
Hij valt me in de rede. ‘Er moet een vergissing in het spel zijn. Ik heb nog nooit yummy’s naar wie dan ook gestuurd.’
‘Dan zal ik uw geheugen even opfrissen.’ Mo rukt zich los van de koelkast en legt zijn camphone op de bar. ‘Hier is de verzendlijst met tijden, en de naam van de afzender.’
‘Maar geen adres. Jullie hebben de verkeerde Swis te pakken. Er zijn wel meer mensen die zo heten.’ Terwijl hij van zijn

kruk glijdt, pakt hij de camphone van de bar en geeft hem terug aan Mo.
Dadelijk staan we weer buiten en dan weet ik nog niets.
'Maar die mensen werken niet op het Cliffton!' schalt mijn stem door de keuken.
Boyd bevriest even. Dan frummelt hij aan zijn handdoek en zet een stap achteruit. 'Jullie zijn niet van Pakketservice.' Zijn blik gaat naar het sweatervest dat op het aanrecht ligt. Uit de rechterzak steekt een camphone zijn kopje omhoog. 'Wie heeft jullie gestuurd?'
'U hebt háár iets gestuurd,' houdt Mo vol. 'Geef het nou maar toe.'
'Absoluut niet.' Boyd bevrijdt zijn toestel uit zijn vest. 'En nu mijn huis uit of ik bel handhaving.'
'Bel maar,' zegt Mo. 'Dan kunnen we ze meteen vertellen wat u hebt gedaan.'
Boyd wrijft door zijn haar. 'In hemelsnaam, wie zijn jullie?'
'Mijn naam is Prissy Winters,' zeg ik. 'Die yummy's waren voor mij bestemd en volgens mij is er mee geknoeid.'
Mo knikt. 'Door u.'
'Winters...' stamelt Boyd.
Ik probeer zijn gezicht te lezen alsof ik een referee ben.
Schuldig, denk ik.
Maar dan mompelt hij iets waar ik geen chocola van kan maken: 'Niet weer, hè?'

HOLDEN

De rijdende dokter is op non-actief gezet. Een verpleger geeft iedereen een roze pil, onder het toeziend oog van Vera Paine. 'Welterusten,' zeggen ze, en dan gaat het licht uit.

Ik spuug de pil ogenblikkelijk in mijn hand. Het potje dat ik bij Paine heb gevonden, ligt onder mijn kussen verborgen. Een potje vol rammelende aspirines...

Een van de bewoners keert zich om in zijn bed en ik hoor iemand geeuwen. Dit is het juiste moment!

Ik trek mijn dekbed ter bescherming hoger op, draai op de tast het deksel open en laat de pil in het potje vallen. In de doodstille slaapzaal maakt het tikje net zo veel geluid als een vallend rotsblok. Ik wacht en wacht en wacht.

Godzijdank, niemand reageert.

Ik sluit het potje en beweeg het langzaam naar mijn kussen, terwijl ik kuch.

Zo, dat ligt weer op zijn plaats. Nu de aansteker nog.

Met opgetrokken benen blijf ik liggen tot alle ademhalingen rustig klinken. Dan haal ik mijn spijkerbroek van thuis uit mijn kastje en voel in de zakken.

Leeg, natuurlijk. Ik had het kunnen weten. Spider-Woman heeft de aansteker uit mijn broekzak gehaald.

Toch maar een berichtje aan Swis dan?
Ik trek mijn schoenen aan en sluip door de zaal. Peter lijkt godzijdank te slapen, want ik bereik zonder zijn gezanik de gang. Ik gebruik dezelfde wc als gisternacht, doe de deur op slot, trap mijn sneakers uit en verwijder de inlegzolen. Dan haal ik het papier en de pen tevoorschijn en ga ermee op het deksel zitten.

Haal me hier zo snel mogelijk weg. Ik wil naar huis. Nu!
Holden

Morgen, voor het luchten, moet ik bij de dode brievenbus zien te komen. Tot die tijd verberg ik het berichtje in de geheime ruimte van mijn schoen. Zonder de moeite te nemen om mijn veters te strikken, duw ik de wc-deur open.
Ik hoor voetstappen. En stemmen!
In een reflex trek ik de deur weer dicht.
Waarom eigenlijk? Alsof het verboden is om 's nachts te gaan pissen.
Mijn vingers bewegen opnieuw richting deur, maar dan hoor ik een vrouw met een zuidelijke tongval op een gedempte toon vragen: 'Was die opname van Holden Winters nou echt noodzakelijk? Ik geloof niet dat Jack daar blij mee zou zijn.'
Mijn hand bevriest in de lucht. Ze hebben het over mij!
'Ik heb geen invloed op de beslissingen van de referee,' zegt een andere vrouw.
Haar stem herken ik meteen. Het is Vera Paine!
'In Holdens geval was het sowieso een kwestie van tijd,' gaat de directrice verder. 'De meeste immunen en overgevoeligen die in de stadskliniek behandeld worden, komen uiteindelijk hier terecht. De een alleen wat later dan de ander.'

Bij de woorden 'immunen' en 'overgevoeligen' beginnen mijn oren te gloeien. Dit gaat alweer over mij!
En over Lois.
Ik houd mijn hoofd scheef en luister ingespannen.
'Ssst,' zegt de onbekende vrouw. 'Straks horen ze je nog.'
'Welnee.' Paine weer. 'Na zo'n roze pil is iedereen binnen vijf minuten onder zeil. En gelukkig maar. Overdag is er al onrust genoeg.'
'In de stad is het niet veel beter.' De onbekende vrouw slaakt een zucht. 'De nieuwe leiders maken zich grote zorgen.'
Shit! Het geluid van hun voetstappen is gestopt. De vrouwen staan ineens zo dichtbij dat ik ze bijna kan horen ademen en mijn enige bescherming is een stomme deur. Godzijdank niet met een open onder- en bovenkant, zoals in de wc-ruimte bij de dode brievenbus. Maar er zit wel een fucking grote spleet boven de drempelloze vloer en het glas in het bovenlicht is bepaald niet geluiddempend.
'Wat dacht je van mij?' zegt Paine. 'De veiligheid van de bewoners is mijn verantwoordelijkheid. Het ene na het andere incident vindt plaats en ik kom er maar niet achter wie of wat de schuldige is.'
Ik ga op mijn knieën zitten zodat ik onder de deur door kan gluren. Naast de sandalen van Paine zie ik twee onbekende zwarte schoenen met hoge hakken en...
Er valt iets op de grond en dat rolt tegen mijn deur aan!
'Oeps, mijn tampon.'
De zwarte schoenen verplaatsen zich en ik besef dat de vrouw gaat bukken of, nog erger, knielen, en het raast door mijn hoofd: als ik hun voeten kan zien, kan zij ieder moment ook mij ontdekken en ik vlieg omhoog.

'Waarschijnlijk is het allemaal terug te voeren op het vitaprobleem,' zegt de vrouw. 'Het percentage inwoners dat niet of verkeerd op onze vita reageert, neemt onrustbarend toe. Het aantal immunen is de afgelopen twee jaar verdubbeld en de overgevoeligen zelfs verdriedubbeld.'
Bedoelt ze dat ik niet immuun ben voor ziektes maar voor vita? Ik probeer het te snappen, maar het is lastig nadenken als je intussen ook nog moet verzinnen waar je je voeten kunt laten. Ik durf niet op het wc-deksel te gaan staan, of zelfs maar te gaan zitten zodat ik mijn benen kan optrekken. Het kleinste kraakje zou me al kunnen verraden. Het enige wat ik kan bedenken is om zo ver mogelijk naar achteren te schuifelen en als een boom in het donkerste hoekje van de wc te gaan staan. Geluidloos, hoop ik. Maar het bloed pompt zo hard door mijn aderen dat het een wonder is dat ze aan de andere kant van de deur niks horen.
'We zien het vooral bij pubers gebeuren.' De onbekende vrouw slaakt een kreuntje – ik hoop dat het betekent dat ze die tampon eindelijk heeft opgeraapt. 'Waarschijnlijk heeft het te maken met gewenning en moeten we de dosering calmexine voor deze nieuwe generatie toch echt verhogen.'
Calmexine? Waar heeft ze het over? Ik ken geen vitamines of mineralen die zo heten.
Met mijn handen, de ene links en de andere rechts, tegen de koele muren geplakt, weet ik me staande te houden. Hebben ze iets geks in mijn vita gestopt? In alle vita?
'En de overgevoeligen dan?' Paine is duidelijk not amused. 'Het is de bedoeling dat vita ons gelukkig maakt. Dat we rekening houden met elkaar en beleefd en fatsoenlijk zijn. Dat we niet compleet uit de bocht vliegen of een ander tot op het

bot kwetsen. Dat we niet zo snel zijn aangebrand, en andere meningen, geloven en idealen kunnen accepteren zonder die van onszelf met geweld aan anderen op te willen dringen. Het is Winters gelukt om de perfecte balans te vinden, zodat we verdraagzaam zijn zonder in zombies te veranderen.'

Alles om me heen begint te golven. Winters? De naam is als een schreeuw in mijn hoofd en ik weet even niet meer waar ik ben.

'Calmexine heeft de mensheid gered,' zegt Paine. 'Het is dat niemand het mag weten, maar wat mij betreft verdienen Jack en zijn voorgangers postuum de Nobelprijs voor de Vrede.'

Ik heb het gevoel dat ik moet kotsen.

Hoe groot is de kans dat er nog een Jack Winters bestaat? Heeft pa ons allemaal in makke schapen veranderd? Is de nepwereld die ik zo haat zijn schuld?

'Je hebt gelijk,' geeft de onbekende vrouw toe. 'Ze hebben geweldig werk verricht. Maar zoals ik al zei: de huidige dosering lijkt voor een aanzienlijk aantal mensen niet meer voldoende. En dan heb ik het nog niet eens over het yealerprobleem. Het is noodzakelijk dat we op korte termijn een beslissing nemen, mogelijk deze week al.' Ik hoor haar op haar hakken wippen. 'En nu moet ik dringend naar het toilet.'

Fuck! Als ze de deur opendoet, ziet ze me staan.

Misschien is het bij Wren ook zo gegaan. Hoorde ze toevallig een gesprek dat ze niet mocht horen en is ze daarom...

Ik zet me schrap en voel het zweet uit mijn haren lekken. Het jeukt op mijn voorhoofd en ook mijn rug voelt nat. Ik hoor de wc-deur opengaan...

Het is de andere deur! Die van de wc naast me.

Het valt niet mee om zonder geluid naar adem te happen.

Mijn benen trillen van opluchting en spanning tegelijk. Ik moet mezelf dwingen om bewegingsloos te blijven wachten, tot er naast me wordt doorgespoeld en ik de deur weer open en dicht hoor gaan.
'Daar bevindt zich de medicijnkamer, waar Wren is gevonden,' hoor ik Paine zeggen. 'We denken dat ze een hartinfarct heeft gekregen, die tot een hartstilstand heeft geleid. Maar omdat ze nooit eerder hartklachten heeft gehad, kunnen we een vergiftiging niet zomaar uitsluiten. De autopsie zal het uitwijzen. Ik hoop alleen niet dat een van de bewoners...'
De rest kan ik niet meer verstaan, en ook hun voetstappen zijn nog nauwelijks hoorbaar.
Ik moet weten wie die andere vrouw is. Volgens mij zijn ze ver genoeg weg.
Met het zweet in mijn handen duw ik de deur op een kier.
Ja, daar staan ze. Bij het kamertje waar ik het lichaam van Wren heb zien liggen. De nachtverlichting werpt schaduwen over Paines gezicht, maar dat van de andere vrouw is even heel goed zichtbaar, voordat ze naar binnen loopt. Tot mijn verbazing ken ik haar wel degelijk.
Het is Adams, de minister van Veiligheid en Volksgezondheid. En de werkgever van ma.

PRISSY

‘Wat bedoelt u met: niet weer?’ vraag ik aan Boyd.
‘Ik ben al een keer eerder vals beschuldigd omdat ik met voedsel geknoeid zou hebben,’ zegt hij. ‘Op mijn werk. En ook door een Winters.’
‘Jack Winters, misschien?’
‘Inderdaad.’ Boyd komt zo dicht bij me staan dat ik de spuugdruppeltjes uit zijn mond zie spetteren. ‘De rotzak.’
‘Papa was geen rotzak!’
‘Jack is je vader?’ Boyd lacht schamper. ‘Ik had het kunnen weten. Zelfs na zijn dood blijft hij me achtervolgen.’
Ik hoor mezelf knarsetanden, maar dan zegt Mo droog: ‘Kunnen jullie even normaal tegen elkaar doen? Ik wil weten wat er op het Cliffton is gebeurd.’
Boyd voelt aan zijn pleister. ‘Waarom zou ik dat in godsnaam aan een stel snotneuzen zoals jullie vertellen?’
‘Dit wordt niks,’ zegt Mo tegen me. ‘Ik denk dat ik mijn ouders toch maar bel.’
Zijn vinger gaat al naar het schermpje van zijn camphone.
Mo is een onwijs goede acteur.
‘Wacht!’ roept Boyd.

Boyd en ik zitten weer op de barkrukken. Mo heeft zich op het aanrechtblad geïnstalleerd. Zijn lange benen bungelen voor de keukenkastjes.
'Een paar jaar geleden hadden we een probleem met de foodprinters,' vertelt Boyd. 'Een van de bewoners kreeg de verkeerde vita toegediend. Er bleek een stofje in te zitten waar hij allergisch voor was en de man werd doodziek.'
Godzijdank is Holden alleen allergisch voor regels.
'Waarschuwde zijn brace dan niet?' vraag ik.
'Nee, die gaf vreemd genoeg het sein veilig.' Boyd kneedt zijn hals. 'Toen werden jouw vader en Phill Rogers erbij gehaald om de zaak te onderzoeken.'
De man die papa de ring met het briefje gaf!
Ik sein met mijn ogen naar Mo en kijk dan weer naar Boyd. 'En u kreeg de schuld?'
'Op dat moment nog niet. Men vermoedde een programmafout of een hapering in de communicatie tussen de brace en de printer. Alles werd vervangen, nagekeken en opnieuw opgestart. Maar een paar weken daarna ging het opnieuw mis, en ditmaal waren de gevolgen fataal.'
Ik voel een rilling door mijn ruggengraat gaan. Papa is niet de enige die op het Cliffton is gestorven.
'Ging het allebei de keren om dezelfde bewoner?' vraagt Mo.
Boyd knikt. 'Daardoor beseften ze dat het opzet was. Bovendien was Irwin niet erg geliefd, zelfs niet bij zijn unit-genoten. Hij was het tegenovergestelde van een brave burger en had een fascinatie voor wapens waarmee hij op dieren jaagde. In zijn huis zijn verschillende 3D-geprinte pistolen en zelfgemaakte kogels gevonden.'
Mo fluit door zijn tanden. 'En toen?'

‘Om een paniekuitbraak te voorkomen, werd het hele voorval verzwegen. Voor de bewoners en de buitenwereld, tenminste. Irwin was zogenaamd van de ziekenboeg meteen naar een ander, strenger instituut gegaan, dat was het verhaal. Wij personeelsleden wisten natuurlijk wel beter, maar we moesten ons aan onze zwijgplicht houden.’
‘En de bewoners pikten dat?’ vraagt Mo.
‘Irwin was zo impopulair dat het ze nauwelijks boeide.’ Boyd boent met zijn hand een paar spuugspettertjes weg die op de bar zijn geland. ‘Intussen werd er zo onopvallend mogelijk een intern onderzoek ingesteld onder supervisie van de minister van Veiligheid en Volksgezondheid.’
De werkgever van mama heeft dus ook al een lijntje met het Cliffton Instituut!
‘Een van de bewoners had toevallig een oom die handhaver was,’ zegt Boyd. ‘Hij heeft alle therapeuten en verplegers ondervraagd en de beelden van elke beveiligingscamera in het gebouw bekeken. Er leek niets verdachts op te staan, maar toen ontdekte Chapman dat er hier en daar een paar minuten ontbraken.’
Chapman! Het voelt alsof ik in een kringetje sta dat steeds kleiner wordt. ‘U bedoelt die handhaver?’
Boyd knikt. ‘Iemand heeft de camera bij de foodprinters even uitgezet, of sommige beelden met opzet gewist. Dat was Chapmans conclusie.’
‘Was het een bewoner of iemand van het personeel?’ zegt Mo.
‘Het lukte hem niet om daarachter te komen.’ Boyd prikt met zijn vinger in mijn richting. ‘En toen verkondigde jouw vader dat ik erachter zat.’
‘Zomaar ineens?’ vraagt Mo.

Boyd lijkt het amper te horen en staart voor zich uit. 'Ik vergeet het nooit meer. Het was de dag na Happy Day. Mijn dienst zat erop en ik wilde vertrekken toen een bewaker me tegenhield. Hij zei dat de directrice me wilde spreken. Ze wachtte me op in haar kantoortje, maar ze was niet alleen. Zodra ik Chapman, de minister en je vader zag zitten, wist ik dat er iets goed mis was.' Hij zwijgt even. 'Je vader zei dat Phill Rogers me als dader had aangewezen en iedereen geloofde hem. Ik werd meteen veroordeeld, er kwam geen referee aan te pas.'

Het verhoor van Holden staat meteen weer op mijn netvlies. De rode balkjes en dat we geen afscheid mochten nemen.

'Maar u hebt het niet gedaan?' zeg ik.

'Natuurlijk niet! Waar zie je me voor aan? Ik ben in het instituut gaan werken omdat ik anderen wil helpen.' Boyd beweegt zijn hoofd heen en weer. 'Dat probeerde ik die klootzakken ook aan hun verstand te peuteren, maar ze wilden het gewoon niet snappen. Ik mocht het gebouw niet meer verlaten, werd opgesloten in een kamertje en elke dag ondervraagd. Hoe vaak ik niet heb gezegd dat ik die Rogers wilde spreken...'

'Mama zegt dat hij vermist is.'

'Ja, dat wilden ze me eerst ook nog in de schoenen schuiven.' Boyd haalt diep adem. 'Ik haatte je vader omdat hij me beschuldigd had, maar toen ging hij dood en dat was mijn redding. Ik kon onmogelijk weten dat hij naar het appartement van de directrice zou gaan. En om vanuit mijn kamertje een paar verdiepingen hoger brand te kunnen stichten, zou ik net zo getalenteerd als Fabulous Frank moeten zijn.'

De beroemde magiër die al jaren in Las Vegas optreedt en een gastrol heeft in de serie *Magische Liefde*. Anna en Brooklyn zijn onwijs fan van hem.

'Vanaf dat moment was ik niet langer de verdachte,' zegt Boyd. 'Later hoorde ik dat Phill Rogers een pedofiel was en waarschijnlijk gechanteerd werd. Ik denk dat hij mijn naam heeft genoemd om de aandacht van zichzelf af te leiden. Zodra Chapman en je vader alle pijlen op mij hadden gericht, kon hij ongemerkt verdwijnen en zijn straf ontlopen.'

Het dringt nu pas echt tot me door wat Boyd daarnet allemaal heeft uitgekraamd. 'Dus papa is niet omgekomen door een bedrijfsongeluk?'

Ik zie hem aarzelen.

'Meisje...'

'Ik wil het weten!'

'Volgens mij dachten ze dat het opzet was. Anders hadden ze me na die brand niet ineens laten gaan. Ik kreeg honderd excuses en een salarisverhoging als ik geen klacht tegen het instituut zou indienen.'

Geen ongeluk maar opzet, galmt het in mijn hoofd. En Holden weet waarschijnlijk van niets.

'Maar nu heb ik lang genoeg mijn mond gehouden,' zegt Boyd. 'Ik laat me niet nog een keer beschuldigen. Destijds heb ik niets met die vita gedaan, en ik weet ook niks van jouw yummy's. Iemand probeert mij in een kwaad daglicht te stellen, net als toen.'

Geen ongeluk maar opzet...

Mijn ogen zoeken steun bij het scherm, waarachter een onzichtbare Laşer zit. 'Ik moet Holden zo snel mogelijk waarschuwen.'

HOLDEN

Paine en minister Adams hebben het kamertje waar het lichaam van Wren is gevonden al na een paar minuten gezien. Gelukkig ben ik zo verstandig geweest om intussen in de wc te blijven. Ik maak me zo klein mogelijk en wacht op het deksel van de wc-bril tot ze voorbij zijn. Pas als ik in de verte de lift hoor, durf ik weer te bewegen.

Voor de tweede keer deze avond trap ik mijn schoenen uit. Ik haal de pen en het papier weer tevoorschijn en begin te schrijven alsof mijn leven ervan afhangt.

Dringend bericht voor handhaver Chapman. Het zijn de nieuwe leiders die erachter zitten!

Het papier kreukt onder mijn vochtige handen. Ik moet het weer gladstrijken voordat ik verder kan.

Ze stoppen een of ander middel in onze vita. Calmexine, zodat we ons altijd netjes gedragen en alle stomme regeltjes pikken die zij hebben bedacht.

Hoe heeft pa ons al die tijd gewoon vita kunnen laten eten, terwijl hij wist wat erin zat? Hoe heeft hij überhaupt ooit aan zoiets walgelijks kunnen meewerken?

Dit is niet dezelfde pa tegen wie ik altijd opkeek. Die ik zo erg mis dat ik nog altijd tegen hem aan loop te leuteren.

Mijn ooghoeken beginnen te kriebelen. Er valt een druppel op de brief. Rondom de eerste drie letters van 'pikken' wordt het papier nat en doorzichtig, waardoor het woordje pik ineens in de schijnwerpers staat.

Als pa dit kon zien, zou hij me op mijn rug slaan en in lachen uitbarsten. Vroeger had ik automatisch met hem mee gelachen. Nu lijkt het ineens flauw en kinderachtig.

Ik boen mijn tranen weg. Het is maar goed dat hij dood is, anders had ik hem ter plekke naar de andere wereld geschopt.

Het werkt alleen niet bij iedereen. Sommige mensen zijn immuun voor dat spul. Zij blijven zelf nadenken en doen gewoon wat ze zelf willen, maar dan worden ze voor straf in het Cliffton opgesloten. Zoals ik.

Of zou pa er spijt van hebben gekregen en wilde hij alles in de openbaarheid brengen en terugdraaien en is hij daarom vermoord?

Spijt na meer dan twintig jaar werken bij Vita? Onzin!

Net als de ongevoeligen. Zij worden niet gehoorzaam maar depressief van de drugs. Sommigen plegen zelfmoord, net als Lois.

En ma? Weet zij wat pa heeft gedaan?

We moeten de nieuwe leiders stoppen! Laat dit briefje niet aan de directrice van het Cliffton Instituut lezen. Zij zit ook in het complot, samen met de minister van Veiligheid en Volksgezondheid. Geloof ze niet als ze beweren dat ik gek ben. De dode brievenbus durf ik niet meer te gebruiken. Vera Paine kent de plek. Ik probeer dit bericht direct aan Boyd Swis te geven.

Het komt vast door die calmexine dat Prissy zich altijd zo snel schuldig voelt! Pa heeft zijn eigen dochter...
De misselijkheid komt als een vloedgolf, die ik niet meer kan stoppen. Ik spring op, klap het deksel omhoog en spuug mijn walging samen met de algenshake van vanavond in de wc.

PRISSY

‘Moet u morgen werken?’ vraag ik aan Boyd.
Hij fronst zijn voorhoofd. ‘Hoezo?’
‘Dan wil ik mee om Holden te waarschuwen.’
‘Je broer?’ Boyd schudt van nee. ‘Onmogelijk.’
‘Alstublieft!’ Ik zet mijn grote ogen weer op.
Mijn zielige-meisjesact is uitgewerkt.
‘Al zou ik willen,’ zegt Boyd. ‘Iedere auto die bij het Cliffton arriveert, wordt gescreend. Je komt nooit ongezien binnen.’
‘En als u me eerder afzet? In de buurt van het gebouw.’
‘De enige toegang is via de parkeergarage, en die is alleen te bereiken via die screeningspoort.’
‘Maar de bewoners mogen toch wel eens naar buiten?’
‘De luchtplaats wordt omgeven door magnetische luchtvelden van zo’n vier meter hoog. Onzichtbaar en niet te beklimmen.’
‘Maar ik zou Holden dus wel kunnen zien.’
‘Het is te riskant.’ Boyd klinkt als een emotieloze robot die elk idee automatisch torpedeert. ‘Er vliegt continu een bewakingsdrone over het terrein. Je wordt vrijwel zeker betrapt en dan raak ik mijn baan kwijt. Is dat wat je wilt?’
‘Natuurlijk niet, maar…’ Tranen van frustratie vullen mijn ogen.

‘Wat ik wel kan doen, is een brief voor hem meenemen,’ zegt Boyd. ‘Ik speel wel vaker voor koerier.’

En dan moet ik maar geloven dat hij ook echt bij Holden wordt afgeleverd.

‘Dat is niet genoeg,’ zeg ik beslist. ‘Ik wil met mijn eigen ogen zien hoe het met hem is, en zelf met hem praten. Stel je voor dat hij wat er in die brief staat niet gelooft. Iedereen kan mijn naam er wel onder zetten, want Holden kent mijn handschrift niet. Ik héb niet eens een eigen handschrift.’

Boyd trekt met zijn mond. ‘Het spijt me, meisje, maar je kunt niet altijd je zin krijgen.’

Mijn camphone bromt. Mama, denk ik, maar tot mijn verbazing zie ik dat het Laşer is. Wat wil die nou weer?

‘Je stoort,’ zeg ik.

‘Zet hem even op speaker.’

‘Want?’

‘Doe het nou maar gewoon.’

Zodra ik het luidsprekertje op mijn schermpje aanraak, neemt Laşers stem de hele keuken in beslag: ‘Zeg maar tegen Swis dat ik de gegevens van Pakketservice naar zowel handhaving als het Cliffton doorstuur als hij je niet meeneemt.’

Het lijkt op die scène uit *The Wizard of Oz*, waarin een gewone man zich voordoet als een tovenaar. Hij spreekt de mensen niet rechtstreeks toe, maar via een apparaat, waardoor alles wat hij zegt iets magisch krijgt en veel meer indruk maakt.

‘Wie is dat?’ vraagt Boyd.

‘Dat doet er niet toe,’ zegt Laşer. ‘Het gaat erom of je het er voor overhebt. Een langdurig onderzoek, waarbij je werk op het instituut mogelijk een tijdje stop wordt gezet. Opnieuw je onschuld proberen te bewijzen. Het risico lopen dat de referee je niet gelooft en je met terugwerkende kracht alsnog schuldig wordt bevonden aan het overlijden van die ene bewoner.'

Er valt een stilte. Het enige wat ik hoor is het zachte gezoem van een robotstofzuiger, ergens boven in huis.

'Goed dan,' geeft Boyd zich gewonnen. 'Op één voorwaarde. Je laat je brace en je camphone thuis, zodat je niet getrackt kunt worden.'

'En als er dan iets met haar gebeurd?' Mo pakt mijn hand vast. 'Het is beter dat ik meega.'

Mijn vriendinnen zouden wegzwijmelen bij zijn filmheldengedrag.

En ik waarschijnlijk ook, als de surprise-yummy's geen opstandig duiveltje in mijn hoofd hadden gestopt.

'Dat is nergens voor nodig,' hoor ik mezelf snauwen. 'Ik kan heus wel op mezelf passen.'

'Bovendien is het onmogelijk,' zegt Boyd. 'Er is niet genoeg ruimte in mijn auto voor jullie allebei. Of dacht je dat jullie gezellig samen op de achterbank konden gaan zitten? De route hangt vol camera's.'

'Hoe verstop ik me dan?' Ik zie me al opgevouwen in de kofferbak liggen.

'Tussen de voorste stoelen en de achterbank, lijkt me het beste.' Boyd knikt bedachtzaam. 'Op de grond. Met een plaid over je heen.'

'Dit is echt een heel slecht plan, Pris.' Mo schraapt zijn keel. 'Laat me dan tenminste in jouw plaats gaan.'

Over slechte plannen gesproken! 'Holden en jij kennen elkaar niet eens. Nee hoor, ik ga zelf.'

‘Ik wil het niet hebben.’

‘Hou op, Mo. Je bent mijn moeder niet.’ Voorzichtig week ik mijn hand los. ‘Hoe laat moet ik hier zijn?’ vraag ik aan Boyd.

Deel 4

DE LAATSTE SLEUTEL

Vertrouwen en wantrouwen zijn beide de ondergang van de mensen.

– Hesiodos, Grieks dichter, 8e eeuw v.Chr.

HOLDEN

Er is weer een nieuwe op de unit. Eddie Kindle heeft het bewegingstempo van een luiaard en een stem die als een vertraagde geluidsopname klinkt.

'Ik heb yuppers verkocht,' vertelt hij tijdens de kring. 'Op blackweb.'

De nieuwe leiders stoppen ook griezelige stoffen in onze vita, zou ik tegen iedereen willen schreeuwen. Alleen worden zij niet naar een instituut verbannen.

Ik houd mijn kaken op elkaar. Als ik de waarheid vertel, verklaren ze me voor gek. Ze zullen zeggen dat ik de dingen weer niet zie zoals ze werkelijk zijn en dan heeft Dave een goede reden om me vol medicijnen te stoppen. Medicijnen waar ik niet immuun voor ben.

'Een handhaver heeft me erin geluisd.' Eddie rekt elk woordje uit als elastiek. 'Ze deed zich voor als een klant.'

'Het klinkt alsof je haar de schuld geeft,' zegt Dave. 'Maar het was natuurlijk je eigen keus om verboden yummy's te verhandelen.'

Eddie kan zelfs sloom zuchten. 'Omdat het leven zonder yuppers zo godvergeten saai is, gast.'

Als er geen calmexine in onze vita zou zitten, had hij vast geen yummy's met uppers nodig.

Ik leg mijn hand op mijn broekzak, zodat ik de omtrekken van het potje met pijnstillers kan voelen. Mijn eigen dode brievenbus. Nu moet ik mijn boodschap alleen nog bij Boyd Swis zien te krijgen.

Na de kring staat er individuele therapie op het programma. Dave brengt ons naar een gedeelte van het gebouw waar ik nog niet eerder ben geweest. De gang is lang en breed, met aan weerszijden zo veel deuren dat ik aan de kleedhokjes bij Park Pool moet denken. En daardoor ook aan Prissy, die me net zo lang aan mijn kop heeft gezeurd tot ik meeging naar haar favoriete zwembad. Eerlijk is eerlijk: die bak chloorwater was beter dan virtual swimming. Maar het kwam nog niet in de buurt van een natuurlijk meer of de zee. Gok ik.

Jazz haalt me met een por van haar elleboog uit mijn gedachten. 'Jij bent.'

Dave houdt een deur voor me open en ziet me blijkbaar huiveren. 'Relax, Holden. Ik kom zo bij je.'

Zodra ik binnen ben, wil ik het liefst meteen weer terug naar de gang. De ruimte is niet veel groter dan een wc en heeft geen ramen.

'Ga zitten,' zegt een robotstem.

Weer voel ik aan het potje in mijn broekzak om er kracht uit te putten.

Oké, zitten. Zolang ze maar niet weer zo'n horrorfilm afspelen. Het is geen harde stoel maar een zachte zetel met beweegbare rug- en armleuningen en een voeteneinde dat omhoog en omlaag kan. Nog luxer dan in de bioscoop. Ik probeer meteen alle knopjes uit, tot Dave uit de muur tegenover me komt aanlopen.

Niet echt natuurlijk, het is zijn hologram.
'Jullie zijn gescheiden en toch samen,' zegt hij. 'Daardoor kan ik ieder van jullie de individuele aandacht geven die nodig is, terwijl jullie je gesterkt voelen door de aanwezigheid van jullie medebewoners in de ruimtes naast en tegenover jullie.'
Hij klinkt als een online-dominee.
'Holden,' zegt Dave. 'Ik voel twijfels.'
Ik zet mijn voeteneinde nog wat verder omhoog. 'Kunt u nagaan wat ik voel.'
Dave glimlacht vergevingsgezind. 'Bij jou, bedoel ik.'
'Ik heb totaal geen twijfels,' zeg ik. 'Ik wil gewoon naar huis.'
'Dat had je dan eerder moeten bedenken. Voordat je dat vuurwerk afstak en echt voedsel at.'
'Ik heb die stomme regels niet opgesteld. Ze noemen het Paradise, maar het is de fucking hell.'
'Vind je dat echt?'
'U niet dan?'
'We zijn hier niet om over mij te praten.'
'Ik ben hier. U niet.' Ik vind een nog niet eerder ontdekt knopje onder de armleuning. Zodra ik het indruk, kieper ik achterover. 'Niet echt tenminste.'
'Vind je dat belangrijk? Dat iets echt is?'
'U niet dan?' kaats ik terug. 'Ik kan hier dus net zo goed gaan zitten liegen?'
'Dat kan,' zegt Dave. 'Aan jou de keus. De vraag is alleen: help je jezelf daar ook mee?'
De stoel werkt zo ontspannend dat ik spontaan begin te geeuwen.
'Denk er even rustig over na, dan praten we zo verder.' Dave bevriest alsof het beeld is vastgelopen. Wat niet zo is, want

dan zouden er niet allerlei woorden om hem heen kronkelen.
Social lees ik. En: *therapy*.
Ik weet niet wat er zo sociaal aan is om iemand in zijn eentje in dit hok op te sluiten.
Een programmamaker met humor, zeker?

PRISSY

Ik ontbijt in mijn eentje staand in de keuken. Mama is al vroeg naar minister Adams vertrokken. Ik geloof dat ze iets zei over een belangrijke bijeenkomst, maar ik luisterde amper en kon alleen aan Holden denken. Over een paar uur ga ik hem zien! Dat hoop ik tenminste. En mocht het niet lukken, dan kan ik altijd nog overschakelen naar plan B. Gisteren heb ik in papa's bureau een notitieblokje en een pen gevonden en een brief geschreven. Ik kreeg er kramp van in mijn vingers, maar het is gelukt. Hij zit in het voorvak van mijn rugzak.
Nu de rest nog.
Ik zet het lege bord in de vaatwasser. Vita kun je jammer genoeg alleen eten als hij vers is geprint. Ik zal het met een handvol yummy's en een bidon water moeten doen.
Tenzij...
De conservenblikken liggen nog altijd in hun truienbedje in Holdens kast. Ik pak ze uit alsof het cadeautjes zijn en zet ze voor me op zijn tafel. Bonen. Ansjovis. Tomatensoep.
De ansjovis schuif ik opzij. Het voelt niet goed om dode dieren te eten.
Met een gefronst voorhoofd tuur ik naar de plaatjes op de overgebleven blikken. De bonen zien eruit als speelgoed-

yummy's. De soep zit in een kom en lijkt vloeibaar als een shake. Die krijg ik vast het gemakkelijkst weg.
Dat wil zeggen: als ik zou durven. Misschien moet ik aan het idee wennen, of mezelf eerst de nodige moed ineten met een surprise-yummy...
Nou ja, meenemen kan in elk geval geen kwaad. Je weet nooit in wat voor noodsituatie ik terechtkom. Terwijl ik de soep in mijn tas stop, denk ik aan alle dingen die mis kunnen gaan. Opgepakt worden door die lui van het Cliffton. Verdwalen en omkomen van de honger. Een ontmoeting met een beer...
En dat allemaal zonder brace en dus ook zonder noodknop.
Mijn camphone maakt geluid.
Een berichtje van Mo: We zijn er.
Ik leg de twee overgebleven blikken terug in de kast, met mijn brace en de trui erbovenop. Met een yummy achter mijn kiezen gepropt, hol ik naar beneden.

'Ik denk dat je surprise-yummy's van Eddie Kindle afkomstig zijn,' zegt Laşer, zodra ik in de auto stap. 'Je kunt via versleutelde berichten yuppers bij hem bestellen. Voor jezelf, maar ook voor anderen. Hij verstuurt ze voor je, eventueel onder een valse naam of met een afleverboodschap van de koerier. Zolang je maar voldoende dash betaalt.'
'Weet je dan ook wie die yuppers voor mij heeft besteld?' vraag ik opgewonden.
Laşer schudt zijn hoofd. 'Ik heb het hem niet meer kunnen vragen. Eddie is gisteravond opgepakt en naar het Cliffton gebracht.'
Het Cliffton! Had ik papa's pen maar meegenomen. Dan kon ik in een PS zetten dat Holden met Eddie moet praten.

‘Ik heb wel iets anders voor je.’ Laşer zet een doos op mijn schoot. ‘Voor het geval dat je plan B moet toepassen.’
Het lijkt mijn verjaardag wel. Vol verwachting vouw ik het deksel open en staar in de ogen van een klein monster met vleugels.
‘Je Dragonfly!’ Ik ben blij en dankbaar, maar ook ongerust. ‘En als er iets misgaat en ze sneuvelt?’
‘Er gaat niks mis.’ Laşer laat me het klemmetje tussen de poten zien. ‘Hier stop je de brief tussen. Je stuurt Dragonfly omhoog en laat haar bij Holden stilvliegen of, als dat nodig is, landen. Zodra ze de brief heeft afgeleverd, laat je haar terugkomen.’
‘En hoe doe ik dat?’ vraag ik.
‘De afstandsbediening werkt op stemcommando’s,’ zegt Laşer. ‘Dragonfly doet precies wat je zegt.’
‘Bedankt.’ Hoe heb ik hem ooit niet aardig kunnen vinden?
De auto stopt voor het huis van Boyd.
‘Je kunt nog terug,’ zegt Mo.
‘Echt niet.’ Ik geef hem mijn camphone. ‘Flow denkt dat ik ziek ben en op school heb ik me ook nog niet beter gemeld, dus dat is geen probleem. Maar als mama je een berichtje stuurt, moet je wel reageren. Doe maar gewoon alsof je mij bent.’
Hij kijkt naar het toestel alsof het een vreemd voorwerp is dat hij nog nooit heeft gezien. ‘Maar wat click ik dan?’
‘Geruststellende dingen,’ zeg ik ongeduldig. ‘En denk eraan dat ik tot vier uur les heb. Daarna ga ik met Flow mee, want we hebben vanavond een feestje bij iemand uit onze klas.’
‘Bij wie?’

Zucht! 'Als mama ernaar vraagt, ben ik bij Dana.'
Laşer knipoogt naar me. 'Ik help hem wel.'

Tien minuten later lig ik in de auto van Boyd Swis, zo recht als een lippenstift tussen de stoelen geklemd, met mijn rugzak op mijn buik en een verstikkende plaid over me heen.
Als mama het wist zou ze ter plekke van ongerustheid sterven.
De lichten in de auto gaan uit, ik merk het zelfs door de plaid heen.
'We verlaten de stad,' hoor ik Boyd zeggen.
Hij heeft oortjes in gedaan, zodat hij kan doen alsof hij via zijn camphone met iemand praat of met de muziek meezingt, want hij is als de dood om door een camera betrapt te worden.
'Oké.' Ik sla de plaid stiekem een stukje opzij. Ondanks de spanning voel ik me levendiger dan ooit. Of misschien wel dankzij de spanning. Die slaat me niet lam zoals eerst, maar zorgt ervoor dat al mijn zintuigen onwijs wijd openstaan. Ik luister naar het zoeven van de wielen op het asfalt. Ergens roept een dier en...
'De tunnel,' meldt Boyd. 'Als we straks door het hek zijn, komen we bij een cameravrij gedeelte.'
Zodra hij het sein veilig geeft, ga ik rechtop zitten zodat ik naar buiten kan kijken. We rijden door een bos. De ochtendzon geeft de bladeren van de bomen een gouden glans, die me aan oogschaduw nr. 28 doet denken: *golden sunshine*. Ik hoor vogels fluiten en zie een ree tussen de struiken wegschieten en dan begin ik eindelijk iets van Holden te begrijpen.
'Liggen,' commandeert Boyd ineens.
Ik verberg me weer onder de plaid, met mijn armen om mijn rugzak. 'Is het nog ver?'

'Een paar kilometer. Dan komt er een scherpe bocht en rijden we heel even met een slakkengangetje. Dat is het moment om uit te auto te springen.'
'Springen?' vraag ik benauwd. 'Ik ben geen stuntvrouw.'
'We kunnen niet stoppen,' zegt Boyd. 'Dat zou te veel opvallen. Naast de weg zijn voldoende struiken om je in te verbergen. Een stukje verder bestaat het landschap alleen nog uit kale rotsen, dus die bocht is je enige kans.'
Ondanks de surprise-yummy van vanmorgen verstijf ik. Maar dan denk ik aan Holden en aan papa, die op het Cliffton...
'Overschakelen op handbediening,' zegt Boyd tegen het dashboard. En dan tegen mij: 'Hou je klaar, we zijn er bijna.'
Hij begint af te tellen. 'Drie, twee...'
Ik gooi mijn plaid af. De auto mindert vaart.
'Nu!' roept Boyd en hij opent het portier aan mijn voeten.
Mijn verstand gaat uit en mijn spieren gaan aan – alsof ik een computergestuurd lichaam ben. Ik kom omhoog, hurk naast het geopende portier, trek mijn hoofd in en laat mezelf naar buiten vallen. Het doet minder pijn dan ik dacht. Ik land in een vangnet van bosjes en voel alleen wat takjes door mijn kleren heen steken. Met mijn handen beschermend om de rugzak voor mijn buik kijk ik hoe de auto de bocht omgaat. Het achterportier is alweer gesloten, alsof er nooit een verstekeling aan boord is geweest.
Ik neem een paar minuten om bij te komen. Dan klauter ik door de struiken omhoog tot ik zo'n twintig meter boven de weg sta en in alle richtingen kan kijken.
Daar! Dat grote, hoge gebouw kan niet anders dan het Cliffton zijn.
En ik maar denken dat ik de ergste moeilijkheid al had over-

wonnen met die autostunt van daarnet. Ik voel de moed uit me wegstromen. Bij het instituut komen, is een veel groter probleem. Het staat aan de voet van een afgrond en heeft maar twee toegangswegen. De carport waar Swis' auto nu staat. En een echte rivier.

De luchtplaats is niet zichtbaar vanaf deze kant. Als ik Holden wil zien, zit er maar één ding op. Ik zal naar hem toe moeten zwemmen.

Terwijl ik tussen de bomen en struiken kruip en sluip, drukt de wanhoop in mijn borst.

Waarom heeft Boyd me niet gewaarschuwd? Is dit zijn manier van wraak nemen? Of hoopt hij dat ik het opgeef en braaf ga zitten wachten tot hij klaar is met zijn werk.

Als ik hijgend de oever bereik, ga ik op een omgevallen stam zitten. Een onzichtbare hand knijpt mijn keel samen. Deze rivier is in alles het tegenovergestelde van Park Pool. Het water is niet vriendelijk blauw maar griezelig bruin. Niet doorzichtig maar zo troebel dat ik niet eens kan zien hoe diep het is. En wie weet wat voor enge beesten zich onder het wateroppervlak verbergen.

Ik graai in mijn rugzak en neem een surprise-yummy, terwijl ik probeer om niet aan de waarschuwing van maximaal twee per dag te denken. Al na een paar minuten voel ik me wat beter en kan ik weer nadenken.

Dragonfly moet mee. En de brief. Omdat ik geen handdoek bij me heb, stop ik ook mijn sweater in mijn tas, die honderd procent waterdicht is. Dat heeft Reese tenminste ooit in een van haar vlogs beweerd. Hopelijk was het geen leugen.

Alleen, wat doe ik met mijn broek? Ik durf mijn rugzak niet nog voller te proppen, uit angst dat ik Dragonfly zal beschadigen.

Liever een natte broek dan geen broek, zouden mijn vriendinnen zeggen.
De andere spullen leg ik zolang onder een struik, samen met mijn schoenen, mijn shirt en mijn sokken. Ik ga op de kant zitten en gesp mijn rugzak zo stevig vast dat de riempjes in mijn vlees snijden. Dan laat ik me voorzichtig in het water glijden. Het is zo onwijs koud dat ik het liefst meteen weer op de oever zou willen klimmen. De enige meevaller is de redelijk stevige bodem waarop ik kan staan. Ik beweeg met mijn armen om warmer te worden en het water te verkennen. Een paar plantenslierten dwarrelen langs me heen, maar ik voel gelukkig geen enge vissen langs mijn lichaam strijken.
Ik neem de omgeving goed in me op. De boomstam en de struik. Een paar flinke stenen, en het felle geel van mijn shirt dat door de bladeren heen schemert. Allemaal aanknopingspunten om deze plek straks terug te vinden. Dan zet ik me af en crawl tegen de stroom in weg.
Na een meter of twintig heb ik mijn vertrouwde ritme te pakken. Mijn ademhaling en hartslag zijn geruststellend gelijkmatig en mijn broek en de tas hinderen me amper. Soms hoor ik een vogel ritselen in de struiken op de oever, maar verder lijkt het alsof ik alleen op de wereld ben.
Ik wilde dat Flow me nu kon zien. Die gelooft me nooit als ik dit vertel. Het is jammer dat ik mijn camphone niet bij me heb om een camfie te maken.

HOLDEN

Daves hologram komt weer in beweging. 'En?'
'Hij zit lekker.'
'Je weet best wat ik bedoel, Holden,' zegt Dave. 'Gaan we een serieus gesprek hebben of niet?'
Ik haal onwillig mijn schouders op, maar ik had net zo goed kunnen knikken.
'Je zei dat je onze stad de hel vindt,' gaat Dave verder. 'Misschien wil je me vertellen waarom.'
'Dat snapt u toch zelf ook wel?' Ik zet mijn stoel recht. 'Het is alsof je in een fucking film leeft. Boek je een virtuele reis naar Afrika, krijg je een leeuwen- en luipaardgarantie. Als je wilt kun je zelfs tussen de nijlpaarden zwemmen. En dat allemaal zonder ook maar enigszins gevaar te lopen of moeite te doen. Dan is er toch geen ruk meer aan?'
'We mogen blij zijn dat er überhaupt nog leeuwen en luipaarden bestaan,' zegt Dave. 'Tijdens de Bange Jaren was het heel normaal om met het vliegtuig op vakantie te gaan. Al die toeristen hebben bijgedragen aan de klimaatverandering, die funest voor de dierenpopulatie bleek te zijn. Extreme lange droogtes zorgden voor voedselgebrek en bosbranden, zodat het wild naar andere plaatsen moest vluchten...'

Het verhaaltje van de nieuwe leiders dat ik al duizend keer heb gehoord.
Ik kieper mijn stoel weer achterover. 'Daar gaat het niet om.'
'Waar gaat het dan wel om?'
'Dat alles fake is. We eten vita die er episch uitziet, maar nergens naar smaakt.'
'Vind je dat geen egoïstische gedachte?' vraagt Dave. 'Vita heeft een einde gemaakt aan zowel hongersnood als obesitas. Het idee dat men vroeger dieren at...'
Het besef komt als een bowlingbal uit de verte aanrollen. Dit is niet Dave die spreekt, maar de calmexine.

'En?' zegt Jazz als we terug naar de unit lopen.
'Prima stoel, maar wel een klein klotekamertje.'
Ze probeert me te slaan met het koordje van haar hoody. 'De therapie, sukkel.'
'Volgens mij mag ik morgen weer naar huis.'
Jazz grinnikt. 'Dat zal Peter niet leuk vinden.'
'Zo te zien heeft hij alweer een nieuw slachtoffer.' Ik knik naar Eddie Kindle. Peter zit bijna aan hem vastgeplakt.
'De slet,' zegt Jazz.
Ik weet zeker dat ze immuun is zoals ik. Maar kan ik haar vertrouwen?
'We lopen meteen door naar de lift om te luchten!' roept Dave.
Mijn hand gaat weer naar het potje met de brief in mijn zak. Met een beetje mazzel...

Tot mijn teleurstelling zijn de bewoners van de andere units niet buiten. De kans dat ik Boyd Swis vandaag nog zal treffen

is praktisch nul. Ik slenter chagrijnig over de plaats en schop tegen steentjes, tot ik Jazz ineens in mijn nek voel hijgen.
'Daar is iemand,' fluistert ze. 'Buiten de hekken.'
Ik knijp mijn ogen samen. 'Waar dan?'
'Bij de rivier.'
Nu zie ik ook iemand bewegen. Een meisje in een donkerblauwe sweater en broek, en ze komt onze kant op. Zoals ze loopt. De kleur van haar haren. Het smalle gezicht...
'No way,' mompel ik.
Paine heeft iets in mijn vita gestopt. Een middeltje dat zelfs het verstand van iemand die immuun is kan aantasten.
'Je kent haar?' vraagt Jazz.
'Het is Prissy.' Ik kan alleen nog stamelen. 'Mijn zus.'
'Cool.' Jazz geeft me een duwtje vooruit. 'Ik zou haar even waarschuwen voordat ze een elektrische schok krijgt.'
Jazz' opmerking is ontnuchterend als een natte dweil. Ik ren tot vlak aan de streep en ga met mijn handen omhoog klaarstaan in de hoop dat Pris snapt dat het een stopteken moet voorstellen. En precies op dat moment komt de bewakingsdrone over de plaats gezeild. Ik wijs omhoog en zwaai en gebaar en zie Prissy tussen de struiken duiken. Zo ziet ze er tenminste uit: als Prissy. Mijn brein kan nog steeds niet bevatten dat het mijn zus is gelukt om helemaal hiernaartoe te komen. En dat ze zoiets durft...
De schaduw van de drone glijdt over de plaats. Het is alsof er een enorme roofvogel boven ons rondcirkelt die met arendsogen de omgeving afspeurt. Ik volg hem met ingehouden adem tot hij naar de andere kant van het gebouw verdwijnt.
Prissy komt meteen weer uit haar schuilplaats en rent op me af. Ik zie nu pas dat ze iets bij zich heeft, een klein voorwerp

dat ik niet ken. Opnieuw steek ik mijn handen als stopborden omhoog, maar Prissy snapt het niet en holt gewoon door. Ziet ze die dooie beesten dan niet liggen? En waar blijven die stomme vogels vandaag? Ze vliegen zich constant te pletter, maar nu het eindelijk een keer nut zou hebben, laten ze zich niet zien.
Misschien helpt het als ik Prissy keihard toeschreeuw.
Ik kijk naar de andere bewoners. De meesten hebben niet in de smiezen wat er buiten het hek gebeurt. Ze spelen basketbal, zitten te suffen op een bankje of praten met elkaar. Maar zodra ik begin te schreeuwen zullen ze allemaal wakker worden, en dan zal Zenuwtic-Peter bij de leiding gaan klikken, als de verplegers mijn gebrul niet al zelf hebben gehoord.
Slecht plan. Ik kan beter iets bedenken wat geen lawaai maakt.
Mime! Dat is het.
Ik strek mijn hand uit, speel dat ik het onzichtbare hek raak, laat mijn arm kronkelen alsof er een schok door me heen gaat, spring achteruit en laat me op de grond knallen, sidder nog een paar keer als een aal en ga dan een paar tellen voor dood liggen.
'Ze blijft staan,' hoor ik Jazz zeggen.
Godzijdank! Ik krabbel overeind.
Prissy heeft het vreemde voorwerp op de grond gezet. Vanwege de vleugels heeft het iets van een beestje.
'Wat gaat ze doen?' vraagt Jazz.
'Geen idee.'
Om de een of andere mysterieuze reden praat Prissy tegen haar hand.
Krijg nou wat! Het voorwerp stijgt op en zweeft naar ons toe.

Een kleine kunstmatige vogel, denk ik eerst nog, maar die hebben geen angel en facetogen. Hoe komt Prissy in hemelsnaam aan een robotinsect?
'Weet jij wat er gebeurt als dat ding door een magnetisch veld vliegt?' vraag ik aan Jazz.
'Zie ik eruit als een natuurkundige?'
'Misschien gebeurt er wel niks,' hoop ik.
'Of hij wordt door de schok als een boemerang naar je zus teruggeslingerd,' zegt Jazz. 'Of hij verschroeit, of we krijgen een enorme kortsluiting.'
Ik heb me zorgen gemaakt om niks. De robot is nog een heel eind van de streep vandaan als hij begint te klimmen. Tot wel vijf meter hoog!
'Ze weet het,' zegt Jazz. 'Je zus weet dat er een onzichtbaar hek staat.'
Het insect vliegt er soepel overheen en zakt aan onze kant van het magnetische veld. Zodra ik het papiertje tussen zijn pootjes zie hangen, brandt mijn eigen brief bijna mijn zak uit. Ik ben niet langer afhankelijk van Boyd Swis. De familie Winters heeft haar eigen koeriersdienst!
'Wat sta jij nou te grijnzen?' vraagt Jazz.
'Gewoon.' Ik steek mijn hand in mijn zak om het potje te pakken en...
Het is er niet!
Terwijl de paniek als kolkende lava in mijn maag ronddraait, schraap ik met mijn ogen de plaats af. Waar heb ik gestaan, gelopen, gelegen?
'Zoek je iets?' klinkt het achter me.
Als ik me omdraai, zie ik Peter aankomen, hevig likkend aan zijn bovenlip. In zijn halfgeopende rechterhand ligt mijn potje

met de brief. Het moet tijdens mijn mimeact uit mijn zak gevallen zijn.
'Geef terug,' zeg ik.
'Het is tegen de regels om medicijnen bij je te hebben.' Peter schudt afkeurend met zijn hoofd. 'Of wil je soms net als Lois eindigen?'
Dit is Fail Nail in het kwadraat. Ik ben de sukkel in een slapstick, die de rivier oversteekt op het moment dat de brug in elkaar dondert.
'Geef terug, zei ik.'
'Het lijkt me beter als ik het aan iemand van de leiding geef,' zegt Peter.
Ik voel mijn vuisten samenballen.
'Holden,' fluistert Jazz. 'De drone komt terug.'
Ik kijk omhoog, naar het robotinsect dat weer opstijgt en dan naar Prissy, die op haar beurt hopeloos naar de struiken achter haar kijkt. Tussen mijn wenkbrauwen knapt iets, en dan hoor ik mezelf 'klootzak' roepen, terwijl ik op Peter afstorm. Hij lijkt even te schrikken, maar dan verandert zijn mond in een sardonische grijns en strekt hij zijn arm.
Met een reuzenzwaai gooit hij het potje in een hoge boog over het hek heen. 'Daar heb je je pilletjes. Ga maar halen.'
Ik geloof mijn ogen niet. Peter is de sukkel in de slapstick, niet ik.
Maar dan zie ik de drone over de plaats cirkelen, terwijl Prissy in het open veld het potje opraapt. Hij gaat haar zien, dat kan niet anders.
'Is dat een ontsnapte bewoner?' vraagt Peter opgewonden.
Iedereen ziet haar. Ik had haar daarstraks net zo goed toe kunnen schreeuwen.

Prissy praat in haar hand, terwijl ze naar de struiken vlucht, met het robotinsect als een draadloze vlieger achter haar aan. In mijn gedachten duw ik hen vooruit, terwijl ik de cirkels die de drone maakt, steeds groter zie worden. Het duurt niet lang meer of hij scheert over de magneetvelden heen en dan krijgt hij Prissy in het vizier.

Ze holt nog altijd onvermoeibaar door.

Verstop je nou, denk ik. Maar ze zet koers naar de rivier.

'Dat haalt ze nooit,' fluistert Jazz. 'De drone...'

...hangt nog geen honderdste van een seconde boven haar. Dan verdwijnt Prissy tussen de bomen langs het water.

'Nu gaat het gebeuren,' zegt Peter.

We kijken allemaal naar het Clifftongebouw.

PRISSY

De adrenaline raast door mijn lijf, terwijl ik Dragonfly, haar afstandsbediening en het geheimzinnige potje in mijn rugzak prop en wens dat die stomme drone zich te pletter vliegt. Rits dicht! Op het moment dat ik de hengsels om mijn schouders hang, besef ik het pas: ik heb mijn sweater nog aan.

Jammer dan! Met knikkende knieën ga ik op de oever staan en spring.

Het koude water beneemt me even de adem, dan drijf ik mee op de stroom. Ik tuur door de gaten in het bladerdak boven mijn hoofd of ik de drone nog zie. Als ik gefilmd ben...

Zen-modus! zou mama zeggen.

Ik concentreer me op mijn ademhaling en mijn zwemslag.

Als ik op de oever klim, slaat de vermoeidheid toe. Ik leg mijn tas op de grond en stroop mijn doorweekte kleren van mijn lijf. Bij gebrek aan een handdoek spring ik een paar keer met gespreide armen op en neer om de druppels van me af te schudden. Ik wring mijn haar uit, verruil mijn bh voor mijn droge shirt, hang mijn natte spullen in de struiken te drogen en zoek zelf ook een plekje in de zon.

Misschien zit Holden op dit moment wel ergens mijn brief te lezen.
Ik trek mijn rugzak naar me toe en maak hem leeg. Dragonfly heeft het gelukkig overleefd. Dat ze me een paar dagen geleden nog aan het schrikken maakte, kan ik me amper meer voorstellen. Het is niks minder dan een bewegend kunstwerk, zoals het wandelende strandbeest dat ik op een filmpje in het City-museum heb gezien: een enorm gevaarte van gele plastic buizen dat...
Het gele potje!
Ik vis het uit mijn tas en bekijk het etiket.
Aspirines? Heb ik daar zo ongeveer mijn leven voor gewaagd?
Ik wil het al zwaar teleurgesteld terugstoppen, maar bedenk me. Waarom zou die jongen in hemelsnaam pijnstillers over het hek willen gooien? Er zit vast iets anders in!
Met mijn door het water gerimpelde vingers draai ik het deksel los en keer het potje ondersteboven. Witte aspirines en één roze pil. Maar ook een paar opgerolde, beschreven papiertjes. Ik vouw ze open en begin te lezen.
Mijn hart wipt omhoog. Het is een bericht voor handhaver Chapman, die Holden van mama en mij heeft afgepakt. En het wordt nog veel onwerkelijker. De schrijver beweert dat er met onze vita wordt geknoeid!
Ik kijk naar de laatste surprise-yummy's, die ik onder de struik heb gelegd en dan voelt het alsof er duizenden radertjes onder mijn schedel gaan draaien.
Kwam het door de calmexine dat ik me altijd zo schuldig voelde?
Tot ik die surprise-yummy's begon te eten...

Waarschijnlijk zit er dus iets in waardoor die calmexine niet meer goed werkt!

Mijn ogen razen door de tekst en mijn hersens staan op het punt van crashen. Geen wonder dat Holden zich anders gedraagt dan ik. Hij is vast en zeker immuun en daarom hebben ze hem naar het Cliffton gestuurd. De rotzakken! Nog voor hij bij de referee zat, was hij al kansloos. Laşer en Mo en Bit's a mystery hebben al die tijd gelijk gehad. De nieuwe leiders zijn niet te vertrouwen.

Ik eet nooit, maar dan ook nooit geen vita meer!

Terwijl ik met mijn hand over mijn voorhoofd wrijf, begin ik aan het tweede blaadje.

Haal me hier zo snel mogelijk weg. Ik wil naar huis. Nu!

Holden

Zijn naam komt als een onverwachte stomp in mijn maag. Ik dacht dat die potjeswerper ook de afzender was, maar het is Holden die weg wil. Holden die naar huis wil. Nu!

Een misselijkmakende angst grijpt zich aan me vast. Ik wilde dat ik net als Lightgirl bovennatuurlijke krachten had, zodat ik mijn broer uit de klauwen van het Cliffton kon bevrijden. Maar ik kan helemaal niks, behalve wachten tot het avond wordt en Boyd me weer met zijn auto oppikt. Uit frustratie schop ik tegen een graspol en schamp Dragonfly, waardoor ze met een plofje op haar zij valt.

Sukkel. Ze had wel stuk kunnen zijn!

Voorzichtig zet ik haar rechtop en strijk haar vleugels glad, terwijl ik mijn best doe om te kalmeren. Holden heeft mijn brief gekregen, dus hij is in elk geval gewaarschuwd.

Ik stop die van hem terug in het potje.

En nu? Zonder camphone verveel ik me suf. Ik wiebel met mijn tenen. Teken met mijn vinger figuurtjes in het zand, bouw een toren van takjes en blaadjes en draai mijn nog altijd klamme kleren om. Soms hoor ik iets ritselen en kijk geschrokken om me heen, maar het is telkens de wind.

Ik geloof dat ik even ben weggedoezeld.
Hoe laat zou het zijn? In elk geval al lang na lunchtijd.
Mijn maag gromt dat ik moet eten. Het lichte gevoel in mijn hoofd zegt het en het conservenblik onder de struik roept het. Alleen mijn hersens sputteren nog tegen.
Met trage bewegingen kleed ik me aan.
Je zult wel moeten. Op alleen yummy's kun je niet leven en alles is beter dan calmexine.
Echt eten. Ik vind het doodeng.
Ik ga met het blik op de omgevallen boomstam zitten en trek behoedzaam het deksel los. De gladde, rode soep ziet er onwijs veel saaier uit dan de kleurrijke vita met zijn ingewikkelde patronen. Maar zodra ik hem ruik...
De zoetige geur vult mijn neus en mijn speekselklieren beginnen zo hard te werken dat het lijkt alsof iemand een monddouche heeft aangezet. Ik wil ineens niets liever dan proeven, breng het blik naar mijn mond en tuit mijn lippen. Het kleine slokje veroorzaakt een explosie van smaak. Alsof mijn tong net als Doornroosje honderd jaar heeft liggen slapen en nu wordt wakker gekust. Ik weet niet of ik het ook echt lekker vind, maar het is net als met de achtbaan in Funworld: hoewel je er duizelig uit komt, wil je toch meteen weer een rondje. Dus neem ik nog een slok en daarna nog een, net zo lang tot het blik helemaal leeg is.

Minpuntje: echt eten zorgt voor afval. Ik spoel het blik om in de rivier en stop het volgens de regeltjes netjes in mijn tas. Uit gewoonte? Of door de calmexine in mijn ontbijt? Opstandig haal ik het blik weer tevoorschijn en plant het op de oever om een statement te maken.
Minpuntje twee: tomatensoep is honderd keer zwaarder dan vita. Mijn buik lijkt vol stenen te zitten. Tot ik een keiharde boer laat. Het voelt letterlijke en figuurlijk als een bevrijding en ondanks alle ellende moet ik lachen.

HOLDEN

Ik verwacht een alarm en personeel dat naar buiten stormt, maar het enige wat ik zie zijn een paar bewoners die opgewonden met elkaar praten.
'Blijkbaar is je zus toch niet gespot,' zegt Jazz.
'Of het is een nepdrone. Zit er helemaal geen camera in en laten ze dat ding alleen rondvliegen om ons bang te maken.'
Ik tuur weer naar de bomen en de rivier, maar het landschap heeft Prissy en het robotinsect helemaal opgeslokt, zoals de walvis met Jonas deed.
Shit! Het briefje! Waarom heb ik het met mijn domme harses niet meteen losgemaakt en goed weggestopt? Toen het robotinsect terugvloog, heb ik het niet meer tussen de pootjes zien hangen. Het moet gevallen zijn. Weggewaaid. Ik kijk om me heen.
Jazz komt zo dicht naast me staan dat onze armen elkaar raken. 'Hier. Ik denk dat je dit zoekt.' Ze frummelt een briefje in mijn hand.
'Bedankt,' zeg ik.
'Ik zou het nog maar even wegstoppen tot jeweetwel uit de buurt is.' Ze glimlacht vriendelijk naar Peter. 'De vuile verklikker.'

Zodra we weer naar binnen worden geroepen, zien we hem naar een verpleger lopen.
'Ik wist het,' zeg ik. 'Die gaat Prissy verlinken.'
Ik sta al in de startblokken om hem achterna te gaan.
Jazz legt haar hand op mijn arm. 'Laat mij maar,' zegt ze en dan geeft ze me een zetje richting wc. 'Dit is je kans om dat briefje te lezen.'
Ik kies het hokje helemaal achterin.
Holden!
Prissy hier. Ik moet je spreken! Waarschuwen! Omdat ik niet weet of dat ook lukt, schrijf ik je deze brief. Er is onwijs veel gebeurd sinds jij in het Cliffton zit. Iemand heeft me surprise-yummy's gestuurd, met iets erin waardoor ik veel meer durf dan normaal.
Uppers? Zoals Eddie Kindle in zijn yuppers stopt? Is dat spul werkelijk zo sterk dat het iemand compleet kan veranderen? En waarom geeft iemand die troep aan Prissy?
We dachten eerst dat Boyd Swis erachter zat, een verpleger die bij jullie werkt, maar hij gaat me juist helpen. Morgen neemt hij me mee naar het instituut.
Ik kluif op mijn duimnagel. Fucking Swis weer? Is er ook nog iets waar die kerel zich niet mee bemoeit? Mijn ogen vliegen verder.
Mama heeft me verteld dat papa daar is gestorven en het was waarschijnlijk een aanslag!
Ma wist het! Ze is al net zo'n grote leugenaar als pa. Als ze niet altijd zo geheimzinnig over pa's dood had gedaan, had ik me nooit door Chapman laten overhalen. Het is háár schuld dat ik hier gevangen zit.
Met een nijdige veeg over mijn ogen, lees ik verder.

Ken je Phill Rogers? Hij heeft met papa samengewerkt. Op het Cliffton!
Met Happy Day gaf Phill die pooierring aan papa en zei: 'Voor als er iets met mij gebeurt. Iemand moet hem stoppen.' Ik heb het gezien op een filmpje van een bewakingscamera en mama was er ook bij. Ze zegt dat ze niet meer weet wat er op het briefje stond. Weet jij het nog wel?
Swis...
Ik vertrouw mijn benen niet meer en laat me op het deksel van de wc-bril zakken.
Daarna is Phill verdwenen. Niemand weet of hij nog leeft. Ik denk dat papa heeft ontdekt wie Phill bedoelde. Dat hij daarom dood moest. En als jij ook weet wie Phill bedoelde... Wil je ajb heel voorzichtig zijn!
Ik probeer de stukjes in elkaar te passen.
Rogers was bang dat Swis hem iets zou aandoen. Misschien wist hij dat pa ook gevaar liep en gaf hij dat briefje daarom aan hem en niet aan iemand anders.
Maar waarom zouden nou juist zij tweeën het doelwit zijn? De enige connectie tussen Rogers en pa was volgens mij hun werk en...
De calmexine! Dat kan haast niet anders. Heeft Swis net als ik toevallig iets opgevangen wat niet voor zijn oren was bestemd?
Ik denk aan Chapman en zijn petekind. De overgevoelige Lois die zo depressief werd van de calmexine dat ze zelfmoord pleegde. Heeft Swis soms iets soortgelijks meegemaakt met zijn zoon of dochter? En besloot hij daarom persoonlijk wraak te nemen op Rogers en pa?
Ik leg mijn hand met de brief op mijn schoot.

Het klopt niet. Als het inderdaad om een persoonlijke vendetta gaat, is het toch bizar dat Swis nu Prissy helpt? De dochter van de man die hij uit wraak heeft ver...
Tenzij het een vooropgezet plan is!
In mijn stampende kop vallen alle stukjes ineens op hun plaats. Swis heeft die yuppers wel degelijk naar Prissy gestuurd. Niet alleen om haar gedrag te veranderen, maar ook om haar naar zich toe te lokken. Hij wist dat ze zou willen weten wie de afzender was en dat ze ten slotte bij hem uit zou komen. Vervolgens speelt hij de aardige verpleger en biedt aan om Prissy te helpen, maar in werkelijkheid is hij iets verschrikkelijks van plan. Zo verschrikkelijk dat ik er amper aan durf te denken.
Oog om oog, tand om tand. Dochter om dochter.
Straks zit ze weer alleen met hem in de auto.
Of hij laat haar juist achter.
Een onzichtbaar koord snoert mijn keel dicht.
De hele nacht in haar eentje in de wildernis. Dat overleeft Prissy nooit.

PRISSY

Voor het huis van Boyd staat een blauwe coupé.
Laşer en Mo! Ze zijn er al!
Ik zwaai naar ze door het raampje en wacht ongeduldig tot de auto is gestopt en ik eindelijk uit kan stappen. De terugweg leek eindeloos.
'Net op tijd,' zegt Mo. 'Je moeder clickt dat ze om halftien klaar is en vraagt of ze je van het feestje kan ophalen.'
Hij wil me mijn camphone geven, maar ik maak een afwerend gebaar.
'Zeg maar dat ik mama ophaal.' Ik leg mijn tas op mijn schoot en zoek naar het potje. 'We moeten wel eerst naar huis, zodat ik me kan omkleden en mijn brace om kan doen. Vertellen jullie intussen wat ik bij Adams moet stelen.'
'Je doet mee?' vraagt Laşer.
'Zeker weten.'
Hij beukt Mo op zijn schouder. 'Ze doet mee!'
'Ik probeer te clicken,' moppert Mo.
Er is niks aan zijn hoofd veranderd, en toch vind ik hem ineens minder knap. Het is alsof ik naar een gezichtsmasker kijk, dat scheurtjes begint te vertonen.
'Heeft Holden je overgehaald?' vraagt Laşer.

Ik open het potje en geef hem de brief over de calmexine. 'Eigenlijk wilde hij Chapman waarschuwen.'
Laşers ogen schieten als knikkers in een flipperkast heen en weer. Horizontaal en diagonaal, alsof hij kan kruislezen. 'Ik wist het. Het geheime genootschap liegt niet.' Hij legt de brief bij Mo op zijn schoot en draait zijn stoel weer naar mij. 'Een maatje van Eddie heeft trouwens jouw surprise-yummy onderzocht. Je had gelijk. Er zitten uppers in.'
'Om me tijdelijk ongevoelig voor die calmexine te maken,' zeg ik.
'Ik ben natuurlijk altijd immuun.' Laşer klinkt trots, alsof het zijn eigen verdienste is. 'Zoals alle hackers.'
'Maar Prissy niet.' Mo geeft me de brief terug. 'Wat ga je doen? Laşer en ik kunnen vita blijven eten zonder dat het kwaad kan, maar jij hebt een vet probleem.'
'Tenzij we die schuilkelder van Holden vinden,' zegt Laşer.
'Doe normaal.' Mo kijkt me doordringend aan. 'Dat blikvoer is nog ouder dan mijn overgrootmoeder. Levensgevaarlijk!'
'Een superplan, bedoel je.' Ik rol de brief op en stop hem terug in het potje. 'Vanmiddag heb ik tomatensoep uit blik gegeten en ik werd niet eens een beetje ziek.'
'Cool,' vindt Laşer.
Mo schudt zijn hoofd. 'Jullie zijn allebei geschift.'

Ik heb mijn praktische kleren voor een feestjurkje verruild en me opgemaakt.
'Wow,' zegt Mo als ik de trap afdaal.
'Anders gelooft mama nooit dat ik van een feestje kom.' Ik laat Holdens camfie van het verbodsbord bij het wildrooster zien. 'Deze is vlak bij de schuilkelder gemaakt. Jammer ge-

noeg heeft hij er niet ook nog eentje van dat huis zonder dak genomen.'
'Dragonfly vindt het wel,' zegt Laşer. 'Ik hang een cameraatje aan haar pootjes, zodat we het terrein van bovenaf kunnen verkennen.'
'Slim.' Ik kijk op mijn brace. 'We kunnen beter opschieten.'
Terwijl we naar het appartement van Adams rijden, nemen we alles nog een keer door.
'Dus het ziet er niet uit als een gewone sleutel,' zegt Mo. 'Maar maak je geen zorgen, want wij kijken met je mee.'
Geen zorgen? Ik krijg juist steeds meer koudwatervrees. Als ik betrapt word, komt mama in de problemen.
'Kan ik Holdens brief niet beter voorlezen en het filmpje overal posten?' stel ik voor. 'Het onderwerp is zo heftig dat het vast wel viral gaat.'
'Waarna het door de nieuwe leiders wordt afgedaan als fakenieuws,' zegt Laşer. 'Wat iedere calmexine-gebruiker meteen braaf gelooft.'
We zijn nog maar zo'n honderd meter van Adams appartement verwijderd.
Mo knikt naar mijn tasje. 'Neem anders nog zo'n surprise-yummy.'
Niet meer dan twee per dag.
'Als ik sterf aan een overdosis is het jullie schuld.' Ik slik hem door zonder te bijten en neem me voor dat ik morgen ga stoppen.
'Beter?' vraagt Mo. En als ik knik: 'Camchat?'
'Accepteren.' Zodra zijn gezicht op het schermpje verschijnt, stop ik mijn camphone in mijn tasje. 'Denk erom, monden dicht.'

Ze knikken precies tegelijkertijd, alsof ze aan het oefenen zijn voor hun diploma synchroonzwemmen. Dan stap ik met onvaste benen de avond in.

Adams' appartement heeft een glazen voordeur. Tegen de tijd dat ik mijn naam noem en mijn brace bij de lezer houd, heb ik het gevoel dat ik de hele wereld aankan.

'Dag schat,' klinkt mama's stem.

De hele wereld behalve mama. 'Hoi.'

De deur schuift open en ik kan zo naar binnen lopen. De lift staat al klaar om me naar de bovenste verdieping te brengen. Ik ken niemand anders met een lift die uitkomt in de woonkamer.

'Was het leuk?' vraagt mama, die gelukkig met haar rug naar me toe bloemen in een vaas schikt.

'Onwijs leuk.' Ik kijk om me heen en zoek naar voorwerpen die er niet uitzien als sleutels maar dat wel kunnen zijn. 'Is mevrouw Adams er niet?'

'Belangrijke mensen zoals zij hebben vaak ook 's avonds overleg.' Mama kijkt even om en glimlacht naar me. 'Veel minder leuk dan feestjes.'

'Maar ze woont hier fantastisch,' zeg ik. 'Dat uitzicht...'

Als Adams op de bank gaat zitten, ligt de stad aan haar voeten.

'Vanuit de slaapkamer is het nog mooier.' Mama heeft vast geen idee dat ze me helpt. 'Daar kijk je uit over het park en bij helder weer zie je zelfs het bos in de verte.'

En hij is veel meer privé dan een woonkamer. Als ik Adams was en ik zou iets willen verstoppen...

'Mag ik kijken?' vraag ik.

Mama twijfelt. 'Als je maar nergens aankomt.'

'Tuurlijk niet.'
Zodra de deur achter me dichtschuift, is de slaapkamer een oase van stilte. De gordijnen zijn open, maar ik heb geen belangstelling voor het uitzicht en scan de ruimte op mogelijke computersleutels. Een kaptafel met opmaakspullen en een spiegel. Een tweepersoonsbed, met daarnaast een camphoneplankje en boven het hoofdeinde een schilderij, dat me even naar adem doet happen, want het lijkt een echte Rothko. Ik maak me met moeite los van de intrigerende kleurvlakken en schuif de lade van de kaptafel open. Mascara, oogschaduw en andere gebruikelijke opmaakproducten. Borstels, kammen en een föhn. Een haarstukje en klemmetjes en spelden. Ik ben niet eens lauw.
Teleurgesteld ga ik op het bed zitten.
Als die sleutel zo belangrijk is, draagt Adams hem waarschijnlijk altijd bij zich.
Tenzij ze bang is om hem te verliezen.
Voor de laatste keer kijk ik speurend rond.
Wacht eens! Wat ik voor een donkere nis aanzag, blijkt een complete ruimte. Die automatisch verlicht wordt, zodra ik dichtbij kom.
Het is een inloopkast met ontelbaar veel schoenen – van sneakers tot en met metershoge hakken – en kleren, van zakenpakken tot en met glitterjurken. Het paradijs op aarde, zou Flow zeggen, en ook ik ben even zo onder de indruk dat ik alles vergeet.
Tot ik de afdeling sieraden ontdek. De ideale, want totaal onopvallende plek om een ketting te bewaren. Opgewonden laat ik mijn ogen over de hangers dwalen.
'Waarschijnlijk lijkt het op een stempel,' heeft Laşer gezegd.

'Rond of vierkant, maar met een reliëf. De sleutel past precies in zijn spiegelbeeld.
Ik word duizelig. Het zijn er veel te veel.
Met een bibberhandje haal ik mijn camphone uit mijn tas. 'Ik ben hier alleen met honderden mogelijke sleutels. Kijk even mee.'
Terwijl ik mijn camphone langs de spullen laat glijden, concentreer ik me op het geluid van de slaapkamerdeur. Zolang mama niet binnenkomt, zijn we veilig.
'Stop,' zegt Laşer. 'Die gele schijf aan die ketting misschien?'
Ik bekijk de hanger van dichtbij. Hij is glad en rond als een volle maan en heeft geen inkepingen. 'Dat denk ik niet, want...'
Nee! Mijn camphone gaat uit. Laşer en Mo hebben natuurlijk de hele dag in de wormhole gezeten, waardoor de zonnecellen niet genoeg licht hebben gehad.
Stelletje sukkels!
Voor de laatste keer laat ik mijn blik over de sieraden glijden, terwijl ik het in mijn hart al heb opgegeven, want hoe herken je in hemelsnaam...
Dat amulet! Ik heb papa ooit een keer betrapt met een leren koord om zijn hals waar zo'n zelfde amulet aan hing. Ja, betrapt. Zo voelde het tenminste, want papa knoopte vlug zijn hemd dicht alsof het sieraad een geheime schat was die hij wilde verbergen. Een dikke, zilverkleurige schat met diepe inscripties erin. Geen herkenbare woorden, maar mysterieuze tekens. 'Niet verder vertellen,' had hij gezegd. 'Het is voor mijn computer bij Vita en je weet hoe streng ze daar zijn: veiligheid gaat boven alles.'
Ik hang het kettinkje met de amulet zonder aarzelen om mijn hals en verberg het onder mijn kleren.

HOLDEN

'Dat was lachen,' zegt Jazz.

Lachen? Na Prissy's brief woont mijn maag in mijn keel.

'Peter zei dat er een meisje buiten de hekken was, maar die verpleger wilde hem niet geloven.' Jazz kan niet stoppen met grijnzen. 'Toen vroeg hij de andere bewoners om hulp. Wat denk je? Onze hele unit liet Peter vallen. We deden allemaal alsof we geen idee hadden waarover hij sprak. Hij kreeg een driftbui en is door een stel bewakers afgevoerd.'

Ik luister maar half. Mijn gedachten zijn bij het briefje dat ik achter de papierhouder heb verstopt: *Bericht voor Swis. Als je mijn zus ook maar met een vinger aanraakt, vertel ik tegen iedereen wat je met pa en Rogers hebt gedaan.*

En nu maar hopen dat Vera Paine de dode brievenbus niet eerder leegt dan Swis.

Jazz zwengelt aan mijn arm. 'Luister je wel?'

'Sorry, ik eh...'

'Dat briefje, natuurlijk.' Ze laat me los en trekt de koordjes van haar hoody strak. 'Slecht nieuws?'

'Ken jij een verpleger die Boyd Swis heet?'

'Hoezo?'

Ik zet een stap dichterbij zodat ik in haar oor kan fluisteren. 'Prissy denkt dat die gast iets met mijn vaders dood te maken heeft.'
Jazz' ogen worden groot. 'Maar hoe...'
'Kom mensen!' roept Spider-Woman bij de lift. 'Een beetje opschieten graag. In de eetzaal staan shakes voor jullie klaar.'
Het is te groot en te veel om in mijn eentje op te lossen. Of ik Jazz kan vertrouwen weet ik nog steeds niet zeker, maar pa vertrouwde ik blind en dat sloeg ook nergens op.
'Ik vertel het je wel als we boven zijn.'

We zoeken met onze bekers een plek op het uiterste hoekje van de bank. Ik draai mijn rug naar de Vlecht voor nog meer privacy.
'Dat is niet erg beleefd,' moppert ze.
Jazz haalt haar schouders op. 'Als je er last van hebt, ga je toch lekker ergens anders zitten.'
De Vlecht staat beledigd op en zoekt troost bij een vrouw aan de overkant van de zaal.
'Zo, die is weg.' Jazz slaat haar armen over elkaar. 'Vertel.'
Voor de zekerheid kijk ik nog een keer reikhalzend om me heen. Peter de bemoeial is godzijdank nog niet terug. De kust lijkt veilig. De meeste bewoners klitten bijeen bij de bar en degenen die in de buurt zitten, zijn verdiept in hun eigen gesprekken.
'Oké, dan.' Ik buig nog dichter naar haar toe. 'Vier dagen geleden vond ik een oude ring van mijn vader...'
Jazz zuigt elk woord op als een sponsdiertje, en hoewel praten niks oplost, voel ik me toch minder rot en ik sta op het punt om haar dan ook maar meteen over de calmexine te vertellen als iets in mij aan de noodrem trekt.

Het lukt me niet om pa te verraden. Ook al vind ik hem een klootzak, het is wel mijn klootzak.
Of houd ik alleen maar mijn kop omdat ik me kapot schaam voor hem?
'Eén ding snap ik niet,' zegt Jazz. 'Rogers had helemaal geen briefje nodig om een boodschap aan je vader door te geven. Hij kon het ook gewoon zeggen. Waarom dan toch dat ingewikkelde gedoe met die ring? Voor hetzelfde geld had je vader het papiertje niet eens gevonden.'
'Weet ik veel.' Ik volg met mijn wijsvinger de rand van mijn beker. 'Zodat iemand anders het briefje ook nog kon lezen, misschien? Voor het geval er iets met pa zou gebeuren.'
Ze kan een klein lachje niet onderdrukken. 'Iemand zoals jij, zeker?'
'Of Phill Rogers durfde het niet hardop te zeggen,' zeg ik. 'Omdat hij bang was dat de verkeerde het zou horen en...'
'Luitjes,' klinkt een lage stem.
Ik schrik me wezenloos. Charles Mickelson staat ineens naast ons, met zijn shake in zijn getatoeëerde skelettenhand. Mickelson de moordenaar. Zelfs Jazz durft hem niet zomaar weg te sturen.
'Hey,' mompelen we terug.
Tot mijn ergernis loopt hij niet door, maar gaat hij met zijn dikke kont op de tafel zitten. 'Hoorde ik daarnet nou de naam Phill Rogers vallen?' vraagt hij.
Shit. 'Hoezo?'
'Hij had een bungalow in Lamestreet,' vertelt Mickelson. 'Ik heb er mijn op een na laatste kraak gezet.'
Gefeliciteerd, zou ik willen zeggen. En als je nu dan even oprot.

‘Achteraf gezien had ik dat beter kunnen laten.’ Mickelson zet de beker tussen zijn bovenbenen. ‘Maar ja, probeer maar eens nee te zeggen tegen een voorstel dat zo woest aantrekkelijk is.’

‘Iemand deed u een voorstel om bij Rogers in te breken?’ vraag ik ongelovig. ‘Wie dan?’

‘Meneer heb zichzelf nooit bekend gemaakt. Alles ging per camphone en hij gebruikte een anoniem nummer.’ Mickelson krabt in zijn kruis, wat er behoorlijk weerzinwekkend uitziet. ‘Alles wat ik nodig had om binnen te komen, kreeg ik op een presenteerblaadje aangeboden. Een 3D-filmpje van Rogers’ knipperende oog voor de irisscanner bij de deur. Een geluidsopname van zijn stem om de alarminstallatie uit te schakelen. Alleen de ouderwetse brandkast in zijn werkkamer moest ik op eigen houtje zien te kraken.’ Hij schudt zijn hoofd bij de herinnering. ‘Die woning werd zo verdomde goed beveiligd dat ik ervan overtuigd was dat er iets bijzonders te halen zou zijn. Diamanten, goud...’

‘En was dat ook zo?’ vraag ik met warme oren van opwinding.

Een afkeurende snuif verlaat Mickelsons neus. ‘Behalve de dingen die ik voor meneer zou jatten, lag er niks.’

‘Wat voor dingen?’

‘Een of andere rare ketting met een soort schijf vol tekens eraan, en een map met aantekeningen die ik moest vernietigen. De rest van de spullen mocht ik houden, dat was de deal.’ Hij legt zijn hand als een dakje over zijn biobeker heen. ‘Maar er was geen rest. Ik heb die hele bungalow uitgekamd. Er was geen enkele projector en geen enkel beeldscherm te vinden. Zelfs niks kleins zoals een homepad of camphone. Die knakker heb zeker gedacht dat ik gek ben. Nou, dan ken je deze jongen nog niet. Ik eiste geld in ruil voor die ketting, en als meneer het vertikte om te betalen zou ik de map niet vernietigen maar openbaar maken.' Mickelson tilt zijn beker een klein stukje op en zet hem weer neer. 'Hij ging akkoord, maar zei dat hij wat tijd nodig had om aan voldoende dash te komen. Intussen gaf hij me een tweede tip, als goedmakertje. Een huis in Mill Lane. Echtpaar, allebei gek op sieraden, en de hele avond afwezig vanwege een schouwburgbezoek.'

Ik denk aan zijn verhaal tijdens de kring en krijg weer kippenvel.

'Maar ze kwamen eerder thuis en toen ging het mis...' Mickelsons vingers spannen zich nu zo stevig om de beker dat ik verwacht dat hij zal indeuken.

'Die knakker heb me er opzettelijk in geluisd,' sist hij. 'Als ik hem ooit te pakken krijg.'

'Maar u weet niet wie hij is,' zeg ik voorzichtig.

'Hij was in elk geval op de hoogte van mijn inbrekerskwaliteiten en wist verrekte veel van Phill Rogers.' Mickelson prikt ineens met zijn botjeswijsvinger in mijn schouder. 'Dus als jij mij nou eens vertelt wat jij van hem weet.'

'Van Phill Rogers?' Ik schuif een stukje achteruit. 'Alleen dat hij met mijn vader samenwerkte. Hier, op het Cliffton. En dat hij al een paar jaar vermist is.'

Mickelson prikt me alweer. 'Je zei dat Rogers iets niet hardop durfde te zeggen.'

'Hij had iets op een briefje geschreven,' zeg ik vaag. 'Gewoon een of ander woord.'

Vanonder zijn borstelige wenkbrauwen kijkt Mickelson me dwingend aan. Ik kan me ineens maar al te goed voorstellen dat hij iemand heeft gedood.

'Swis,' fluister ik laf.
Hij zwijgt even. Lijkt na te denken. 'Weet je zeker dat het geen Sims was?'
Heb ik het briefje dan toch op zijn kop gelezen?
Ik moet even iets wegschrapen voordat mijn keel weer geluid doorlaat. 'Waarom vraagt u dat?'
'Vanwege die map in de brandkast,' zegt Mickelson. 'Er stond geen Swis maar Sims op de kaft.'

PRISSY

Mama kijkt op de bank naar haar favoriete soap. Ik smokkel een lepel mee naar boven en eet bonen uit blik op mijn slaapkamer. Mijn camphone heb ik onder mijn brandende bureaulamp gelegd, zodat de zonnecellen kunnen opladen.
Mijn gedachten dwalen naar Laşer. Toen ik met mama langs de wagen van Mo liep, hield ik mijn hand met een opgestoken duim achter mijn rug. Ik hoop dat hij het heeft gemerkt.
Eindelijk, mijn toestel ontwaakt uit zijn coma.
Een paar berichten van Flow en een dringend verzoek van Mo: Camchat!
Ik accepteer en het split screen springt aan.
'Dus het is gelukt?' vraagt Laşer meteen.
Met mijn duim en wijsvinger trek ik het kettinkje met de computersleutel onder mijn kleren vandaan, en zwaai het voor de cam heen en weer. 'Papa had er precies zo een voor zijn werk. Daardoor wist ik dat ik goed zat.'
Ze vallen allebei compleet stil.
'Hallo.' Ik zwaai naar het schermpje. 'Zijn de batterijen leeg of zo?'
Laşer schiet in de lach en ook Mo doet het weer.
'Dit is niet zomaar een computersleutel,' zegt hij. 'Er bestaan

er maar drie van op de hele wereld. Ze lijken identiek, maar de tekens zijn verschillend, en je hebt ze alle drie nodig als je bij de data van de nieuwe leiders wilt komen. Elke sleutel wordt daarom door een andere poortwachter bewaard.' Mo laat een stilte vallen. 'Minister Adams was zo'n poortwachter, en je vader blijkbaar ook. Wat betekent dat hij voor de nieuwe leiders werkte.'

Ja, hoor. Alsof papa me calmexine zou laten eten.

'Onzin,' bijt ik Mo toe. 'Trouwens... Jullie hebben zelf gezegd dat papa bij Bit's a mystery zat.'

'Het een sluit het ander niet uit,' zegt Laşer kalmpjes. 'Voor het genootschap is het natuurlijk ideaal om iemand te hebben die dicht bij het vuur zit en allerlei geheime informatie aan ze kan doorspelen.'

Ik probeer me papa voor te stellen als spion. Het idee is zo absurd dat ik er geen plaatjes bij kan vinden. Aan de andere kant... Het zou wel verklaren waarom er een aanslag op hem is gepleegd. De nieuwe leiders zijn blijkbaar tot alles in staat en als ze hebben ontdekt dat hij...

'Die andere twee sleutels,' zeg ik. 'Enig idee waar die zijn? Die van papa heb ik nooit meer gezien.'

'Tja.' Mo slaakt een zucht. 'Dat is nog best wel een probleempje. Eentje ligt opgeslagen bij handhaving op het downtown bureau, en de andere is in het Cliffton, maar de precieze plek is niet bekend.'

'Probleempje?' Ik sla mijn handen voor mijn ogen en doe alsof ik achteroverval. 'Dit is een onwijs megagroot superprobleem. We kunnen het wel schudden.'

'Dan moeten we een onwijs megagoede superoplossing bedenken,' vindt Laşer.

Mijn woorden klinken ineens aanstellerig uit zijn mond.
'Of we maken de brief van Holden dan toch maar bekend,' stel ik voor.
'Fakenieuws,' mompelt Mo.
Tsss. Verzin dan zelf iets beters.
'Ik stel voor dat we met de minst moeilijke plek beginnen.' Laşer krabt door zijn beanie heen over zijn hoofd. 'De computers van het downtown bureau zijn te hacken, weet ik uit ervaring. Dus hun beveiligingscamera's vormen vast geen probleem.'
Pardon? Ik snap echt niet dat hij nog nooit is gepakt.
Laşer kijkt naar mij. 'Gelukkig speel je tegenwoordig best goed toneel.'
Doelt hij nou op dat nepcomplimentje dat ik hem voor Dragonfly gaf, toen ik hem probeerde te paaien? Ik dacht dat alleen meiden zulke dingen onthielden.
'Ik heb acteerlessen genomen,' zeg ik. 'Dus.'
'Joh.' Laşer grinnikt. 'En ik maar denken dat het door het gebrek aan calmexine kwam.'
Mo fronst zijn voorhoofd. 'Dit volg ik niet.'
'Prissy wordt de laatste dagen niet meer rood als ze liegt,' zegt Laşer.
Het klinkt als een compliment, dat hij echt meent.
Ik krijg een vuurrode kop.

HOLDEN

'Sims zou ook kunnen,' zeg ik. 'Als ik het briefje ondersteboven heb gelezen. Maar wat het betekent...'
'Het is een afkorting,' zegt Mickelson. 'Ik heb niet onthouden waarvoor, maar het stond in die map.' Hij knijpt een oog dicht, alsof hij dan beter kan nadenken. 'Iets van puntje, puntje, puntje, system. Ja, system, dat was het laatste woord.'
Swis heeft er dus niets mee te maken. Ik denk aan mijn bericht in de dode brievenbus – *als je mijn zus ook maar met een vinger aanraakt...* Het was bedoeld als een serieuze waarschuwing, maar met de wetenschap van nu, lijkt het ineens episch lachwekkend.
'Wat stond er nog meer in die map?' vraag ik.
Mickelson haalt zijn vlezige schouders op. 'Allerlei formules, zoals we vroeger met wiskunde kregen, maar dan honderd keer ingewikkelder. Ik kon er geen touw aan vastknopen.'
Formules om calmexine te maken misschien? Alleen is het dan logischer dat er CIMS in plaats van SIMS had gestaan, met een C.
'Hebt u die map nog?'
'Hij ligt op een veilige plek te wachten tot ik vrijkom.'
'Niet in het instituut dus?' vraagt Jazz teleurgesteld.

'Klopt,' zegt Mickelson. 'Ik kan er voorlopig niet bij. Maar meneer de opdrachtgever ook niet en dat is het voornaamste. Die ketting heb hij trouwens ook nooit gekregen. Handhaving heb hem ingenomen, samen met alle andere gestolen sieraden, toen ze me snapten bij dat echtpaar.' Hij lacht zuur. 'Dat is mijn enige genoegdoening. Die klootzak heb me een oor aan genaaid, maar hij zit zelf ook mooi met lege handen.'

Ik neem peinzend een slok van mijn shake.

Hebben de ketting en de map met elkaar te maken? Of lagen ze alleen toevallig samen in die brandkast? In elk geval zijn het kostbare of belangrijke en misschien zelfs gevaarlijke spullen. Waarom zou Rogers anders in een streng bewaakt fort wonen? Volgens Mickelson was er geen dure elektronica in huis.

Net als bij Vera Paine...

Heeft Rogers soms net als de directrice alle slimme apparaten de deur uit gedaan? En heeft dat allemaal met SIMS te maken? Of toch met de calmexine? Of met allebei?

Ik wrijf over mijn bonkende voorhoofd. Het is al net als met de dood van pa. Elk antwoord zorgt voor nieuwe vragen, waardoor ik geen steek verder kom.

PRISSY

Mama wil per se samen ontbijten, dus sta ik stijf van de stress. Na vijf minuten piekeren, heb ik al wel hoofdpijn maar nog steeds geen plan om mijn vita ongemerkt te laten verdwijnen.
'Heb jij eigenlijk enig idee wat erin zit?' vraag ik om tijd te rekken.
'Eiwitten, vitamines, vetten en mineralen. Alles wat goed voor je is.'
'Maar waar wordt het van gemaakt?'
'Dat weet ik niet precies.' Mama roert met haar vork door haar ontbijt en verpest het mooie stippeltjespatroon. 'Allerlei grondstoffen, denk ik, zoals algen en zeewier. Allemaal wetenschappelijk samengesteld en volkomen verantwoord, zou je vader zeggen.'
Ik trek voor de zoveelste keer aan mijn rechtermouw, zodat hij de ID-brace om mijn pols goed bedekt. Toen de zeurpiet vanmorgen alarm sloeg vanwege een langdurig vita-tekort heb ik hem uitgezet en ik wil niet dat mama dat ziet en moeilijke vragen gaat stellen.
De bel doet ons opveren.
'Zo vroeg? Wie kan dat nou zijn?' Mama verdwijnt zenuwachtig naar het halletje.

Dit is mijn kans. Ik vlieg omhoog en schuif de vita in een ondoorzichtige shakebeker. Dop erop. In een kastje droppen. Klaar!
Als mama terugkomt, zit ik nog een beetje nahijgend op mijn plaats achter mijn lege bord.
Herstel: als mama terugzweeft.
Ik had net zo goed de shredder kunnen gebruiken, want dat had ze toch niet gehoord. De brief die ze omhooghoudt, neemt haar compleet in beslag.
'Van Holden,' zegt ze met zo'n hoera-in-de-gloria-stem.
Over de calmexine en de immunen en de overgevoeligen? Over dat hij naar huis wil. Nu!
Als dat zo is, kan ik beter alvast een ziekenwagen bellen.
Mama gebruikt de achterkant van haar vork om de envelop open te ritsen. Het is een ander soort papier dan de rolletjes in het gele potje, maar het is wel hetzelfde handschrift.
'Ik wist niet dat hij zo leesbaar kan schrijven.' Mama's glimlach zit nog steeds op haar gezicht geplakt. 'Hij maakt het goed. De directrice is aardig. Van haar mocht hij deze brief sturen omdat ze je vader heeft gekend.'
Aardig? Die heks heeft vast mee staan kijken toen Holden dit schreef.
'Hij zegt dat we ons geen zorgen hoeven te maken.' Mama legt het papier neer en aait het liefkozend.
Nou ja, misschien maar goed ook.

Zodra mama naar haar werk is, voer ik mijn vita aan de shredder. Ik like een paar camfies van Flow en Anna en bekijk een vlogazine tot ik een bericht van Laşer op mijn camphone ontvang. Met huiswerk.

Hierbij stuur ik je de plattegrond van downtown bureau. Zorg dat je hem vanmiddag uit je hoofd kent.

Ik open het bestand met de projector, zodat ik de kaart in het groot kan bestuderen. Hij neemt mijn hele slaapkamermuur in beslag. Ik herken de entree, waardoor ik met mama naar binnen ben gegaan, de balie en de lange gang daarachter, die uitkwam op een andere gang en ons uiteindelijk naar de verhoorkamers bracht. In de kantoortjes staan waarschijnlijk computers, en er is een kleine ruimte waar je aangifte kunt doen. De kleedkamers zijn rechts, de briefingruimte daar weer naast en...

Opslagruimte. Een smalle, lange pijp – ver weg gestopt aan de achterkant van het gebouw. Dat moet het...

Mijn camphone pingt. Nu is het Mo.

Rara, waar zijn we? Camchat!

Daar verschijnt zijn hoofd, met op de achtergrond een strakblauwe hemel.

'Hoe moet ik dat nou weten?' zeg ik. 'Ik zie alleen jou en de lucht.'

Hij draait zijn camphone om, zodat ik niet langer naar hem maar naar de omgeving kijk. Wildernis. Een deur die in het gras ligt. De ruïne van een huis.

Mijn hart maakt een sprongetje.

'Jullie hebben de schuilkelder gevonden?'

'Met dank aan Dragonfly,' hoor ik Laşer zeggen.

Het beeld schokt. Ik zie Mo's voeten bewegen en stoppen bij een opening in de grond en de resten van een kapotgeslagen luik. De duisternis lijkt onmetelijk diep en het idee dat Holden daar uren gevangen heeft gezeten, bezorgt me kippenvel.

'Heb je nog speciale wensen?' vraagt Laşer. 'Dan moet je het nu zeggen.'

‘Geen dieren.’
Hij steekt zijn duim op en kruipt dan met zijn grote rugzak in het gat.
‘Tot zo!’ roept Mo en ook hij verdwijnt in de aarde.
En van mijn schermpje.
Als er iets gebeurt, kunnen ze niemand waarschuwen. Laşer heeft me verteld dat hij hun trackers jaren geleden al uit hun braces heeft gehaald.
Ik krijg even het akelige gevoel dat ik ze nooit meer zal terugzien.

HOLDEN

'Het is al lang zeven uur geweest,' zegt Peter Wilson op een klagerige toon. 'Waarom zijn we niet gewekt?'

Sinds gisteravond is hij weer op de unit. Hij vertelde dat hij niet naar de IR maar naar een soort snoezelruimte was gebracht, wat ik in zijn geval nogal jammer vond. Ik had die vuile verklikker graag een horrorfilm met hoge kliffen en diepe ravijnen gegund.

'Bedankt, sukkel,' moppert Jazz. 'Konden we een keer uitslapen...'

Ik draai me demonstratief om en probeer verder te pitten als Spider-Woman de slaapzaal in stuift. Ze kijkt alsof ze zojuist aan een natuurramp is ontsnapt.

'We ontbijten vandaag een halfuurtje later,' zegt ze. 'Jullie horen nog wel waarom.'

Spider-Woman is amper vertrokken of de slaapzaal verandert in een zoemende bijenkorf. Geen enkele bewoner wil nog in bed blijven liggen.

'Er is vast weer een ongeluk gebeurd,' hoor ik iemand zeggen.

'Een brand,' hoopt Raiza.

Of Prissy heeft mijn brief gevonden en op internet gedeeld! Of ze heeft de nieuwsdiensten ingeschakeld. Of handhaving.

Misschien weet de hele stad al dat er calmexine in onze vita zit en is daarom de pleuris uitgebroken.
Ik pak Jazz bij haar pols. 'Kom mee naar de gang.'
'Want?'
'Kom nou maar gewoon.'
Tegensputterend loopt ze met me mee.
'Ik wilde het je gisteren al vertellen,' fluister ik. 'Maar niet waar Mickelson bij was.'
Voor de zekerheid blik ik de rumoerige slaapzaal in. De bewoners zijn nog altijd zo druk aan het speculeren dat ze nergens anders op letten. Zelfs Peter, die bijna bij Eddie Kindle op schoot zit, heeft totaal geen oog voor ons.
'Je zult het niet geloven...' begin ik.
Maar Jazz gelooft het wel. Met elke zin kruipen haar handen verder weg in de mouwen van haar nachthemd. Soms slaakt ze een kreet van ongenoegen of sist ze 'klootzakken' tussen haar tanden door.
'Ik eet nooit geen vita meer,' zegt ze als ik eindelijk zwijg.
'Je zult wel moeten. Niemand kan alleen op shakes en yummy's leven, en trouwens... Ik gok dat jij net als ik immuun bent. In tegenstelling tot Prissy.'
'En miljoenen andere mensen.' Jazz slaat haar hand voor haar mond. 'Jemig, Holden. Als ze hierachter komen, breekt de hel los. Ze zullen de vita-fabrieken bestormen en...' Haar ogen verwijden zich. 'Straks hebben we allemaal geen voedsel meer.'
Ik wil haar geruststellen. Zeggen dat mensen die onder invloed van calmexine zijn, geen fabrieken slopen. Maar op dat moment komen Vera Paine en een bewaker de hoek om.
'Handhaving is al onderweg,' zegt ze tegen hem. 'Dave zit er ook bij, en we gebruiken de medicijnkamer.'

Alsof we het zo hebben afgesproken, schieten Jazz en ik tegelijkertijd de slaapzaal in. Onze hoofden botsen bijna als we meteen daarna onze oren voor de kier van de deur proberen te houden.
'De plek waar ze gevonden is?' hoor ik de bewaker vragen.
De directrice humt instemmend. 'Hopelijk maakt de confrontatie hem week en openhartig. Zet jij de stoelen klaar, zodat we om acht uur meteen kunnen beginnen.'
Mijn hart bonkt tegen de binnenkant van mijn ribben. Dit gaat over Wren!
'Konden we ze maar afluisteren,' fluister ik als ze ver genoeg voorbij zijn.
Jazz knikt en kijkt rond, tot haar ogen zich aan Mickelson vasthaken. Hij is zich aan het omkleden en staat met zijn blote rug naar ons toe. Op zijn rechterschouderblad staat een pluizig beertje getatoeëerd dat je eerder bij een van Prissy's vriendinnen zou verwachten. Het geeft hem iets zachtaardigs en misschien komt het daardoor dat Jazz zonder aarzelen naar hem toe stapt en hem op zijn schouder tikt. Ze smoezen. Hij knikt, knielt voor zijn nachtkastje en voelt aan de achterkant van de la. Dan haalt hij een portable tevoorschijn! Eentje van het instituut, zoals Dave bij de kring gebruikt.
Met haar armen over elkaar geslagen en de portable vrijwel onzichtbaar tegen haar borst gedrukt, komt Jazz weer bij me staan.
'What the fuck?' stamel ik.
Ze haalt alleen haar rechterschouder op. 'Je bent heus niet de enige die ik heb uitgedaagd om er eentje te jatten. Mickelson durfde wel.'
'Hoe lang geleden? Dat ding is vast leeg.'

'Vast niet.' Ze tikt op het scherm en grijnst als hij aanspringt. 'De nachtkastjes stammen nog uit de tijd dat iedere bewoner een homepad kreeg met door de leiding uitgekozen spellen en boeken zodat je kon gamen of lezen voor je ging slapen. Ze zijn nog altijd multifunctioneel: zowel kastje als oplader.'

'En de code?' vraag ik. 'Als je die kent, ben ik pas echt onder de indruk.'

Er klinkt een hartgrondig 'shit' uit haar mond.

De z van Zorro. Ik tik 1346 in. 'Binnen.'

Het is episch om die verblufte kop van Jazz te zien.

Spider-Woman neemt ons mee naar de eetzaal. Jazz en ik sluiten achteraan en lopen met trage passen. De portable zit achter de rits van mijn joggingvest verstopt. Ik check mijn brace. Nog vijf minuten.

'Dus als die bewaker nog bezig is, lok jij hem weg,' fluister ik.

'Ja-ha.'

Daar is het kamertje. Net als de vorige keer hangt er een gordijn voor de deuropening. Terwijl ik het een stukje opzij duw, zie ik Wren weer liggen.

Godzijdank is het alleen een gedachte. Er is niemand. Ik glip naar binnen en zoek naar een geschikte plek om een portable te verstoppen. Veel keus is er niet. De inrichting bestaat uit vier stoelen en een afgesloten kast, die op de rijdende dokter lijkt. Hij heeft alleen poten in plaats van wielen en is vier keer zo breed en drie keer zo hoog.

Ik veeg over de opnameknop en schuif de portable onder de kast.

Fuck. Dat stomme lichtje brandt te fel.

Ik draai het apparaat om.

Beter, maar nog niet ideaal. Als je op die stoel zit en je kijkt toevallig naar rechts, zie je de portable liggen.
'Holden,' klinkt het aan de andere kant van het gordijn. 'Opschieten.'
Tuurlijk! Ik sleep de portable weer tevoorschijn en klim ermee op een stoel. Als ik op mijn tenen ga staan, kan ik hem met veel moeite op de kast leggen. Ik schuif hem naar achter, zo dicht mogelijk tegen de muur aan.
'Verdomme, Holden,' zegt Jazz.
Ik spring op de grond en kijk omhoog. Perfect. Alleen een reus kan zonder hulpmiddelen op die kast kijken. Haastig steek ik mijn hoofd door de spleet van het gordijn.
'Waar bleef je nou?' Jazz sleurt me mee. 'Iedereen is al lang in de eetzaal.'
Ik kijk intussen achterom, in de richting van de glazen lift.
Vera Paine en haar gezelschap zijn er nog steeds niet.
Of toch wel! Ik hoor haar stem achter de deuren van de eetzaal.
Terwijl ik me voorbereid op een preek, glip ik achter Jazz aan naar binnen.
Zelfs Spider-Woman keurt ons nog geen blik waardig. De hele zaal staart als gehypnotiseerd naar het grote beeldscherm aan de muur, waarop normaal gesproken de namen van de bewoners en de cijfers van de foodprinters worden vertoond. Vandaag draait er een andere film, met de directrice in de hoofdrol.
'Vanwege onverwachte ontwikkelingen kan de kring vandaag niet doorgaan,' zegt ze. 'Na het ontbijt worden jullie naar de recreatiezaal gebracht, waar jullie tot nader order mogen verblijven.'

‘Wat voor ontwikkelingen?’ roept een man.
Vera Paine kijkt even opzij, alsof er iemand naast haar zit, bij wie ze steun zoekt. ‘Daar kunnen we nu nog geen uitspraken over doen.’
Het scherm gaat op zwart, om vervolgens aan zijn normale ochtendtaak te beginnen – de verdeling van de vita.

PETER WILSON 4.

‘Geen kring.’ De Vlecht slaat een kruis. ‘Lieve poppenhemel. Dat is in al die jaren dat ik hier woon nog nooit gebeurd.’

LAYLA HADDON 1.

Ik denk aan de bewakers die me ’s ochtends kwamen halen toen ik een vita-gevecht begon.
Aan Vera Paine, die daarnet een vraag uit de zaal beantwoordde.
Het zijn niet de muren die hier ogen en oren hebben.
Iemand begluurt ons via dat scherm.

PRISSY

Zal ik na school langskomen? **clickt Flow.**

Ik zit in de auto naast Mo, met peren uit blik in mijn buik en het angstzweet op mijn rug. Ik draag een sjaal alsof ik een moslima ben, maar hij is bedoeld als vermomming.

Superlief, maar wil alleen slapen. Koorts en braken. Morgen misschien. Ik plak er een hartjeszoenende smiley achter.

'Heb je je oortje in?' vraagt Laşer. 'Kun je me verstaan?'

'Alsof je naast me zit,' zeg ik.

'Staat je tracker uit?'

Ik check mijn camphone. 'Ja.'

'Dongel?'

'In mijn broekzak.' De woorden trillen alsof ik over een hobbelige weg rijd.

'Niet bang zijn.' Laşers stem is warm en sterk. 'Ik loods je er wel doorheen.'

Bang? Ik ben doodsbenauwd. Ondanks de surprise-yummy die ik heb genomen. Het diefstalletje bij minister Adams stelt nauwelijks iets voor vergeleken met wat we nu gaan doen. Alleen volslagen mafkezen beroven een bolwerk vol handhavers. Dus.

Mo parkeert, zet de motor af en trekt de klep van zijn basebal-

cap tot bijna over zijn ogen. 'Geef jij het papier en de aansteker even aan?'
Ik open het dashboardkastje en haal de spullen eruit die ze vanmorgen uit de schuilkelder hebben gesnaaid. 'Als ze je snappen, ga je rechtstreeks naar het Cliffton.'
En jij dan? fluistert een stemmetje in mijn hoofd.
Ik ben pas vijftien, probeer ik mezelf gerust te stellen. Mij sturen ze hooguit naar de stadskliniek.

De glazen toegangsdeuren van het downtown bureau openen zich voor ons.
'Het werkt,' fluistert Laşer in mijn oortje. 'Ik kan jullie via de beveiligingscamera's volgen.'
Het is niet dezelfde vrouw als de vorige keer, die achter de balie zit.
'Waarmee kan ik jullie van dienst zijn?' vraagt ze.
'Mijn armbandje...' Ik buig mijn hoofd en zoek zoals afgesproken troost in de oksel van Mo.
'Ze is het verloren,' legt hij uit. 'En nu hopen we dat de eerlijke vinder het hierheen heeft gebracht.'
'Niet terwijl ik hier zit, ben ik bang.' De vrouw krabt met een computerpen in haar golvende haar. 'Ben je het al lang kwijt?'
'Sinds gisteren,' praathuil ik. 'We hebben overal gezocht en...'
Ik verberg mijn gezicht achter mijn handen en maak sniffende geluiden.
'Het was het laatste cadeautje van haar vader,' hoor ik Mo zeggen. 'Voor hij doodging.'
Nu barst ik pas echt in tranen uit.
Mo klopt me onhandig op mijn rug. 'Schatje, rustig nou.'
Ik nephuil alleen nog maar harder.

'Ga anders even in de wachtruimte zitten,' zegt de vrouw. 'Daar, om het hoekje. Dan haal ik een kalmerende shake voor haar.'
'Dank u wel.' Mo helpt me door de gang zoals een dokter een patiënt.
'Ze is uit het zicht,' meldt Laşer. 'Je hebt tien seconden. Als ik de camera's langer uitzet, valt het op.'
Ik doe mijn brace af en prop hem in de binnenzak van Mo's jack. 'Oké.'
Mo rent terug naar de balie terwijl hij zijn hand naar zijn rug beweegt, onder zijn jack stopt en een stapeltje papier uit zijn broeksband rukt. Hij houdt ze als een waaier omhoog en steekt de buitenste puntjes aan, waar het papier het gemakkelijkst vlam vat. Dan strekt hij zijn arm naar de sprinkler boven de balie.
'Ben je al in de wc-ruimte?' vraagt Laşer.
Mo laat de brandende papieren vallen. Ik kijk gebiologeerd toe hoe de vlammen als een vuurspuwende draak over de balie dansen. Stel je voor dat het misgaat. Dat er een heuse brand uitbreekt, net als toen bij papa en dat ik...
'Prissy!' roept Laşer. 'Wat sta je daar nog?'
Mo staat ook al woest naar me te gebaren en dan begint het uit het plafond te regenen, terwijl het hele gebouw lijkt te gillen en te krijsen.
Waren er geen sprinklers in het Cliffton? denk ik. Ging er bij papa geen alarm af?
'Je hebt nog drie tellen om je in de wc te verstoppen!' Mijn trommelvlies klapt bijna van Laşers overslaande stem. 'Ze komen nu de gang in!'
Het vuur is gedoofd. Ik weet me eindelijk van de balie los te

rukken en draai me om. De bezoekers-wc, zie ik in een flits, voordat ik naar binnen vlucht en de deur achter me sluit. Het bloed pompt als een bezetene door mijn aderen. Ik zoek steun bij de wastafel en probeer te horen wat er op de gang gebeurt, maar het brandalarm overstemt alle andere geluiden, behalve Laşer, die zachtjes in mijn oor moppert.

HOLDEN

Omdat de kring niet doorgaat, worden we na het ontbijt naar de recreatiezaal gestuurd. Je kunt er tafeltennissen, tafelvoetballen, en ook gamen. Er hangen vijf schermen aan de muur.

'De ogen en oren van het instituut,' fluister ik tegen Jazz.

'Ik ben benieuwder naar onze eigen oren,' zegt ze.

Het duurt even voordat ik begrijp dat ze de portable op de kast in de medicijnkamer bedoelt. De directrice moest eens weten. Verwijdert ze alle homepads en schermen uit haar appartement, wordt ze toch nog bespioneerd.

En terecht. De bewoners geen privacy? Zij ook niet!

Ik staar naar het voorste scherm waarop twee avatars door een oerwoud struinen en dan begint er iets te dagen.

Het klopt niet. Als Vera Paine de hele tijd via die schermen naar ons zit te loeren, zou ze zelf niks te vrezen hebben. Maar dat doet ze overduidelijk wel.

En Phill Rogers trouwens ook. Zijn bungalow was alleen aan de buitenkant elektronisch beveiligd. Volgens Mickelson was er binnen geen enkel scherm te vinden.

Mijn brein slaat bijna op tilt.

Paine is niet degene die ons bespioneert, maar ze weet wel

dat het gebeurt. En Phill Rogers wist het ook. Wat betekent dat we al minstens twee jaar door iemand worden bekeken. In het Cliffton Instituut en op nog veel meer plaatsen. En niet alleen buitenshuis en in openbare gebouwen via beveiligingscamera's die iedereen kan zien hangen, maar blijkbaar ook stiekem, via allerlei apparaten thuis.

Big Brother is watching you. In opdracht van de nieuwe leiders? Sinds ik van de calmexine weet, acht ik ze tot alles in staat.

Het verklaart in elk geval waarom ik betrapt ben. Op mijn slaapkamer staat een computer. Ze konden me met Prissy horen praten, en toekijken hoe ik de blikken uit de schuilkelder in mijn kast verstopte. Mijn camphone heeft een display en de wissellijst met mijn camfies is ook een scherm.

En die kijkt uit op mijn bed!

Het idee dat iemand me bezig heeft gezien, terwijl ik mezelf lag af te...

'Wat is er?' vraagt Jazz.

Ik voel me naakter dan een naaktslak. 'Gaat je geen ruk aan.'

De ochtend duurt eindeloos. Eddie Kindle – de slome nieuwe – is de enige die voor wat afleiding zorgt, als hij met een stel pingpongballen Zenuwtic-Peter probeert dood te gooien. In slow motion, uiteraard.

Jazz vindt het episch grappig en komt weer naast me staan.

'Dat filmpje in de IR,' zegt ze opeens. 'Het was, zeg maar, een spiegel. Ik kreeg mezelf te zien in allerlei situaties waarin ik me onuitstaanbaar gedroeg. Zoals die keer dat ik papa's vleugel met een hakbijl bewerkte. En natuurlijk het befaamde tuinincident. Mama hield meer van haar plantjes dan van mij, dus heb ik met een elektrische heggenschaar al haar bloemen onthoofd en elke struik onherstelbaar vernield.' Ze slikt even. 'Kwamen er meteen allerlei andere akelige fragmenten achteraan. Over bomenkap en erosie. Modderstromen, die hele dorpen wegvaagden. Stervende dieren. Alsof ik het fijn vind om de natuur te vernietigen. Ik wilde alleen maar dat mijn ouders me zouden opmerken.'

In gedachten leg ik mijn arm om haar heen, terwijl ik naar de juiste woorden zoek.

Ik vind ze niet.

'Misschien worden we niet alleen stiekem bekeken maar ook nog gefilmd,' zeg ik dan maar.

'Kuttherapeuten.' Ze steekt haar tong uit naar het scherm.

We schieten samen in de lach en dan gaan de deuren open en komt Spider-Woman binnen. Het spinnenweb op haar wang lijkt zwarter. Of haar gezicht is bleker.

Haar ogen dwalen nerveus door de zaal. 'Het is tijd voor de lunch.'

We gebruiken dezelfde tactiek als op de heenweg. Achteraan lopen. Treuzelen. Jazz die voor het gordijn wacht, terwijl ik naar binnen glip.

Het kamertje van Wren is leeg. Zelfs de stoelen zijn verdwenen, wat een probleem is, want de kast is te hoog.

'Jazz,' fluister ik. 'Je moet me helpen.'

Het is niet Jazz maar Mickelson die verschijnt. Ik voel mezelf even verstarren, maar dan denk ik aan het zachtaardige beertje op zijn rug en dat helpt.

'Hij ligt daarbovenop,' zeg ik.

Mickelson vlecht zijn botjesvingers in elkaar om er een trapje van te maken. Ik zet er mijn schoen op en hij lift me omhoog,

zodat ik de portable van de kast kan halen. Het trapje gaat weer omlaag en ik stap af, rits mijn joggingvest open...
Fuck! Mickelson rukt de portable uit mijn hand en verstopt hem achter zijn eigen rits. Voordat ik kan protesteren, wandelt hij fluitend de gang op.
'En?' vraagt Jazz.
'Die klootzak heeft hem afgepakt.' Ik kijk naar Mickelsons brede rug en schiet het getatoeëerde beertje in gedachten aan flarden.

Nog voor de Bange Jaren bestond er een sport die fret-legging heette. Vereiste kleding: een broek met pijpen die bij de enkels kon worden afgesloten. Daar stopte je dan twee fretten in en degene die dat het langst kon verdragen, was de winnaar.
Vanaf het moment dat Mickelson die portable in zijn bezit heeft, huizen er fretten in mijn broek. Ik ben onrustig, op mijn hoede, en als de dood dat het misgaat.
Ik wil weten wat er is opgenomen. Ik ben bang dat Mickelson het zal afspelen, terwijl het scherm aan de muur kan meeluisteren. De bewoners kunnen meeluisteren.
Voorlopig schuift hij alleen zijn vita naar binnen en zwijgt tot Spider-Woman terugkomt.
'Jullie mogen een kwartier luchten,' zegt ze. 'Daarna start het normale programma weer.'
'En ga je ons nog uitleggen waarom we vanochtend niet het normale programma konden volgen?' vraagt Mickelson.
'Het spijt me.' Ze steekt haar handen op, alsof ze zich overgeeft. 'Daar kan ik geen uitspraken over doen. En als jullie nu met me mee willen komen.'
Jazz en ik blijven zo dicht mogelijk in de buurt van Mickelson.

'Zeg jij het tegen hem of zeg ik het?' vraagt ze.
Wat is dat toch met meiden, dat ze het altijd zo weten te draaien dat jij de lul bent? Prissy is er ook een kei in.
Ik loop zonder Jazz te antwoorden de plaats op. Mickelson kijkt speurend om zich heen. Blijkbaar is hij gerustgesteld, want hij haalt de portable onder zijn jack vandaan, tikt op het zwarte scherm en vloekt.
Hij weet de code niet!
'Hulp nodig?' vraag ik met een zelfvoldaan lachje.
Mickelson geeft me de portable. 'Leef je uit.'
De Z van Zorro. Ik tik de cijfers in en ga meteen door naar AFSPELEN OPNAME.
'Aanwezig zijn de verdachte Boyd Swis,' hoor ik een bekende stem zeggen.
Chapman. Is Boyd Swis dan toch...
Jazz stoot me aan. 'Zo heet die verpleger toch?'
Ik knik en richt me weer op de portable. Zo te horen is het gesprek niet alleen door ons opgenomen.
'Vera Paine, directrice van het Cliffton Instituut. Dave Kiefer, psychotherapeut en werkzaam in het Cliffton Instituut. En ondergetekende, handhaver Chapman.'
Een voorstelrondje. Wat een mazzel!
'Wren Cosby leek in eerste instantie overleden aan een hartaanval,' zegt Chapman. 'De patholoog-anatoom vond echter een klein puntje in haar borst, als gevolg van een injectie. Nader onderzoek heeft uitgewezen dat Wren een dodelijke dosis spierverslapper is toegediend. Het gaat hier dus om moord.'
Moord. Het woord blijft even boven de plaats hangen, alsof het wil wachten tot iedereen het heeft gehoord. En dat lijkt ook zo, want er komen steeds meer bewoners om me heen staan.

'En wat heeft dat met mij te maken?' zegt een man met een stem die ik nooit eerder heb gehoord.

Dat kan niet anders dan Swis zijn. Als hij Prissy maar niks heeft aangedaan...

'Die pleister op uw wang,' zegt Chapman.

'Ik heb me raakgeschoren.'

'Dat moet dan wel een erg diepe snee zijn geweest, want drie dagen geleden zat hij er ook al.'

Stilte.

'We hebben de camerabeelden bij de ingang opgevraagd,' gaat Chapman verder. 'Op de ochtend dat Wren is gestorven, arriveerde u zonder pleister. Toen u het gebouw verliet, droeg u wel een pleister. Scheert u zich wel vaker tijdens uw werk?'

'Een enkele keer,' zegt Swis. 'Als ik anders te laat dreig te komen.'

'Kunt u de pleister eraf halen?'

'Waarom zou ik?'

'Onder de nagels van Wren is DNA aangetroffen. We denken dat ze de dader heeft gekrabd.'

Stilte.

'We hebben uw DNA twee jaar geleden al afgenomen, meneer Swis. Ontkennen heeft geen zin.'

Stilte. Niet alleen bij de opname, maar ook op de plaats.

'Oké, ze heeft me gekrabd,' geeft Swis toe. 'Ze was nogal overstuur toen ze uit de IR kwam en ik haar wilde kalmeren.'

'Met een spierverslapper?' Chapmans stem is scherp. 'Waarom moest ze dood?'

Stilte.

'Omdat ze geen gewone bewoner maar een handhaver was?' vraagt Chapman.

Mickelson legt ineens allebei zijn handen op mijn schouders en buigt voorover alsof hij me gaat zoenen. Ik schrik me kapot, maar dan mompelt hij 'drone' bij mijn oor en snap ik waar hij mee bezig is.
'Meneer Swis,' zegt Vera Paine. 'Hebt u mijn briefje gevonden?'
Mickelson hangt met zijn grote lijf over de portable heen. De bewakingsdrone die boven onze hoofden cirkelt kan het apparaatje onmogelijk zien.
'Welk briefje?' vraagt Chapman.
Al blijft het natuurlijk wel vreemd dat we hier allemaal op een kluitje staan.
De directrice slaakt een zucht. 'Peter Wilson is nogal een zuigertje en liep steeds achter Wren aan. Ik was bang dat hij doorhad dat ze van handhaving was en wilde haar waarschuwen.'
We kijken allemaal naar Peter. Met zijn flitsende tong doet hij me ineens aan een gifslang denken.
'Ik begrijp het niet,' zegt Chapman. 'Dat moest via een briefje?'
Vera Paine zucht opnieuw. 'Ik heb overwogen om Wren naar mijn appartement te laten komen, maar dat zou de aandacht alleen nog maar meer op haar vestigen. Een onderonsje op de unit leek me ook niet verstandig. Je weet nooit wie er meeluistert.'
Jazz knikt grijnzend naar de portable. 'Inderdaad.'
'Dus schreef ik haar een berichtje,' vervolgt Vera Paine. 'Ik zocht naar een geschikt moment om het tijdens de viering van Happy Day onopvallend aan haar door te spelen, maar toen het zo ver was, bleek het briefje niet meer in mijn zak te zitten.'
Heeft Swis het gepikt?
Of is het uit Paines zak gevallen en zag hij het toevallig liggen?

En waarom heeft hij het in de dode brievenbus gestopt en niet gewoon bij zich gehouden?
Ik tuur naar de drone, die zijn observatieterrein inmiddels heeft uitgebreid en tot buiten de onzichtbare hekken vliegt.
Misschien was Swis bang dat zijn actie door een of andere camera was vastgelegd. Dat Vera Paine de opname zou zien en hem vervolgens zou laten fouilleren.
En toen hij zich de volgende dag veilig waande en het briefje ging ophalen was het weg.
Omdat ik hem voor was geweest.
'Ik wist niet dat Wren Cosby een handhaver was,' zegt Swis. 'En als ik het wel had geweten, had het nog niets uitgemaakt. Alle bewoners zijn voor mij gelijk en ik zal altijd mijn uiterste best doen om ze zo goed mogelijk te helpen.'
De drone verdwijnt achter het gebouw en Mickelson staakt zijn omhelzing.
'Waarom heb je haar dan om het leven gebracht?' vraagt Chapman.
Stilte.
'Daar lag ze,' zegt Vera Paine. 'Volkomen hulpeloos.'
Uit de portable komt een vreemd geluid.
'Was het soms een ongeluk?' bemoeit Dave zich ermee.
Nu weet ik pas wat ik hoor. Swis zit een potje te janken.

PRISSY

Het alarm stopt.
'Brace-controle voltooid,' zegt een computerstem. 'Geen signalen aangetroffen. Gebouw is volledig ontruimd.'
Die truc heeft alvast gewerkt.
Ik laat een windje van opluchting. Of het zijn de peren die van zich laten horen.
'Gaan met die banaan,' zegt Laşer.
Ik sta meteen weer strak van de zenuwen. In mijn hoofd heb ik honderd keer gerepeteerd wat ik moet doen, maar nu het echt zover is, lijkt ons plan ineens onwijs dom en onmogelijk.
Laşer kan blijkbaar gedachten lezen. 'Je kunt het.'
Oké dan.
Deur openen. Om het hoekje gluren naar de glazen deuren bij de ingang.
Ze houden zich blijkbaar aan het ontruimingsplan dat Laşer vooraf via zijn computer heeft bekeken. *In geval van calamiteiten verzamelen op de parkeerplaats aan de zijkant van het gebouw.*
Zolang ze mij maar niet missen.
Of Mo geloven als hij zegt dat ik naar huis ben gerend.
Ik hol door de gang en ga bijna onderuit op de natte vloer.
Hoek om!

Gelukkig zijn de sprinklers in deze gang niet aangegaan. Ik trek een sprintje, passeer in vliegende vaart de ene na de andere ruimte, tot ik niet meer verder kan.

Hier moet het zijn. De opslagruimte.

Ik voel aan de deur. 'Op slot.'

'Dat was te verwachten,' zegt Laşer. 'Zie je het paneeltje ernaast?'

'Hmmm.'

'Krijg je het dekseltje eraf?'

Ik gebruik mijn nagels als gereedschap. 'Klaar.'

'Nu steek je de dongel in de Data Link Connector.'

Ik leg het dekseltje op de grond en kijk naar de binnenkant van het paneeltje. Het ziet eruit als een piepkleine computer.

'Dat ding dat op een usb-poort lijkt?'

'In één keer goed.'

Mijn hand trilt. Het stekkertje van de dongel lijkt te groot of de DLC is te klein.

'Misschien moet je een beetje opschieten,' zegt Laşer.

Nu tril ik nog harder. 'Hij past niet.'

'Jawel. Kom op, Prissy. Focus.'

'Hij zit erin!' roep ik.

'Mooi. Dan gaan we nu het hart van het slot uitlezen. Pak je camphone er maar bij.'

Ik klik het programmaatje open dat Laşer op mijn toestel heeft geïnstalleerd. Op het schermpje verschijnen data en cijfers en allerlei teksten waar ik niks van begrijp.

'Kom nou,' hoor ik Laşer mompelen.

Ik stel me voor hoe hij in de wormhole staat, terwijl hij alle schermen tegelijk in de gaten probeert te houden, met daarop de bewakingsbeelden van het bureau, mijn camphone en...

Hij vloekt. 'Ze komen weer naar binnen, Pris.'
De paniek bespringt me als een monsterachtige kikker. 'Wat moet ik doen? Ik weet niet wat ik moet doen.'
Laşer is weer zijn kalme zelf. 'Blijven ademen. Voorlopig zijn ze vooral in de puinhoop bij de balie geïnteresseerd.'
Mijn haar is een beetje nat van de sprinklers. Er valt een druppeltje op het schermpje van mijn camphone. Mijn ogen zwemmen over de lange onleesbare rij van letters, cijfers en tekens.
'Waarom bewegen ze niet meer?' vraag ik zenuwachtig.
Laşer grinnikt even. 'Omdat het gelukt is. We hebben de toegangscode gevonden en ik stuur hem nu naar de deur.'
Mijn camphone piept. De deur schuift geruisloos open en het licht in de opslagruimte gaat aan.
'Het werkt!' gil ik.
'Niet zo hard. Er komt een handhaver jouw kant op.'
Stom stom stom! Ik bijt op mijn hand en stap vlug de opslagruimte in.
'De dongel,' zegt Laşer dringend. 'En het dekseltje.'
Ik moet mijn benen dwingen om terug te gaan, ruk misselijk van angst de dongel uit de DLC en klem hem tussen mijn tanden, raap het dekseltje op en...
'Nog tien seconden,' meldt Laşer. 'Hooguit.'
De camphone is glibberig in mijn vochtige vingers. Ik stop hem langs de bovenkant van mijn truitje in mijn beha, zodat ik allebei mijn handen vrij heb om dat irritante dekseltje op zijn plaats te krijgen.
'Nog vijf,' zegt Laşer.
Dat haal ik nooit! Ik kan hem wel slaan.
'Nog vier.'
Hij zit! Ik spring door de deuropening.

‘Drie.’
Ik veeg langs de knop waar CLOSE bij staat.
‘Twee.’
De deur schuift tergend langzaam dicht.
‘Hij loopt recht op de opslagruimte af,’ zegt Laşer. ‘Je kunt je beter verstoppen.’

HOLDEN

'Beweren ze nou echt dat Wren door Boyd Swis is gedood?' De bewoner met de harige moedervlek op zijn kin – William, geloof ik – schudt zijn hoofd. 'Ik geloof er niks van. Die gozer werkte een paar jaar geleden op unit drie en ik heb nooit een betere verpleger gehad.'

'Stil nou,' sist Jazz.

'Hier,' hoor ik Dave zeggen.

Ik denk dat hij een zakdoek aan Swis geeft, want iemand snuit zijn neus.

'Ze wilde het niet snappen,' klinkt de schorre stem van Swis. 'Ik probeerde haar uit te leggen dat ik de anderen juist uit hun lijden heb verlost. Dat niemand anders ze wilde helpen, behalve ik en...' Er welt een snik op uit zijn keel. 'Wren bleef maar herhalen dat ik een moordenaar was en ik probeerde mijn hand op haar mond te leggen, maar ze sputterde tegen en krabde me en toevallig had ik die prikpen vast en...'

'Welke anderen?' vraagt Chapman.

Ik voel een colonne mieren over mijn rug trekken. Als hij Prissy maar niet bedoelt!

'Ze waren zo ongelukkig,' zegt Swis. 'Haruki en Lois.'

Iemand schuift met zijn stoel. Ik hoor de poten over de vloer schrapen.
'Lois.' Ondanks de pijn in zijn stem, blijft Chapman beheerst. 'U was werkzaam op unit twee en zag haar zelden. En toch durft u te beweren dat u in staat was haar gemoedstoestand te beoordelen?'
Hoe kan hij in hemelsnaam zo rustig en redelijk blijven? Is dat wat calmexine met je doet?
'Filmpjes liegen niet,' zegt Swis.
'Kunnen we er niet beter een andere handhaver bij halen?' stelt Dave voor. 'Iemand die niet persoonlijk bij deze zaak betrokken is.'
'Welke filmpjes bedoelt u, meneer Swis?' vraagt Chapman.
'Die ik dagelijks op mijn camphone ontvang. Eerst waren het alleen scènes uit films en series, interviews, nieuwsitems en filosofische gesprekken. Daarna volgden ook beelden van de bewoners. Een moment in de eetzaal. Opnames van individuele therapiesessies.'
'Onmogelijk!' roept Dave.
'Meneer Kiefer,' zegt Chapman. 'Alstublieft.'
'In het begin vond ik het natuurlijk vreemd dat een of andere onbekende me al die berichten stuurde,' gaat Swis verder. 'Maar na een tijdje ontdekte ik dat er een bepaalde logica achter zat. Dat de afzender me iets duidelijk wilde maken.'
'Wat dan?' vraagt Vera Paine.
'Ik kreeg fragmenten te zien uit films over Jezus, Gandhi, Batman en Lightgirl om me te tonen dat ik veel meer kan zijn dan een verpleger. Onze bewoners hebben een verlosser nodig. Iemand die de moed heeft ze echt te helpen.'
'Het lijkt me eerder dat u aan wanen lijdt,' zegt Dave.

Inderdaad. Die gast is knettergek!
'Dan waren er tijdens de Bange Jaren heel wat artsen die aan wanen leden,' zegt Swis. 'In sommige staten was het toegestaan om ongeneeslijk zieke mensen te laten sterven. Ik heb beelden gezien van patiënten die met een glimlach op hun lippen insliepen, interviews met dankbare nabestaanden...'
'Euthanasie is heel iets anders,' werpt Dave tegen. 'Dat gebeurt op verzoek van de patiënt.'
'Haruki en Lois wilden dood.' Swis gaat zachter praten. 'Ik heb het ze letterlijk zien en horen zeggen in de filmpjes die ik kreeg toegestuurd. "Ik wil niet meer. Het hoeft niet meer voor mij. Ik wil dat het stopt." En daar werd dan weer een fragment aan vastgeplakt waarin iemand zei: "Hoe duidelijk wil je het hebben?" En daaraan weer filmpjes van doodzieke mensen met trieste ogen en lege blikken. Ogen die me bleven achtervolgen en die ineens weer van bijvoorbeeld Lois bleken te zijn.'
'Gehersenspoeld door een camphone,' zegt Chapman. 'Het klinkt allemaal nogal onwaarschijnlijk, vindt u niet?'
Dat vonden ze ook van die horrorfilm in de IR.
'Toch is het zo,' houdt Swis vol. 'Iemand heeft me die shit geclickt. Kijk dan zelf, als jullie me niet geloven.'
'Goed,' zegt Vera Paine. 'Ik vraag bewaking of we het toestel kunnen inzien. Los daarvan... U mag uzelf dan als een soort reddende engel beschouwen, maar in het geval van Wren gaat die vlieger niet op. Zij leed niet aan zware depressies, zoals de anderen.'
Weer die rare snik.
'Ik vind het ook verschrikkelijk. De spierverslapper was voor een andere bewoner bedoeld. Met Jim van unit één gaat het

ook niet goed. Maar toen ik bij die medicijnkast bezig was, stond Wren ineens achter me en begon me te beschuldigen en...' Swis komt niet meer uit zijn woorden en huilt.
'We weten voorlopig genoeg,' zegt Paine. 'U wordt door de bewakers naar de nachtkamer gebracht tot er een referee is geregeld.'
Stoelen verschuiven en ik hoor voetstappen.
'Tot straks,' zegt Dave, en dan komt er geen geluid meer uit de portable.
Of nee, wacht. Toch wel.
'Phill had dus wel degelijk gelijk,' fluistert Vera Paine. 'Toen hij Jack Winters voor Swis waarschuwde.'
'Zou kunnen.' Chapman zwijgt even. 'Alleen was Irwin bepaald geen depressieve bewoner die uit zijn lijden moest worden verlost. En ik weet zeker dat Swis die aanslag op Jack niet heeft gepleegd.'
'Misschien was het dan toch een ongeluk,' zegt Paine. 'Hebben de gebeurtenissen van twee jaar geleden hier niets mee te maken.'
Iemand zucht.
'Laten we eerst maar eens kijken wat de referee te melden heeft,' zegt Chapman.
Nu zwijgt de portable echt. Ik stop hem vlug in mijn joggingvest, terwijl de plaats langzaam weer tot leven komt. Er klinkt geroezemoes en ongelovige blikken gaan over en weer.
'De verpleging is hier verdomme gevaarlijker dan de bewoners,' zegt Mickelson. 'En dan zijn camphone de schuld geven. Dat geloof je toch niet.'
Hoewel het geen echte vraag is, krijgt hij toch antwoord.
'Ik wel,' zegt de Vlecht. 'Mij is precies hetzelfde overkomen.'

PRISSY

Mijn ogen fladderen paniekerig rond, terwijl ik de dongel in mijn zak laat glijden.
Verstoppen. Maar waar?
De vloer is een grote kale vlakte. Alle kasten staan tegen de muur.
'Hij stopt nu voor je deur,' zegt Laşer. 'Hou de nooduitgang in de peiling, voor het geval dat.'
Het licht! Dadelijk ziet hij het door een of andere kier heen schijnen en dan snapt hij meteen dat er iemand in de opslagruimte is. Ik probeer me tussen twee kasten in te wurmen, maar zelfs voor iemand met mijn maat is de spleet te nauw. Gelukkig staat de handhaver nog altijd op de gang. Blijkbaar laat de deur geen licht door. En hopelijk ook geen geluid, want er komt een keihard *ping* uit mijn beha.
'Dat meen je niet!' schreeuwt Laşer in mijn oortje. 'Heb je de clickfunctie niet uitgezet?'
'Vergeten.' Mijn hart beweegt als een bungeejumper op en neer, terwijl ik de handhaver aan de andere kant van de deur op pure hersenkracht probeer te laten verdwijnen.
'Hij kijkt op zijn camphone,' zegt Laşer.
Omdat hij dacht dat het zijn eigen toestel was dat pingde?

'Hij tikt iets in en...' Laşer ademt diep uit. 'Die is voorlopig weg.'
Ik zend duizend bedankjes naar het plafond. En nu opschieten!
Er zijn drie kasten. Of eigenlijk zijn het schappen met kisten erop. Sommige zijn aan de bovenkant open, maar de meeste hebben een deksel. Er is er ook eentje extra afgesloten met een cijferslot.
Ik houd mijn camphone bij de QR-code in de rechterbovenhoek.
INHOUD: YUPPERS, 502 STUKS. De datum en de vindplaats staan er ook bij.
Volgende.
AFGESCHREVEN UNIFORMEN. Niet interessant.
Volgende.
GEVONDEN VOORWERPEN. Zou kunnen. CATEGORIE SPEELGOED. Volgende.
CATEGORIE KOSTBAARHEDEN. Ik trek de kist naar me toe. Armbanden, een oorbel met diamantjes, een pruik van echt haar, een tiara en een stuk of wat kettingen met hangertjes eraan. Ik zie een hartvormig medaillon, het sterrenbeeld Tweelingen en een blauwe steen. Maar geen amulet.
'Volgens mij hebben die lui van Bit's a mystery zich vergist,' zeg ik.
'Wacht!' roept Laşer. 'Ik krijg net een tip van ze binnen. Je moet bij gestolen goederen kijken.'
En daar komen ze nu mee aan...
Het is de kist op de tweede plank. Hij is klein en weegt nauwelijks iets.
Ik zet hem op de grond en til het deksel eraf.

Dat er in Paradise weinig gestolen wordt, wist ik wel. Maar zo weinig.

Hoewel... De meeste spullen gaan natuurlijk terug naar de eigenaar.

Ik vind een stoffen zakje met steentjes erin, een zilveren kandelaar en wat sieraden. Parelkettingen, een collier en...

'Ik heb hem,' fluister ik.

'Vlug dan, want er zijn een paar brandspecialisten gearriveerd en ik heb zo'n idee dat ze het hele gebouw gaan doorzoeken.'

'Mo?'

'Die is er al vandoor gegaan toen iedereen naar buiten liep. Ik geloof dat hij zijn hysterische vriendinnetje achterna is gerend.'

'Haha.' Ik sluit de kist en zet hem op zijn plaats. 'En daar trapten ze in?'

'Op dat moment wel, maar zodra alle consternatie voorbij is waarschijnlijk niet meer. Ik kan de camerabeelden wel wissen, maar niet de getuigen uitschakelen.'

De vrouw achter de balie heeft ook mij gezien!

Ik snak naar lucht en loop vlug naar de nooduitgang. Er zit zo'n balk die je naar beneden moet drukken. De deur geeft even mee, maar blokkeert dan abrupt.

'Het lukt niet.'

'Tuurlijk wel. Flink duwen.'

Ik ga met mijn hele gewicht tegen de deur hangen. 'Hij gaat niet ver genoeg open. Volgens mij staat er iets voor.'

'Ogenblikje.'

'Laşer?' vraag ik met een dun stemmetje.

Mijn oortje blijft stil.

De eenzaamheid overvalt me als een onverwachte regenbui. Ik wil naar huis. Met Flow en Anna in de Lounge rondhangen of naar een virtuele modeshow bij Macies. Had ik maar nooit van die stomme calmexine gehoord. Ik heb zin om een potje te huilen.

'Prissy?'

'Ogenblikje?' snauw ik. 'Het leek wel een jaar.'

'Een of andere randdebiel heeft een vuilcontainer voor de nooduitgang gezet,' zegt Laşer. 'Mo komt je redden.'

Hij is amper uitgesproken of ik hoor een geluid alsof er iets groots en zwaars wordt verplaatst, gevolgd door een klop op de deur. 'Prissy?'

'Ik ben hier.'

Drukken. Duwen. Open!

Ik buitel zo ongeveer naar buiten en duw de nooddeur achter me dicht. 'Wegwezen.'

'Eerst die vuilcontainer terug,' zegt Mo. 'Hoe minder sporen we achterlaten, hoe beter.'

Hallo, we hebben net het bureau bijna in brand gestoken.

Ik kijk om me heen.

'Die camera is al weken stuk.' Mo geeft me mijn brace terug. 'Via dat steegje kunnen we ongezien bij de auto komen.'

Terwijl we naar de wormhole rijden, bekijk ik mijn camphone.

De ping kwam natuurlijk van mama.

Minister Adams mist een ketting. Zeg me ajb dat jij er niets mee te maken hebt.

Ik voel een druk in mijn hoofd. Een lichte pijn, die zich uitstrekt naar mijn slapen.

Een paar weken geleden zou mama niet eens op het idee zijn gekomen.
Eens een dief...
Uit het niets verschijnt een tekenfilmpje op mijn scherm.
Het is een scène uit *Doggy Detective* – een serie over een speurhond met een regenjas aan en een gleufhoed op zijn kop. Hij tilt een kat op aan haar nekvel alsof ze een handtas is.
'Het mag dan gelukt zijn om de camerabeelden te laten verdwijnen,' blaft hij haar toe. 'Maar ik weet zeker dat u de ketting heeft gestolen.'
De kat draagt een avondjurk en hoge hakken. 'Bewijs het dan,' zegt ze met haar gestifte lippen. 'Ik kan je verzekeren, dat lukt je dus nooit.'
En dan begint mijn favoriete nummer van Janx: *No Worries*.
Ik voel me meteen een stuk beter.
'Heel grappig, Laşer,' zeg ik. 'Hoe krijg je dat zo snel voor elkaar?'
'Dat was ik niet,' klinkt het in mijn oortje.
Zenuwachtig check ik mijn camphone. 'Wie dan wel?'

HOLDEN

'Ik kreeg boodschappen door van Poppengod,' zegt de Vlecht. 'Hij zei dat Irwin de duivel was en dat ik de andere bewoners tegen hem moest beschermen.'

'Via de camphone?' vraag ik spottend.

Dat is zelfs mijn dooie pa nog nooit gelukt.

'Voor Poppengod bestaan er geen grenzen.' De Vlecht vouwt haar handen in elkaar. 'Hij verschijnt in mijn dromen, beantwoordt mijn vragen als ik in gedachten met hem praat en...'

'Ja, ja,' zegt Jazz ongeduldig. 'En dus ook via de camphone. Clickte hij dan berichtjes of zo?'

'Het waren voornamelijk filmpjes en soms geschreven teksten.' De Vlecht knikt om haar woorden kracht bij te zetten. 'Poppengod toonde me waar Irwin zich allemaal aan bezondigde voordat hij op het Cliffton kwam. Hij maakte niet alleen wapens, maar gebruikte ze ook. Ik zag hoe hij dieren doodde en dat hij ervan genoot om ze pijn te doen.' Ze schudt afkeurend met haar hoofd. 'Poppengod stuurde me een interview met een professor, die zei dat monsters zoals Irwin niet te genezen zijn. Dat zulk sadistisch gedrag ondanks behandeling vrijwel altijd verergert en de omgeving voortdurend gevaar loopt. Toen Poppengod me daarna een camfie van een stopbord stuurde, wist ik wat me te doen stond.'

De schaduw van de drone beweegt over de plaats. Over de bewoners die allemaal onafgebroken naar de Vlecht staren. Geschokt, ongelovig, lacherig.

Een perfecte oefencamfie voor social class.

'Irwin was allergisch voor bepaalde yummy's. Poppengod zei dat ik er eentje moest leegknijpen boven zijn vita.' Ze glimlacht alsof ze daarmee een goede daad heeft verricht. 'De foodprinters kregen de schuld.'

Was dat de reden dat pa naar het Cliffton werd geroepen?

'De duivel is sluw en sterk,' zegt de Vlecht. 'Het kwaad wist zich te herstellen. Poppengod wilde dat ik zijn werken zou voltooien. Twee leeg geknepen yummy's werden Irwin fataal.'

'Ik dacht dat hij naar een ander instituut was overgebracht,' zegt de moedervlek-man.

De Vlecht drapeert haar vlecht over haar schouder. 'Ik heb de beelden op mijn camphone gezien. Morsdood, dood, dood.'

Ik denk aan de hysterische muren in Paines werkkamer. Er hing inderdaad een camfie tussen van een man die aan een voedselallergie was gestorven. Ruim twee jaar geleden, als ik me niet vergis.

De brand was niet veel later.

'En Jack Winters?' zeg ik. 'Heb je hem ook vermoord?'

'Ik heb niemand vermoord,' zegt ze. 'Poppengod heeft mijn lichaam als instrument gebruikt om de andere bewoners te beschermen.'

'Fucking hell, Layla.' Jazz zet een stap achteruit. 'Ik wist dat je gek was, maar zo geschift...'
Ik druk de portable stevig tegen me aan.
We moeten hier allebei weg. Jazz en ik.
De bewoners verplaatsen zich als een menselijke golf weg van de Vlecht, naar de ingang van het gebouw. Terwijl ik naar binnen loop, vang ik flarden van gesprekken op van bewoners die het nog steeds niet geloven. Bewoners die zich niet meer veilig voelen. Die het aan Dave willen vertellen, of naar huis willen bellen...
De portable! Misschien heb ik hier beneden wel bereik!
Ik houd hem onder mijn joggingvest een stukje van me af en check het wifi-tekentje.
Yes! En dat niet alleen. Op het scherm verschijnt een plattegrondje met een knipperende rode stip. Ik zie een grote buitenplaats, gangen, een aula en allerlei kamertjes...
Het is een kaartje van deze verdieping! En die rode stip daar in de gang, dat ben ik!
Nou ja, de portable waarschijnlijk.
Ik wil Jazz roepen, maar die staat met slome Eddie te praten, dus dat duurt nog wel even en...
Huh? De stip begint te bewegen en glijdt verder de gang in. Terwijl ik hier nog gewoon stilsta met de portable in mijn hand!
Ik geloof niet in een poppengod, maar dit is behoorlijk griezelig.
Bedoelt de stip dat ik hem moet volgen?
Mijn benen gaan al. Spider-Woman is de enige die het merkt, maar als ik een gebaar naar de wc-ruimte maakt, knikt ze en kijkt ze de andere kant weer op. Ik loop vlug verder en passeer

zonder problemen de glazen lift en de wc-ruimte. De stip blijft me steeds voor en schiet een zijgang in, waar hij vervolgens pal om de hoek op me blijft wachten, zoals Prissy of Jazz zou doen. Een stip met menselijke trekjes. Ik vind het zowel grappig als behoorlijk verontrustend.

De zijgang is leeg. Ik haal de portable uit mijn vest. 'Waar gaan we heen?'

De plattegrond maakt plaats voor een filmpje. Ik zie Vera Paine in het kantoortje staan waar ik tijdens de herdenkingsdienst van Wren de dossiers hoopte te vinden. 'Je verdoet je tijd,' zegt ze. 'Mailen is niet mogelijk vanaf deze computers. Het enige contact met de buitenwereld verloopt via een plek waar jij niet kunt komen.'

Ik hoor mezelf naar adem happen.

Zie je wel. We worden stiekem bekeken en gefilmd. Een of andere hacker heeft alle schermen in het Cliffton overgenomen en deze portable dus ook.

De directrice verdwijnt en daar zijn de plattegrond en de stip weer.

Terugkeren of doorlopen?

Het enige contact met de buitenwereld verloopt via een plek waar jij niet kunt komen...

Brengt de stip me daarnaartoe? Was het filmpje een antwoord op mijn vraag?

Ik kan ineens niet meer wachten en laat me naar een blauwe deur brengen. Er hangt een irisscanner naast.

'En nu?' vraag ik.

Weer een filmpje. Van een knipperend ooglid in 3D.

Zoals Mickelson kreeg toegestuurd toen hij bij Phill Rogers ging inbreken!

Dit kan nooit het werk van één hacker zijn. Het is vast een heel netwerk.
Ik houd de portable bij de scanner. De deur schuift open en achter me meteen weer dicht. Ik sta in een kleine ruimte met een stoel en een scherm.
'Wie kan ik voor u bellen?' vraagt een vrouwelijke computerstem.
'Prissy Winters. Alleen ken ik haar nummer niet van buiten.'
'Weet je wel het adres?'
'Rodeo Road 6.' Ik ga in de stoel zitten en klem mijn handen om de leuningen.
Als ze nu maar opneemt...
Ik hoor een paar piepjes en dan zie ik Prissy's gezicht.
'Holden? Hoe kan dat nou?' Ze kijkt opzij. 'Het is Holden! Hoe is het met je?'
'Beter.' Prissy leeft nog! Ik ben in staat om van opluchting het scherm te aaien. 'Heb je mijn brief gelezen?'
Ze knikt. 'Ik eet geen vita meer. Laşer en Mo hebben de schuilkelder gevonden en echt eten voor me gehaald.'
'Zijn dat jongens van school of zo?'
'Nee, een stel hackers.'
Hackers! Ik ben meteen weer op mijn hoede. 'Luisteren ze mee?'
'Waarom fluister je ineens?' vraagt ze nerveus. 'Ben je wel veilig?'
'Weet je zeker dat je ze kunt vertrouwen?' zeg ik zacht.
Ze knikt en sjort twee vrijwel identieke kettingen met een schijfvormige hanger uit haar truitje. 'Luister. Je moet ons helpen. Ergens in het Cliffton Instituut moet nog zo'n ketting zijn. Het is een computersleutel, de laatste, en...'

Fuck! Het scherm gaat uit en twee bewakers komen binnen. Ze tillen me uit de stoel alsof ik een veertje ben en slepen me mee naar de gang. Vanuit mijn ooghoeken zie ik de portable die in het kamertje achterblijft nog even oplichten.

PRISSY

Verbinding verbroken.
'Holden!' roep ik tegen mijn camphone.
Laşer kijkt op van zijn computer. 'Ik denk niet dat hij je nog hoort,' zegt hij nuchter. 'En schudden helpt ook niet. Het is geen shake.'
Ik ben niet in de stemming voor grapjes. 'Als hij die computersleutel nou maar gaat zoeken.'
'Vast wel,' zegt Mo.
Ik ben ook niet in de stemming voor goedbedoelde opmerkingen die nergens op slaan.
'Vreemd.' Laşer laat zijn vingers knakken. 'Het lijkt wel alsof de beelden van de bewakingscamera's op het bureau automatisch zijn gewist.'
'Is dat erg?' vraag ik.
'Minder erg dan dat de papieren op de balie niet helemaal zijn verbrand. Als ze de resten onderzoeken, vinden ze vast en zeker DNA.'
Mo haalt zijn schouders op. 'Dat van mij zit toch niet in het systeem.'
'Maar dat van mij wel!' In een flits zie ik me weer naast mama en Holden op de bank zitten, terwijl handhaver Miller met

een reusachtige wattenstaaf op me afkwam. 'Straks denken ze nog dat ik die papieren heb aangestoken, want er zijn geen camerabeelden van en...'
Mijn camphone pingt. Het honderdste berichtje van mama.
Waar ben je? Waarom reageer je niet?
Omdat ik de computersleutel van Adams inderdaad heb gepikt. Nou goed?
Mijn hoofd bonkt alsof er een drummer in zit. Ik kan de sjaal niet meer verdragen, ruk hem af en smijt hem op de grond.
Mo aait mijn schouder. 'Rustig nou maar.'
Ik duw zijn hand weg. 'Jij hebt gemakkelijk praten. Jij bent niet in de slaapkamer van Adams geweest en op het bureau hebben ze je gezicht amper gezien met die klep voor je ogen.'
Laşer staat ineens voor me met een beker water. 'Zitten, drinken en luisteren.'
'Maar...'
'Uh.'
Ik pak de beker aan en laat me op de trap zakken.
'We zijn er bijna,' zegt Laşer. 'Het plan ligt klaar. Mo en ik hebben alles tot in het kleinste detail voorbereid. Zodra je broer de laatste sleutel vindt, kunnen we de computers van de nieuwe leiders kraken en dan zal niets nog hetzelfde zijn. Als de rest van de wereld hoort wat ze met ons uitspoken... De calmexine, en wie weet wat nog meer.'
Mo knikt. 'Ze zullen je onthalen als een heldin. De nieuwe Lightgirl, maar dan echt.'
'En tot die tijd blijf je gewoon hier ondergedoken,' zegt Laşer.
En mama dan? denk ik.
De drummer is meteen weer terug.

'Geef even een aspirine uit mijn tas,' zeg ik, terwijl ik over mijn voorhoofd wrijf.
Mo opent het gele potje en houdt het ondersteboven, zodat de tabletten in zijn hand vallen. 'Een of twee?'
'Twee.' Hij zet het potje op de tafel en wil naar me toe lopen.
'Doe dat nog eens,' zegt Laşer.
'Wat?'
'Dat potje ondersteboven houden en neerzetten.'
Mo houdt het op zijn kop en... 'Er rammelt iets.'
'De briefjes van Holden,' zeg ik ongeduldig. 'Geef die aspirines nou maar.'
Terwijl Mo ze me overhandigt, pakt Laşer het potje weer vast. Hij vist er de briefjes uit en schudt opnieuw. 'Het rammelt nog steeds. Volgens mij zit er iets in.'
Ik rol met mijn ogen naar Mo en slik de aspirines door.
Laşer heeft ergens een schroevendraaier opgedoken en steekt ermee in het potje. 'De bodem beweegt.'
Oké, nu word ik ook nieuwsgierig. Mo en ik gaan bij Laşer staan.
Hij wrikt en duwt, zet het potje op zijn kop en slaat het op zijn kont, en daarna nog een keer en dan valt er iets uit.
De bodem, denk ik. Maar er komt nog meer tevoorschijn.
Een leren koord met een cirkelvormig amulet eraan.
'De computersleutel van papa,' zeg ik hees.

HOLDEN

De bewakers leveren me af bij de voordeur van Vera Paine alsof ik een pakketje ben.

'Waar is het?' zegt ze, zodra we alleen zijn.

Wat bedoelt ze? Ik had een uitbrander verwacht, vanwege mijn illegale uitstapje naar het kamertje waar ik kon bellen. Niet dit.

'De portable?' vraag ik.

'Hou je niet van de domme.' Ze komt zo dicht bij me staan dat het onprettig is. 'Jij bent de enige die de afgelopen week hier is geweest. Verder niemand.'

Ik zet een stap achteruit en sta letterlijk met mijn rug tegen de muur.

'Waar heb je dat potje gelaten?' blaft ze me toe.

Het gele potje dat ik uit de badkamer heb meegenomen? Ik snap het niet. Zoveel ophef vanwege een paar aspirines.

'Zeg op!' schreeuwt Paine, terwijl ze haar wijsvinger in mijn ribben parkeert.

Bitch!

'Doe even normaal!' Ik sla haar hand weg en duw haar opzij. 'Het was maar een fucking potje pijnstillers. Als ik nou een of andere dure ketting had gestolen, of...'

In een flits zie ik Prissy's gezicht op het scherm weer voor me. Prissy, die zei dat er ergens in het instituut nog zo'n ketting moet zijn.
'Gaat het soms om de derde computersleutel? Had u hem in dat potje verstopt?'
De anders zo onvermoeibare Vera Paine ziet er ineens volkomen afgepeigerd uit. 'Hoe weet jij dat er drie exemplaren zijn?'
'Gewoon. Ik heb die andere twee sleutels gezien.'
Ze veert weer op. 'Jij weet waar de sleutel van minister Adams is?'
Adams! Nu snap ik hoe Prissy aan ten minste een van de kettingen is gekomen.
'Je moet me vertellen wat je weet, Holden,' zegt Paine. 'Het is van levensbelang.'
Ik voel me weer pissig worden. 'Zegt iemand die zelf met levens speelt.'
'Wat bedoel je?'
'De overgevoeligen.'
Paine krijgt rode vlekken in haar hals. 'Wat...'
'Zonder calmexine had Lois misschien nog geleefd.'
'Dat was niet mijn schuld. Dat was...'
'Swis? Volgens hem lag het aan zijn camphone.'
'Onzin.'
'Daar denkt de Vlecht heel anders over.'
'De Vlecht?'
'Layla Haddon van unit drie. Zij heeft die gast met die allergie te grazen genomen. Twee jaar geleden, vlak voor mijn vaders dood. Ook zij kreeg boodschappen door via haar camphone.'
'Layla heeft te veel fantasie,' probeert Paine.

'Waarom hebt u daarna dan alle camphones verboden, de homepads van de slaapzaal verbannen en de wifi op de units van de bewoners uitgeschakeld?' Ik gebaar om me heen. 'En waarom is hier geen scherm te bekennen? Net als in de bungalow van Phill Rogers.'
De rode vlekken rukken op naar haar hoofd. 'Hoe kom jij aan die informatie?'
'Van Mickelson. Hij kreeg de opdracht om bij Rogers in te breken. Iemand wilde een of andere rare ketting hebben.' Ik bedenk het nu pas. 'De tweede computersleutel misschien?'
Ze plukt nerveus aan haar vest. 'Wacht jij in de woonkamer.'
Terwijl ik overdreven langzaam de gang uit loop, hoor ik het geluidje van de intercom, en daarna de gebiedende stem van Paine: 'Neem onmiddellijk contact op met het downtown bureau en informeer of er is ingebroken.'
Ik leun tegen de muur om het hoekje van de woonkamer, buiten het blikveld van de directrice. Intussen duizelt het in mijn kop. Het lijkt alsof alles en iedereen met elkaar verbonden is, zoals de draden in het web op de muur in Paines werkkamer. Ik wilde dat ik een algoritme op mijn hersens kon loslaten. Alle data erin en de oplossing eruit. Het enige wat ik heb is mijn intuïtie. Prissy is te vertrouwen, en Paine liegt dat ze barst.
'Brand?' hoor ik haar zeggen. 'Maar ontbreken er ook spullen uit de opslagruimte? Gestolen goederen, ja, van een diefstal van twee jaar geleden.'
Dus ze wist dat de computersleutel van Rogers zich op het bureau bevond. Waarom heeft ze hem nooit opgehaald? Omdat ze dacht dat hij daar veilig lag?
Maar waar dient dat ding dan voor als ze het toch niet gebruikt?

En hoe komt Prissy eraan? Oké, mijn zus is veranderd, maar ik zie haar toch echt niet in haar eentje een opslagruimte van handhaving plunderen.
Ze heeft natuurlijk hulp gekregen van die twee hackers...
Zouden zij de portable in een routeplanner veranderd hebben om mij de weg naar het kamertje te wijzen?
'Alle sleutels zijn zoek.' Paine komt lijkbleek de kamer in. 'Alsjeblieft, Holden. Als ze in verkeerde handen vallen, kan dat iedereen in gevaar brengen. Dan zijn onze vita en veiligheid niet langer beschermd.'
'Waarom zou ik u geloven? Die calmexine...'
'Is een noodzakelijk kwaad!' Ze ijsbeert door de kamer. 'De meeste mensen willen gewoon een fijn leven. Maar er is ook een groep die voortdurend uit is op geld en macht, waarbij ze desnoods over lijken gaan. En dat soort lieden veranderen dus echt niet vanzelf. Voorlopig lijkt calmexine de gemakkelijkste manier om een einde te maken aan corruptie, terrorisme en onderdrukking. Helaas kan het alleen als grondstof worden toegepast, en niet pas later toegevoegd, zoals vitamines of mineralen, waardoor het standaard in alle vita zit.'
'En de overgevoeligen hebben pech.'
Paine knikt. 'Tot we een andere, hopelijk betere methode hebben gevonden, waarmee we hetzelfde kunnen bereiken.'
Ik doe een gokje. 'Sims?'
Ze blijft midden in de kamer stilstaan. 'Wie heeft je over Sims verteld?' Haar wenkbrauwen fronsen. 'De contactruimte! Met wie heb je gesproken?'
No way dat ik Prissy ga verraden.
'Mickelson moest niet alleen die computersleutel jatten,' zeg

ik. 'Er lag ook nog een map met aantekeningen in de brandkast.'
Paine lijkt even in shock. 'Dus Mickelson heeft de aantekeningen van meneer Sims.'
'Meneer Sims?' vraag ik verbaasd. 'Ik dacht dat het een afkorting was. Huppeldepup System of zoiets.'
Paine reageert niet.
'Ik ga u echt niet met die sleutel helpen als u mij ook niets vertelt.'
'Social Interactive Monitor System,' mompelt Paine.
Een monitorsysteem.
Ik denk aan beveiligingscamera's. Aan beeldschermen die ons stiekem afluisteren en in de gaten houden.
'Phill en ik zeiden voor de veiligheid altijd meneer Sims,' zegt Paine. 'Als iemand ons dan hoorde praten, zouden ze denken dat het om een man ging.'
'En dat geheime monitorsysteem moet de wereld redden?'
'Vergis je niet.' Ze loopt naar de ronde tafel en trekt er een stoel onder vandaan. 'Het gewone Social Security Monitor System heeft al voor de nodige gedragsveranderingen gezorgd.'
Helaas wel, ja. Ik haat de irritante straatcamera's van SSMS. Laat een hoorbare scheet en ze zijn in staat om op de grote schermen te projecteren met hoeveel centiliter broeikasgas je – foei! – de atmosfeer hebt vervuild.
Paine is gaan zitten. 'En Sims gaat nog een stapje verder.'
'Door niet alleen buitencamera's te gebruiken maar ook binnenschermen, zeker?' Als ik aan de wissellijst boven mijn bed denk, word ik weer woest. 'Daarom is hier zelfs geen camphone te bekennen. Rogers en u vinden het best om anderen te bespioneren, maar zelf...'

'Sims opereert zelfstandig. Er komen geen mensenogen aan te pas, dus je privacy blijft gewaarborgd.'
'Zolang je je aan de regeltjes houdt,' werp ik tegen.
'Uiteraard,' zegt Paine. 'Anders werkt het niet. Bovendien moeten de gemaakte opnames ingezet kunnen worden als bewijsstukken voor de referee.'
'En Sims controleert wie de wet overtreedt.'
'Correct.' Paine speelt met haar brace. 'Elke camfie en elk bewegend beeld, waar dan ook opgenomen, gaat naar een speciale computer en wordt daar voor altijd bewaard. Door alle data te combineren, kan Sims verbanden leggen die handhaving niet zo snel ziet. Hij is zelfs in staat om het gedrag van mensen te voorspellen. Het duurt niet lang meer of handhaving kan al in actie komen voordat een misdaad daadwerkelijk wordt gepleegd.'
'Lekker is dat. En als Sims ernaast zit?'
'Alleen mensen maken fouten,' zegt Paine. 'Kunstmatige intelligentie vergist zich niet. Sims ontwikkelt zich nog steeds. Gelukkig maar, want met de verdwijning van Phill raakten ook zijn aantekeningen kwijt.'
Ik denk aan het briefje in de pooierring. 'Als die Sims zo geweldig is... Waarom moest mijn vader hem dan toch stoppen van Rogers?'
Paine lijkt niet verbaasd. 'Phill wilde waarschijnlijk voorkomen dat hij door zijn eigen uitvinding aan de schandpaal genageld zou worden,' zegt ze. 'Er zijn kinderpornofilmpjes op zijn camphone gevonden.'
Bullshit!
'Rogers weet dat Sims met iedereen meekijkt, en dus ook met hem. Dan gaat hij toch geen kinderporno downloaden? Het

lijkt me logischer dat iemand anders die troep op zijn camphone heeft gezet. Boyd Swis en de Vlecht kregen toch ook allerlei filmpjes toegestuurd? En Mickelson ook, van een knipperend oog, zodat hij kon inbreken. Die irisscanner bij de contactruimte...' Ik kan niet meer stilstaan van opwinding. 'Die horrorfilm over vuurwerk in de IR, die uit het niets leek te komen. Ik vermoedde al wel dat er hackers actief zijn, maar nu snap ik ook waarom.'

Paine kijkt me vragend aan.

'Volgens mij zijn het een soort van hacktivisten,' zeg ik. 'Net als die lui van Anonymous. Is dit hun manier om te laten zien dat Sims niet deugt, en zelfs levensgevaarlijk is.'

'Laten zien aan wie?' Paine trekt haar mouwen langer alsof ze het koud heeft. 'Dit is al meer dan twee jaar bezig. Als die hackers voor klokkenluider wilden spelen, hadden ze alles al lang in de openbaarheid gebracht.'

Daar heeft ze een punt.

'En al kraken ze nog zo veel camera's of camphones,' gaat Paine verder, 'Sims valt niet te hacken. Niet zonder die computersleutel.'

Die al die tijd in de badkamer lag...

Ik staar naar de muur. Die heel lege, witte muur zonder ook maar een wissellijstje.

'Mijn vader wist hoe het zat,' zeg ik mat. 'Misschien zijn die hackers wel in staat om een computer op afstand te laten ontploffen. Hebben ze uw laptop expres opgeblazen toen ze via de cam zagen dat hij van plan was om alles aan u en Chapman te vertellen.'

Paines handen kruipen weer uit haar mouwen, zoals konijntjes uit hun hol.

'Dan hebben ze ook gezien dat hij zijn computersleutel aan mij gaf. Vlak voor hij stierf.' Ze kijkt me ineens argwanend aan. 'Heeft iemand jou soms de opdracht gegeven om...'
'Dat potje te stelen?' Het idee is zo belachelijk dat ik bijna in de lach schiet. 'Hoe dan? In elk geval niet via de camphone zoals bij Swis en de Vlecht, want mijn toestel ligt thuis. En dan nog, ik laat me echt niet dwingen of sturen door een stom apparaat.'
Behalve door een portable met een knipperend rood stipje, besef ik ineens.
Fuck!
Prissy's stem knalt weer in mijn hersens.
Luister. Je moet ons helpen. Ergens in het Cliffton Instituut moet nog zo'n ketting zijn. Het is een computersleutel, de laatste, en...
Wie heeft haar ingefluisterd dat pa's sleutel na zijn dood in het instituut is achtergebleven?
De hackers met wie ze optrekt?
Ben ik met die portable expres naar de contactruimte gelokt, zodat ze me kon overhalen om te gaan zoeken?
Ik sta zo hard op mijn benen te zwaaien, dat ik me aan een stoelleuning moet vastgrijpen.
'Wat is er?' vraagt Paine.
'Ik wist echt niet dat er een sleutel in zat.'
'Niemand kon het weten,' zegt Paine. 'Toen ik hem verstopte waren er geen schermen of mensen bij.'
'Maar u zei net...'
'Ik wil gewoon dat je me vertelt waar hij is, Holden. Minister Adams heeft de beveiliging opgeschroefd, maar als dat niet voldoende is...' Ze huivert.
'Wat denkt u dat ze gaan doen dan?'

Paine aarzelt even. 'Als ik het je vertel, help je ons dan?'
Misschien, denk ik. Ik knik.
'Ergens in de stad is een beveiligde plek waar alle data worden bewaard en verwerkt,' zegt Paine. 'Die van onze vita, onze ID-braces en alle camerabeelden. Op drie verschillende computers, die alle drie een andere computertaal spreken.'
'En alle drie een eigen computersleutel hebben?'
Paine knikt. 'Dan is er ook nog de moedercomputer, die alle geanonimiseerde informatie doorsluist, controleert en vertaalt voor de volgende computer.'
'Ik snap er nu al geen reet van.'
'Om een lang verhaal kort te maken. Je krijgt wel precies die vita die jij nodig hebt, maar niemand weet dat die vita voor jou is bestemd.'
'En dat is belangrijk?'
'Iemand wist dat Irwin allergisch was en wilde hem vermoorden. Als hij bij de data had gekund en de vita zelf had kunnen aanpassen...'
'Had hij de Vlecht niet nodig gehad.'
'Daarom zijn de computers extreem beveiligd,' zegt Paine. 'Van een afstand kan niemand inbreken. Je moet er daadwerkelijk heen en de computersleutels gebruiken. Het is de enige manier om de apparaten met elkaar te laten communiceren en dingen toe te voegen of te veranderen.'
'En als dat lukt...'
'Kan diegene voor God gaan spelen.'
Waarom zou Prissy dat willen? Is ze net als Swis en de Vlecht gehersenspoeld? Hebben die gasten haar gebruikt en mij vervolgens via Prissy gebruikt?
Prissy kon die sleutel bij Adams jatten omdat ma daar werkt.

Ma werkt daar omdat ze geld moest verdienen na de dood van pa.
Pa die via de calmexine ook weer met Adams te maken had, en net als zij en Rogers op een computersleutel moest passen. Rogers die met pa op het Cliffton werkte. De plek waar ik heen werd gestuurd door Chapman. Als Lois niet dood was gegaan en er niet nog meer ongelukken in het instituut waren gebeurd, zou Chapman niet bezorgd zijn geworden. En had hij mij dus ook nooit naar het instituut gestuurd.
Waarom ik? Omdat ik me gemakkelijk zou laten overhalen door het verhaal over de dood van pa? Ben ik naar het Cliffton gelokt om die computersleutel te kunnen zoeken?
Al die toevalligheden...
We volgen je al een tijdje, had Chapman gezegd. Maar in de omgeving van de schuilkelder hingen geen camera's en in mijn brace zit geen tracker. En toch wisten ze dat ik daar was geweest. Heeft die hacker mijn camphone overgenomen en stiekem opnames gemaakt? En die vervolgens naar Miller en Chapman doorgestuurd.
Het voelt alsof ik een pion ben in een of ander groot en duister plan.
Een plan van jaren.
Stel dat het inderdaad om die sleutels gaat... Waarom zo ingewikkeld? Waarom moesten er mensen dood? Waarom heeft iemand ze niet gewoon alle drie gestolen. Of laten stelen, zoals met de sleutel van Rogers is gebeurd. Waarom heeft de hacker niet ergens met Mickelson afgesproken, zodat die hem de ketting en de map kon geven? Als hij niet herkend wilde worden, had hij de spullen ook nog op kunnen laten sturen. Desnoods naar een anoniem postbusnummer. Maar

nee, hij moest zo nodig moordenaars maken van Swis en de Vlecht...

Poppengod heeft mijn lichaam als instrument gebruikt.

En dan ineens begrijp ik het.

'Er zijn geen hackers,' stamel ik. 'Het is Sims die erachter zit. Hij wil dat mijn zus en haar vrienden met de computersleutels naar hem toekomen.'

Paine staart me aan.

Ik ruk aan haar arm. 'Kom mee! Ze heeft de derde sleutel nog niet ontdekt. We kunnen haar nog tegenhouden.'

Nog geen vijf minuten later staan we hijgend in de contactruimte.

'Bel Prissy Winters,' zeg ik.

Het scherm gaat aan. Ik zie een soort kelder, en dan een tafel en een stukje van een toetsenbord.

'Prissy?'

'Te laat,' klinkt een onbekende stem.

Het beeld draait een beetje. Ik zie Prissy's brace met de zebravisjes liggen. Er staat een geel potje naast. Ondersteboven, met de aspirines en een roze pil als vrolijke confetti eromheen.

WORDT VERVOLGD...

Genoten van H@ck?

Lees dan ook deze spannende thrillers van Mirjam Mous

Een jongen komt bij in een snikhete, kale grasvlakte. Hij weet niet hoe hij daar terechtgekomen is, waar hij vandaan kwam en zelfs niet meer hoe hij heet. Dan vindt hij een telefoon met een voicemailbericht: *wat er ook gebeurt, bel in geen geval de politie.*

Fin wordt verdacht van moord. Vanuit een Spaanse politiecel probeert hij de moed erin te houden. Valerie, die hij ontmoet heeft tijdens het backpacken, kan hem hier zo uit halen. Maar ze komt niet. Fin raakt steeds dieper in de problemen en zal moeten bewijzen dat hij onschuldig is. Maar hoe?

Mick treft zijn beste vriend Jerro bewusteloos aan op diens slaapkamer. Als hij later in het ziekenhuis naar Jerro informeert, wacht hem een vreemde situatie. Stefan wordt na schooltijd opgewacht door een onbekende man. Wat wil die van hem? De levens van de drie jongens raken op bizarre wijze met elkaar verweven. Langzaam komt Mick achter de ontstellende waarheid...

Elvis Long woont in een Engelse kustplaats. Wanneer hij op straat loopt, drukt iemand een briefje in zijn hand: DIT IS EEN TEST. WE HEBBEN JE VADER. VERTEL HET AAN NIEMAND. ANDERS TEKEN JE ZIJN DOODVONNIS. Langzaam wordt duidelijk dat Elvis op een bijna onmenselijke manier op de proef wordt gesteld.

Kris is op vakantie in Spanje met zijn neef Hopper. Tijdens heftig noodweer rijden ze een man aan. Ze raken in paniek en slaan op de vlucht, waarna ze terechtkomen in een onguur bergdorpje. Maar wanneer ze weer willen vertrekken, is de enige toegangsweg geblokkeerd. Er waart een onbekend en zeer besmettelijk virus rond...

Klas 2C vertrekt voor een werkweek naar de Ardennen. Hun touringcar is amper op weg als de leerlingen een vreemd bericht op hun telefoon ontvangen. Er blijkt een bom aan boord van de bus te zijn. Niemand mag er nog in of uit, anders zal de bom ontploffen.

In een rustig natuurgebied wordt journalist Herman van Romondt dood in de rivier aangetroffen. De politie denkt aan een ongeluk, maar Mink – die dezelfde dag nog stage bij Herman liep – denkt dat er meer achter zit. Hoe meer Mink ontdekt, hoe dieper hij in de problemen raakt. Is hij zijn leven nog wel zeker?